図２　鵲（カササギ）
天の河に「鵲の橋」を作り織女を渡す鳥の「カササギ」は、体色が白黒半々で、特に写真のようにお腹の白い半月形は七月七日の上弦の月をイメージする〔第一部第五章参照〕。（写真は、佐賀在住の阪口真悟・希美ご夫妻に拠る）

図３　牛馬さん
七夕伝説の牽牛・織女を彷彿とさせる、お盆の精霊棚に供えられた牛馬さん。向かい合って配置され、牛に懸けられた七筋のそうめんは、七夕の「七」に通じ、また天の河の象徴と推測される〔第一部第四章・第九章、第三部第八章参照〕。（写真は、小嶋章司氏がご自宅の精霊棚を写されたもの）

[あじあブックス]
083

七夕伝説の謎を解く

勝俣　隆

大修館書店

『七夕伝説の謎を解く』発刊に寄せて

国立天文台上席教授・天文学者
渡部潤一

七夕は星物語・星祭りの代表として、現代日本では広く知られている。もともと大陸発祥の伝説ゆえ、元祖の中国では日本よりもっと派手な星祭りが行われているかと思いきや、あるとき知人の中国人に聞いてみたら、まったくそんなことはないと言われ、とても驚いたことがある。いわゆる中秋の名月として知られる中秋節は、中国をはじめ東アジアではかなり大規模なお祭りになっているのにと、とても不思議に思ったものだ。台湾に出張したとき、たまたま七夕の前後だったからであろう、日系の航空会社がチェックインカウンター付近で笹を飾って雰囲気を醸しだしつつ、日本の七夕祭りの丁寧な説明を掲げていたのを見て、なんだかとても嬉しくなった。一方、なぜ日本ではいまだにさかんに伝承され続けているのだろうと疑問にふと思った。そういえば、なぜ七夕を「たなばた」と読むのだろう、どうして7月7日に定められたのかなどと、いろいろ考えはじめるときりが無かった。いくつかの本を手にとってはみたが、一部の疑問には答えてくれるものの、どうしても断片的な説明に限られているものばかりで物足りなかった。

本書『七夕伝説の謎を解く』は、まさにそれらの疑問に系統的かつ包括的に答えてくれる究極の書といってよいだろう。第一部では、中国での七夕伝説の発祥の変遷を牽牛と織女の組み合わせの理由にまで遡って解説する。そして7日の上弦近い月との関係や意味づけも明らかにされ、現世と来世とのつながりという、通常では考えが及ばない視点での考察には瞠目せざるを得ない。羽衣伝説や乞巧奠との関わりについても説かれ、現代の七夕祭りへつながっていく流れがありありとわかる。第二部では、私が持った最大の謎である「たなばた」と呼ぶ由来から説きはじめ、日本の古典文学に描かれる七夕について解説していく。万葉集にはじまり、七夕伝説の漢詩に対する和歌の独自性をあぶり出しながら、伊勢物語、枕草子、源氏物語、御伽草子を経て、江戸時代の曽根崎心中にまで、日本の文学における七夕と、それに伴う行事について詳細に考察している。そして第三部では、さまざまな儀式や行事としての七夕をまとめている。梶の葉や竹・笹に願いを書くにいたった経緯や、角盥《つのだらい》に梶の葉を浮かべ織り姫彦星を映す意味、水や川、天候との関係まで実に多方面から七夕について徹底的に論考され、それぞれの時代の宇宙観・世界観を反映したものであったことが頷ける。最後に、現代の七夕祭りの様子をまとめつつ、「人々が七夕伝説のロマンに浸ることは、七夕伝説や星の世界への関心を高める意味で大きな意義がある」（第三部第九章）と締めくくられる。国立天文台でも、かつての暦（いわゆる旧暦）で行われていた七夕の本来の夜空を知ってもらおうと、新暦における日付を計算し「伝統的七夕の日」として公表している。未来にわたって語り継がれるべき伝統行事としての七夕。それになにか疑問を持ったらまず本書をお読み頂きたい。

なんといっても記紀神話の神々の中に系統的に星の存在を見いだした勝俣隆先生の著作であること
に全幅の信頼がおけることはまちがいない。

目次

はじめに

七夕伝説とは何か。だれもが知っているようで、実際は詳しいことはあまり知らない伝説ではなかろうか。渡部潤一氏の序文でも指摘されたように、なぜ七夕は七月七日なのか。「七夕」と書いて「たなばた」と読む理由は何か。他にも、牽牛《けんぎゅう》と織女《しょくじょ》はどうして天の河を挟んで向かい合うのか。中国では織女が鵲《かささぎ》の橋を渡って牽牛に逢いに行くのに、日本では、彦星が舟に乗って逢いに行くのはなぜか。数え出したらきりがないほど、多くの疑問が浮かんで来よう。本書は、著者が長年考察してきた七夕伝説に関する研究を基に、上述のごとき疑問に分かりやすく答えようとするものである。

七夕を日本の伝説だと思っている人もいるが、勿論、中国で誕生した伝説である。本家の中国では、現在は、日本のバレンタイン・デーのように男女が愛を誓う日になっており、七夕行事自体は日本の方がむしろ盛んに行われているようである。そこでまず、七夕伝説が本家本元の中国でいかに発生したかを振り返り、七夕伝説の原形はどういうものであったかを論じたい。その上で、七夕がなぜ七月七日に行われるのか、その意味を考察する。それが第一部である。第二部では、日本の古典文学が七夕をどう描いたか考察する。第三部では、七夕飾りの由来など、行事との関係を論じたい。

なお、各章は独立した内容なので、どこから読み始めていただいても結構である。それでは、銀河に煌《きら》めく無数の星々に思いを馳せながら、星と文学のロマン溢れる七夕伝説解明の旅に出かけよう。

第一部

七夕伝説とは何か、その由来を探る

第一章　中国の七夕伝説

一、七夕伝説の発生

七夕伝説は中国に始まり日本に伝来して今日に至るまで、様々な形で伝承されている。発生以来、大きな変容を遂げてきたことは言うまでもない。まず、中国の七夕はどういう形で始まり、どう変化してきたかを考察したい。

七夕伝説の発生に関しては次のような説がある。

①牽牛・織女の思慕を天体相互に働く引力の説話化とするもの(1)
②牽牛の農耕、織女の養蚕という農桑思想から識者によって創作されたもの(2)
③牽牛・織女二星の実際上の観測から七月に天の河(3)を挟んで二星が著しく接近するように見えることに基づいた民間説話(4)
④ユーラシア大陸西方の農業神事が中国に伝来し、豊穣神織女と穀物神牽牛の相愛説話になった

とするもの(5)

⑤地上の漢水を隔てて男女が思慕する現実の物語が、天上に投影されたもの(6)

⑥宇宙を秩序づけ存続させる唯一絶対の西王母が二つに分離し、天上の織女と地上の牽牛になり、さらに両者が牛の犠牲によって、年に一度陰陽の交会を宇宙論的に行ったが、さらに、男女の悲恋物語として人間化して広まったもの(7)

⑦牽牛は河神に捧げる犠牲、織女も犠牲として河神に嫁ぐとするもの(8)

このように、様々な説がある。これらの説が妥当かどうかは、実際の七夕伝説を分析することで検証する必要があろう。そこで、中国の代表的な七夕伝説を挙げてみたい。

二、中国の代表的な七夕伝説

『荊楚歳時記《けいそさいじき》』逸文（梁〔西暦五〇二年~五五七年〕、宗懍《そうりん》）には次のようにある。

天河《てんが》の東《ひんがし》に織女《しょくぢょ》有《あ》り。天帝《てんてい》の子《こ》なり。年年織杼《ねんねんはたおり》に労役《らうえき》し、織《お》りて雲錦天衣《うんきんてんい》を成《な》す。天帝其《てんていそ》の独処《ひとり》なるを哀《あは》れみ、河西《かせい》の牽牛郎《けんぎうらう》に許配《きよはい》す。嫁《か》して後遂《のちつひ》に織紝《しょくじん》を廃《はい》す。天帝怒《てんていいか》り責《せ》めて河東《かとう》に帰《かへ》らせ、唯《た》だ毎年七月七日《まいとししちがつなのか》の夜《よ》、河《かは》を渡《わた》りて一会《いちかい》せしむ。

右の七夕伝説は、恐らく最も典型的なものの一つであろう。天の河の東に織女が居たが、孤独で可哀想なので、父親の天帝が天の河の西側にいる牽牛に嫁がせた。しかし、結婚すると家庭を持った喜びに機織りの仕事も忘れ、身を飾ることにうつつを抜かしたので、天帝が怒り、天の河の東に戻してしまい、七月七日のみ憐れんで二人の再会を許したという話である。

もう一つ同様の例を挙げたい。北宋《そう》（九六〇～一一二七年）の張文潜《ちょうぶんせん》（一〇五四～一一一四年）作の七夕歌《しちせきか》である。

河東《かとう》の美人《びじん》は天帝《てんてい》の子《こ》、機杼年年《きちょねんねん》玉指《ぎょくし》を労《らう》し、雲霧《うんむ》を織成《おりな》す紫綃《ししょう》の衣《ころも》、辛苦《しんく》して喜《よろこ》び無《な》く、容理《かたちつくろ》はず、帝独居《ていどくきょ》して与《とも》に娯《たの》しむ無《な》きを憐《あは》れみ、河西《かせい》なる牽牛夫《ひこぼし》に嫁《とつ》がしむ、嫁《とつ》ぎてより後《のち》織絍《しょくじん》を廃《はい》し、緑鬢雲鬟《りょくびんうんまん》朝暮《あさゆふ》梳《くしけづ》り、歓《よろこ》びを貪《むさぼ》りて帰《かへ》らず、天帝怒《てんていいか》り、責《せ》めて踏《ふ》み来《きた》る時《とき》の路《みち》を帰却《かへら》しめ、但一歳《ただひととせ》に一《ひと》たび、七月七日《しちがつなのか》に橋辺《はし》を渡《わた》りて、相見《あひあ》はせしむ。（天の河の東にいる美人は、天の帝の子である。機織りで毎年、美しい指を酷使し、雲や霧を材料に紫色の衣を織っている。苦労をしても喜びはなく、お化粧もしない。天の帝は、織女が一人で暮らして一緒に楽しむ相手がいないのを哀れに思い、天の河の西の彦星に嫁がせた。嫁いでからは、織物をやめ、美しい黒髪を毎日櫛でとかして、夫婦生活の喜びをむさぼって親元に帰ることもしない。天の帝は怒って、非難して、嫁いできた道を帰らせ、ただ一年に一度、七月七日だけ、橋を渡って、二人を逢わせた。）

これらの七夕伝説において、一年のうち七月七日だけ織女が牽牛と逢えるようになった事実のみが示されている。しかしながら、なぜ天帝が七月七日という日を選んだのか、その理由については、何も語られていない。意味のないでたらめな日を選んだわけではなかろう。七月七日である必然的理由があるはずである。この点については第四章で検討してみたい。

応劭《おうしょう》『風俗通義』（後漢〔西暦一五年～二二〇年〕）、韓鄂《かんがく》『歳華紀麗《さいかきれい》』巻三、「鵲橋已成」所収）には、次のようにある。

織女は七夕に当《まさ》に河を渡らんとして、鵲《かささぎ》を使《し》て橋と為《な》らしむ。

ここでは、織女が天の河に鵲の橋を架け、その橋を通って、七月七日に牽牛に逢いに行くことが描かれている。確かに、天の河は天上の大河であるから、そこを越えなければ織女は牽牛に逢うことはできない。その天の河を越える手段として、鵲を橋として渡ることが示されている。それにしても、なぜ、木の橋や石の橋のような丈夫な橋ではなく、鵲という鳥を橋とするのか。誰が考えても不思議な話であろう。しかしながら、これにも然るべき理由が存在することは間違いない。この点に関しては第五章で論じてみたい。

一方、中国の七夕伝説には、民間伝説としてよく知られているものもある。それは、次の通りである。(9)

織女は王母娘娘《おうぼにゃんにゃん》（西王母）の外孫女《がいそんにょ》で天上で雲を織っていた。父を失った若者の牛郎《ぎゅうろう》（牽牛）は人間世界の牛飼いで、兄や兄嫁と一緒に暮らしていた。兄嫁は牛郎に辛く当り、牛郎が友とするのは老牛だけであった。ある日、兄は牛郎に遺産を分け分家することを申し渡した。牛郎には壊れた車と老牛だけを与えた。牛郎は家を出て、老牛と暮らした。ある夜、老牛が牛郎に言った。「明日、織女が他の仙女と一緒に水浴びを山の中の湖（または銀河）でしますから、仙衣を一つ取ってしまいなさい。そして織女に求婚すれば、きっと同意するでしょう。」

と。牛郎は言われた通りにして、織女を妻にした。結婚して三年で、男の子と女の子が一人ずつ生まれた。ある日、老牛は、涙ながらに、「自分はもう死ななければならないが、緊急のことが起こったら、自分の皮を着るように（あるいは、自分を殺して、その皮を着るように）」と言って息絶えた。一方、天上から消え失せた織女を探していた王母娘娘は、織女が牛郎のところに居るのを知ると、牛郎が畑に出ている隙に織女を天上に連れ去った。それを知った牛郎は、牛の皮を着て、二人の子供を籠《かご》に入れて天秤棒《てんびんぼう》で担《かつ》いで肩にかけ、織女を追った。牛郎が織女に追いつきそうになると、王母娘娘は、玉簪《たまかんざし》で後手に線を引くと天の河になった。牛郎と織女は天の河のそれぞれの岸に居て、一緒になることが出来ず、そのまま牽牛星と織女星になった。後に、王母娘娘は、二人が七月七日に逢うことを許した。毎年、七月七日には、鵲が集まって天の河に橋を架けるので、二人は逢うことができる。だから、その日は地上から鵲がいなくなる。また、その日の夜、葡萄畑《ぶどうばたけ》（胡瓜畑《きゅうりばたけ》）にいると、牛郎と織女の語り合うのが聞こえる。

この伝説がいつから存在するのかは不明であるが、牛の皮を着るというのは、牛を犠牲にすることで、これは、『史記』天官書に「牽牛は犠牲をおさめる」とあることからすれば、かなり古いものである可能性もある。この七夕伝説は、人間の牽牛が織女の仙衣を取って、その衣を着ていた織女と結婚するという点において、まさに、猟師などが羽衣を取って天女と結ばれるいわゆる羽衣伝説でもある。七夕伝説と羽衣伝説は、日本の昔話でも融合したものが見出される。なぜ、両者の結合が生じたのか、これについては第七章で述べてみたい。

まとめ

以上、中国の現存の七夕伝説は、大きく以の二つの形に纏《まと》められる。

①織女が牽牛に嫁いだ後、織物を織るのを止めたため、天帝の怒りに触れ、天の河を挟んで引き離され、七月七日だけ織女が天の河を鵲の橋を越えて逢うことを許される話。天帝が牽牛・織女を切り離す役目を果たす。

②織女が天から水浴びにきたところを牛郎が衣を盗んで結婚し、子供も出来るが、織女は西王母に連れ去られ、牛の皮を纏って天へ昇った牛郎は、西王母が簪で線を引いて出来た天の河で引き離され、牽牛・織女となり、七月七日だけ再会を許される話で、羽衣伝説と融合したもの。西王母が牽牛・織女を切り離す役目を果たす。

なお、七夕伝説については、①に梁山伯《りょうざんぱく》と祝英台《しゅくえいだい》の話を融合させたものが③として挙げられるという。[10] この「梁山伯と祝英台」の話は、学問を志した男装の麗人祝英台と梁山伯の悲恋であって、七夕とは別個の四大中国民話である。内容は祝英台が両親を説得し男装して杭州へ学問に出かけ、梁山伯と意気投合するが、梁山伯は祝英台が女性だとは気付かない。祝英台は、自分そっくりの妹と妻合わせたいからと言って故郷へ梁山伯を誘うが時既に遅く、祝英台は、親の決めた馬氏《まし》との婚礼が決まっていた。梁山伯は祝英台の妹とは祝英台そのものであったことを知り、絶望し病気になって死んでしまう。祝英台の花嫁行列が梁山伯の墓の前を通ると嵐が起こり、墓穴が開き、祝英台がその穴に入ってしまうと墓穴が閉じ、後に二人は蝶々になるという話である。これが七夕と結びついたとしても、それは後世的な結合とみなすべきであろう。

これらの七夕伝説がどのように発生・変遷してきたか、次章から詳しく考察してみたい。

注

(1) 新城新蔵『宇宙大観』(一九一九年)
(2) 白鳥庫吉『白鳥庫吉全集第八巻』(岩波書店、一九七〇年)
(3) 「天の河」の表記は、大河として認識した中国文献は「天の河」、そうでない日本では「天の川」を原則として使う。
(4) 出石誠彦「牽牛織女説話の考察」(『支那神話伝説の研究』中央公論社、一九四三年、一九七三年増補改訂版所収)
(5) 土居光知「古代中国における牽牛織女のものがたり」(『神話・伝説の研究』一九七三年、岩波書店)
(6) 小島憲之『上代日本文学と中国文学』中(塙書房、一九六四年)・家井眞「牽牛織女相會傳説起源攷」(『二松学舎大学論集』昭和五四年度)
(7) 小南一郎『中国の神話と物語り』(岩波書店、一九八四年)、同『西王母と七夕伝承』(平凡社、一九九一年)
(8) 中村喬『中国の年中行事』(平凡社、一九八八年)
(9) 李粛立『神話伝説故事選』(北京出版社、一九八二年)所収による。なお魚住孝義『万葉集　天の河伝説』(花伝社、一九九二年)等に幾つかの同様の伝説が載っている。
(10) (7)に同じ。

第二章　なぜ牽牛と織女の組み合わせになったのか

一、牽牛・織女の変遷

七夕伝説において、なぜ男女は、牽牛と織女の組み合わせなのか。羽衣伝説は猟師と天女、漁師と天女の組み合わせが一般的で、浦島伝説も漁師と天女の組み合わせである。一方、七夕伝説では、男性は牽牛であり、牛を連れている。なぜ牛が登場するのか。本章では、牽牛と織女の組み合わせがなぜ生まれたのか、具体的に検証してみたい。

夏の夜空を見上げれば、夏の大三角形と呼ばれる大きな三角形が見える。よほど暗い場所でないと天の河は見えにくいが、一等星であるこれら三つの星は見つけやすい。次頁の図4の上部、天の河の中央に見える星がはくちょう座αのデネブで、白鳥の尾に当たる。図の右上が織女星（こと座α、ヴェガ、織姫）で図の下部が牽牛星（わし座α、アルタイル、彦星）である。この天の河を挟んで向かい合う二星が七夕伝説の主役であることは、ほとんどの人が知っていよう。

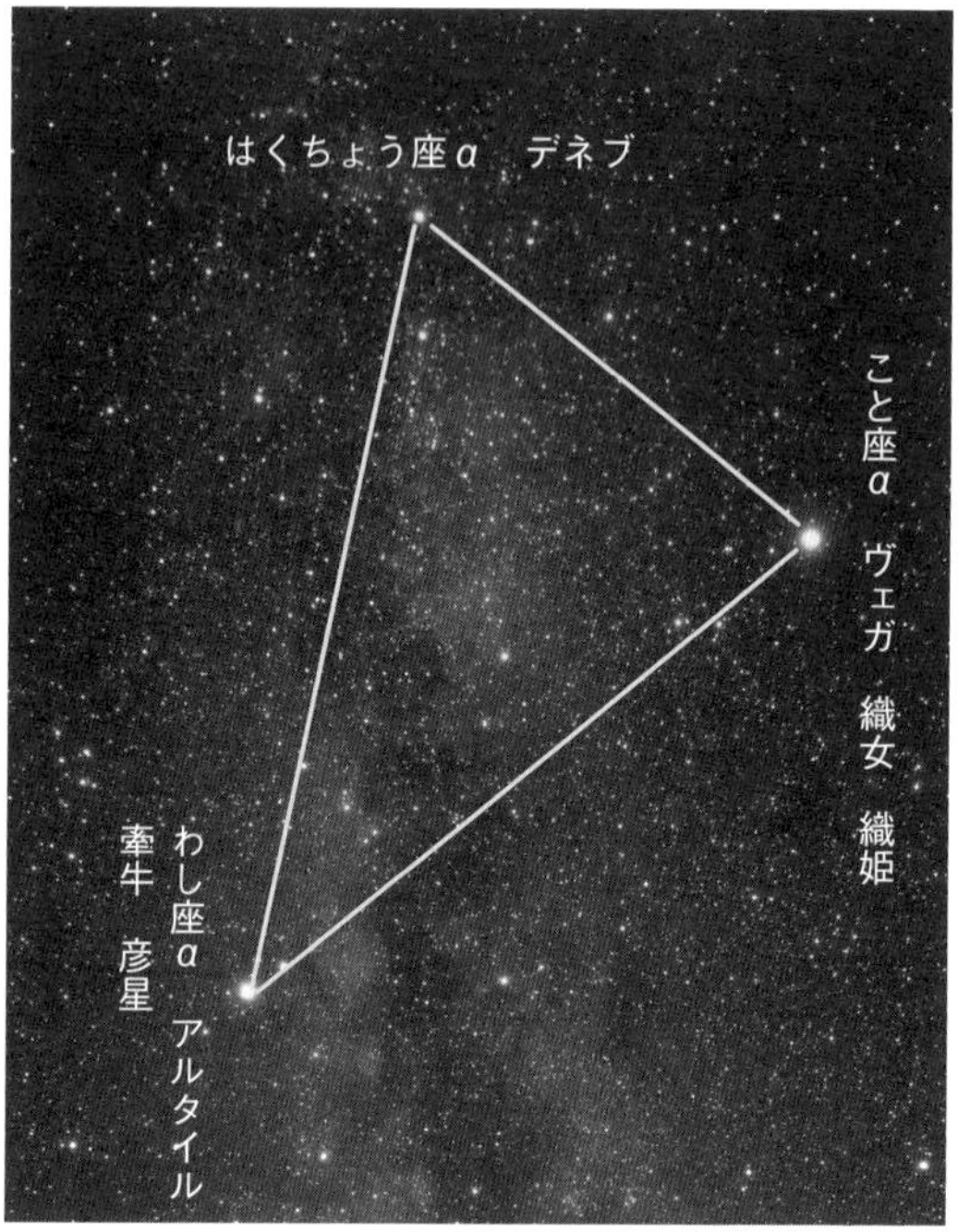

図４　夏の大三角形と天の河（撮影：藤井旭）

　しかしながら、大昔からこの組み合わせだったのかというと、実はそうではなかったようである。現在の牽牛星は、中国での伝統的な星名は「河鼓《かこ》」である。「河鼓」とは、「河《か》」即ち「天の河」に浮かぶ「鼓《つづみ》」のことで、将兵の士気を鼓舞する軍鼓《ぐんこ》のことである。「牛」とは関係の無い名称だったのである。軍鼓という楽器と織女の組み合わせでは、物と人の夫婦になってしまい、いかにも不自然である。それでは、牽牛（牛飼い）はどこに居るかと言えば、河鼓の南に二〇度ばかり離れた位置に「牛宿《ぎゅうしゅく》」と現在呼ばれている星宿が存在する（巻頭口絵の図1）。

　この「牛宿」は古くは「牽牛」と呼ばれていた。実際、『史記』天官書《てんかんしょ》（前九三年頃完成）には、「牽牛を犠牲と為す。其の北は河鼓。」とし、以下、『宋史』天文志（一三四五年）まで、すべて同様で、「牽牛」とは現在の「牛宿」のことだとしている。「牛宿」が本来の「牽牛」であって、現在「牽牛」とされる「河鼓」は、本来の「牽牛」の北に位置する別の星宿であって、元々は「牽牛」ではないとしているのだ。一方、同じく『史記』天官書には、「婺女《ぶじょ》、其の北は織女。織女は天の女孫なり。」とし、「織女」も「婺女（現在の女宿）」の北にあるとする。そのことは、「河鼓と織女」の組み合わせに対し、古くは「牽牛（牛宿）と婺女（女宿）」の組み合わせもあったのではないかと推測させるものがある（口絵図1）。

この「牽牛（牛宿）と婺女（女宿）」とは、二十八宿の中の二宿である。二十八宿とは、中国の最古の星座（星宿）である二十八の星の纏まりである。二十八宿は暦《こよみ》製作用に月の運行を調べるために考えられたもので、『史記』天官書以前には、二十八宿以外の星座は、北斗・織女など十余りに過ぎなかったとされている。(1) 中国では天の赤道近くに見える二十八の星を選び、それを原点として天の北極と結ぶ二十八の子午線を引いて天の赤道を自然の星で適宜区切った。そのためこの二十八宿が天体の位置を表わす基準となった。二十八宿は、月が毎日宿る星座を変えて行き、27・32日（恒星月）で元の星座に戻ることを利用して、月が宿る二十八の星座を定めたものとされる。単なる星座ではなく星宿と呼ぶのは、そのためである。北斗七星の柄の先を伸ばすと角宿《かくしゅく》（基準となる距星《きょせい》は乙女座αのスピカ）に至るので、二十八宿は角宿に始まる。次頁に一覧で示す。なお、二十八宿は陰陽道に従い、七宿ずつ四方・四神（四色・四獣）の纏まりに配当されている。

表1　二十八宿

	番号	古代の二十八宿の名称	現代の名称	星数	各星宿の意味	該当する西洋の星座名
東方青竜	1	角《かく》	同上	2	青竜の角《つの》	乙女座
	2	亢《こう》	同上	4	青竜の首	乙女座
	3	氐《てい》	同上	4	青竜の胴	天秤座
	4	房《ぼう》	同上	4	脇部屋（主人・婦人の居室）	蠍座
	5	心《しん》	同上	3	青竜の心臓	蠍座
	6	尾《び》	同上	9	青竜の尾	蠍座
	7	箕《き》	同上	4	青竜の尾	射手座
北方玄武	8	南斗《なんと》	斗《と》	6	飯や汁を掬《すく》う杓文字、柄杓	射手座
	9	牽牛《けんぎゅう》	牛《ぎゅう》	6	牛を牽く（こと・人）	山羊座
	10	婺女《ぶじょ》・須女《しゅじょ》	女《じょ》	4	玄武の甲羅。女・娘	水瓶座
	11	虚《きょ》	同上	2	空虚	水瓶・小馬座
	12	危《き》	同上	3	危険・険阻	水瓶・ペガスス座
	13	営室《えいしつ》	室《しつ》	2	住居。外が塞がれた奥部屋	ペガスス座

	14	東壁《とうへき》	壁《へき》	2	宮廷の図書庫	ペガスス座
西方 白虎	15	奎《けい》	同上	16	白虎の股ぐら	アンドロメダ・魚座
	16	婁《ろう》	同上	3	引き寄せる意	牡羊座
	17	胃《い》	同上	3	白虎の胃袋	牡羊座
	18	昴《ぼう》	同上	7	集団の意　白虎の背中	牡牛座プレアデス
	19	畢《ひつ》	同上	8	長い柄の付いた網雨師（雨降り星）	牡牛座
	20	觜觽《しけい》	觜《し》	3	鳥の嘴《くちばし》・海亀・白虎の口先	オリオン座
	21	参《しん》	同上	10	白虎の胸	オリオン座
南方 朱雀	22	東井《とうせい》	井《せい》	8	井戸	双子座
	23	輿鬼《よき》	鬼《き》	5	よこしまな謀略を観察する天の眼	蟹座
	24	柳《りゅう》	同上	8	朱雀の嘴	海蛇座
	25	七星《しちせい》	星《せい》	7	朱雀の頸《くび》	海蛇座
	26	張嗉《ちょうそ》	張《ちょう》	6	朱雀の胃袋	海蛇座
	27	翼《よく》	同上	22	朱雀の翼	コップ・海蛇座
	28	軫《しん》	同上	4	車や輿の台を組み立てる横木。車の総称	烏座

さて、二十八宿の中で、なぜ「牛宿」「女宿」の組み合わせを七夕伝説の始まりと考えるのか。これは、二十八宿のそれぞれが意味する物を比較すれば理解できよう。二十八宿のほとんどは、右に示したように青竜・白虎・朱雀などの身体の一部か、住居、調度のような存在が多く、人を彷彿させて恋愛関係が生じそうな星宿は、⑨の「牛」と⑩の「女」くらいしかないからである。「牛」は古くは「牽牛」の名称であり、「牛を牽《ひ》く人」つまり「牛飼い」を意味し、主に鋤《すき》を牛に牽かせて田畑を耕す農民を意味した。もっとも「牛」という名称の由来は、この星宿自体が、角を二本突き出した牛の姿を連想させたからである。実際、西洋の星座では「やぎ座」に当たり、角を α ・ β で表わす点などは、中国の「牛宿」の見方と一致している。

一方、「織女」は言うまでもなく、機織《はたお》りの女性であるが、「婺女《ぶじょ》」は「既婚の女性」(文選)、「須女《しゅじょ》」は「身分職業の賤しい女性」(『晋書』天文志)だという。また「布帛裁製《ふはくさいせい》を主《つかさど》る」とされているので、織女と同じく、服飾に関わる女性である。牛を牽いて農耕で食料を生産する「牛飼い」と裁縫で衣服を作る「裁縫女《さいほうおんな》」は飢えや寒暖から人々を守る重要で基本的な仕事であった。両性を象徴する男性の「牛飼い」、女性の「裁縫女」が隣り合っていれば、そこに恋愛譚が生じるのはごく自然な現象であろう。この点について、既に福島久雄氏は、「『晋書』では須女は布帛裁製をつかさどるというから「女宿」は織女(ベガ)の原型かも知れない。」と指摘されている。(2)

以上を纏めると、二十八宿を眺めた古代人が、婺女と牽牛という並び方に裁縫女と牛飼いのイメージを感じ恋愛関係を見出したのが、七夕伝説の始まりであろう。男性が牛と関係を持つのは、牽牛という名称からすれば当然で、七夕伝説の男性が牛飼いであるのは、まさにそのためだったのである。これが第一の段階である。

二、「婺女（女宿）」「牽牛（牛宿）」から「織女」「河鼓（牽牛）」へ

その後、どういう展開で、現在の「織女」と「河鼓」の組み合わせに変わって行くのだろうか。そこで、「織女」「河鼓（牽牛）」「牽牛（牛宿）」「婺女（女宿）」について、主な用例を古い順に表2に示した。

この表から読み取れるのは、次の事柄である。（なお、表内に付した補注を先に掲出する。）

補注1、曽侯乙墓二十八宿図は、曽侯乙の墳墓から出土した漆箱の蓋に描かれていたもの。

補注2、通常、前十一世紀から七世紀の成立とされるが、詳細不明。史記は、王者が集めた歌謡から孔子（前五五一～四七九）が三一一編選んだと記すが、否定的見解もある。孔子が関わるなら前五世紀まで下る。

補注3、『礼記』の月令の部分は、『呂氏春秋』の十二月紀を基にしたもので、内容はほぼ同一である。

補注4、『爾雅《じが》』釈天では、「河鼓謂之牽牛（河鼓これを牽牛と謂ふ）」とあって、「河鼓」を「牽牛」としている。『爾雅』は、春秋戦国時代以降の四書五経などの古典の語義解釈を前漢の学者が整理した中国最古の辞書とされる。但し、実際に成立したのは漢書芸文志に書名が載るので、漢書の作者班固（三二～九二年）が漢書を編纂した前で、史記の後と推測される。

補注5、後漢書の志三十巻は、晋の司馬彪（?～三〇六年）の続漢書から取ったものとされる。

表2 「織女」「河鼓（牽牛）」「牽牛（牛宿）」「婺女（女宿）」の主な用例

時代	年代	主な文献名等	織女 こと座α	河鼓《かこ》／牽牛 わし座α	牛宿／牽牛 やぎ座β	女宿／婺女《ぶじょ》・須女《しゅじょ》 みずがめ座ε	参考 作者・編纂者
春秋	前433年	曽侯乙墓二十八宿図	なし	なし	牽牛	婺女	（補注1）
春秋	前7〜5世紀？	詩経・小雅・大東	織女	なし	牽牛	なし	孔子？（補注2）
戦国	前350年頃	左氏伝・昭公十年一月	なし	なし	なし	婺女	左丘明
戦国	前350年頃	国語・周語下	なし	なし	牽牛	なし	左丘明
戦国	前240年頃	呂氏春秋	なし	なし	牽牛	婺女	呂布韋
戦国	前200年頃	礼記・月令	なし	なし	牽牛	婺女	（補注3）
戦国	前130年頃	淮南子・天文訓	なし	なし	牽牛	須女	淮南王劉安
戦国	前130年頃	淮南子・時則訓	なし	なし	牽牛	婺女	淮南王劉安
前漢	前97年	史記・律書	なし	なし	牽牛	須女	司馬遷
前漢	前97年	史記・天官書	織女	河鼓	牽牛	婺女	司馬遷
紀元	紀元前後？	爾雅・釈天	なし	河鼓・牽牛	牽牛	なし	（補注4）
後漢	82年頃	漢書・律暦志	織女	なし	牽牛・牛	婺女・女	班固・班昭

後漢	100年頃	漢書・天文志	織女	河鼓	牽牛	婺女	班昭
晋	290年頃	風土記	織女	河鼓・牽牛	なし	なし	周處
晋	300年頃	後漢書・律暦志	なし	なし	牽牛・牛	須女・女	（補注5）
晋	300年頃	後漢書・天文中・下	織女	河鼓	牽牛	須女	
梁	500年頃	続斉諧記	織女	河鼓・牽牛	なし	なし	呉均
唐	630～640頃	晋書・天文志	織女	河鼓	牽牛	須女	房玄齢ら
唐	713～741年	開元占経	織女	河鼓	牽牛	須女	瞿曇悉達《くどんしった》
唐	800～900年	歩天歌	織女	河鼓	牛	女	元丹子？
元	1345年	宋史・天文志	織女	河鼓	牛宿	須女	托克托《トクト》
明	1739年完成	明史・天文志	織女	河鼓	牛	女	張廷玉
清	1752年完成	儀象考成・恒星総記	織女	河鼓	牛宿	女宿	戴進賢

①「河鼓」は前漢の『史記』から用例が見られるので、それ以前は、「牽牛」といえば、「牛宿」のことを指した。「牽牛」で「河鼓」のことを指すのは『爾雅』「釈天」以降であって、紀元前において「牽牛」と言えば「牛宿」を指したことは否定できない。紀元後の後漢から唐に至る間は、「牽牛」の呼称で「牛宿」と「河鼓」のどちらも指す並立時代が続いたと推測される。(3)

その後は、だんだんと、「牽牛」で「河鼓」を指すようになっていった。

②「牛宿」は春秋時代からずっと「牽牛」と呼ばれてきたが、後漢以降、「牽牛」で「河鼓」のことを指すことが増えていくと、「牛宿」の「牽牛」は、「牛宿」や「牛」と呼ばれ始め、「牽」が取れたため、「牛を牽く人間」から、単なる畜生としての「牛」に貶《おとし》められていった。ただ全く「牽牛」という呼称が消えてしまった訳では無く、一部には、「牛宿」こそ「本来の牽牛」だという意識は残っていた。

③「織女」は春秋時代にもわずかに登場するが、表から判断して、「牽牛」との組み合わせは「織女」とではなく、「婺女《ぶじょ》（須女《しゅじょ》）」とであった可能性が高い。両者の恋愛関係が推測される。

④「婺女」は、春秋時代から「婺女」と呼ばれていたが、戦国時代以降「須女」の名も用いられ始め、さらに唐以降は「女宿」や「女」と呼ばれることが増える。これは「織女（こと座α）」が「牽牛（牛宿）」や「牽牛（河鼓）」の伴侶とされていくにつれ、「織女」と紛らわしい「婺女」や「須女」の名から「婺」や「須」を取って、単なる女性一般に変えられたのであろう。

なお、「裁縫をする女」の「婺女」から「織物を織る女性」の「織女」へ交代したのは、「裁縫」をするには「織布」が必要であり、織物を織る「織女」の方がより根源的であると見做されたためかも知れない。ただ、発生的には「裁縫女」の方がより古く由緒があるわけで、乞巧奠では織物を織ることではなく、針に糸を通し裁縫の上達を願う儀式がなされるのは、「裁縫女」である「婺女（須女）」を本来祀ったことの名残とも推測されるのである。

以上考察したように「牽牛（牛宿）」と「婺女（女宿）」の原初的組み合わせから、「織女」や「河鼓」との組み合わせへと順次推移していった。このことを裏付けるために、少し補足してみたい。

三、「牽牛（牛宿）」と「婺女（女宿）」の原初的な組み合わせの証左

ア、漢代の画像石の変遷から

中国では近年、考古学による発掘調査が進み、漢代の画像石についても多くの成果が得られている。23～25頁に掲げる図はその成果の一部で、七夕伝説と関わる部分である[4]。

図5は、西安で出土した壁画で、二十八宿図が描かれているが、掲載したのはその一部で、婺女（女宿）と牽牛（牛宿）の図がある。左下の婺女は四つ星に囲まれた中に女性が正座している姿で、明確に見えるのは三星である。一星は剥落ではっきり分からないが、図8のように画像を拡大してみると、左下の星から斜め上に星と星を繋ぐ星座線が見え、その先端に微かに星の形らしく思われる円が見える。断定はできないが、剥落した部分に星の印があった可能性は高い。その場合、星座線は四つの星を結ぶ台形を成しており、図9の婺女の絵に見られる台形の星座図と一致する。右下の牽牛は、拡大すると図12の図のように牛の下腹部に三星が並び、牛の肩から首、頭に懸けても剥落があって明確には分からないが、星が三つ並んでいるように見える。もしそうなら合わせて六星で、文献上の牽牛（牛宿）の星の数と一致する。後世の男性が牛を牽く構図はこの時に既に成

立している。また、図5の模写のように、婺女（女宿）の隣の虚宿二星、危星三星、牽牛の隣の斗宿六星も、すべて『史記』天官書の記述と一致しており、婺女（女宿）についても、『史記』天官書の記述通りに四星があり、台形に女性を囲んでいたと理解すべきだろう。婺女の上には、円の中に飛び跳ねる兎と手足を広げるヒキガエル（蟾蜍《せんじょ》）がいて、全体が月を表わしている。

図6は、河南省南陽市白灘の画像石で、王建中氏は、次のように述べている。[5]「左上の七星は円形に連なっており、内部には月と思われる白い兎の彫刻がある。その下に刻まれた四星は、ほぼ方形の形をして連なり、中には一人の女性が刻まれている。これは即ち織女である。中央に刻まれた三星の連なりは衡石星である。その下の星宿は即ち白虎である。……写真の右の彫刻は三星が連なり、牽牛星と思われる。その下に刻まれた一人の男性は鞭を揚げて、もう一方の手で牛を牽いている。これは即ち牽牛郎である」。また、李景山氏は、「右上隅に一人の鞭を持って牛を牽く人物がいて、上には相連なった三星がある。左下には相連なった四星が刻まれていて、『門』の字形に一人の正座した女性を取り囲んでいる。……この画像石は牛宿と女宿及び参宿と昴宿を表している（白虎三星は参宿が代表し、一匹の兎を円形に囲んでいる七星は昴宿を表している）。その中の女宿の形象は「婺女四星」と符合する。但し、牽牛（牛宿）は六星の表示とはなっていない。」と論じる。[6]

図6の左下部にある女性像が当該のもので、図9に拡大し、図10に星図も示した。この画像石について筆者は、両氏の指摘のように、七つの星に円形に囲まれた兎は月と考える。月の陰影に兎を見出すことは自然なことだからである。一方、月の周囲の七つの星は何か。王氏は何も触れず、李

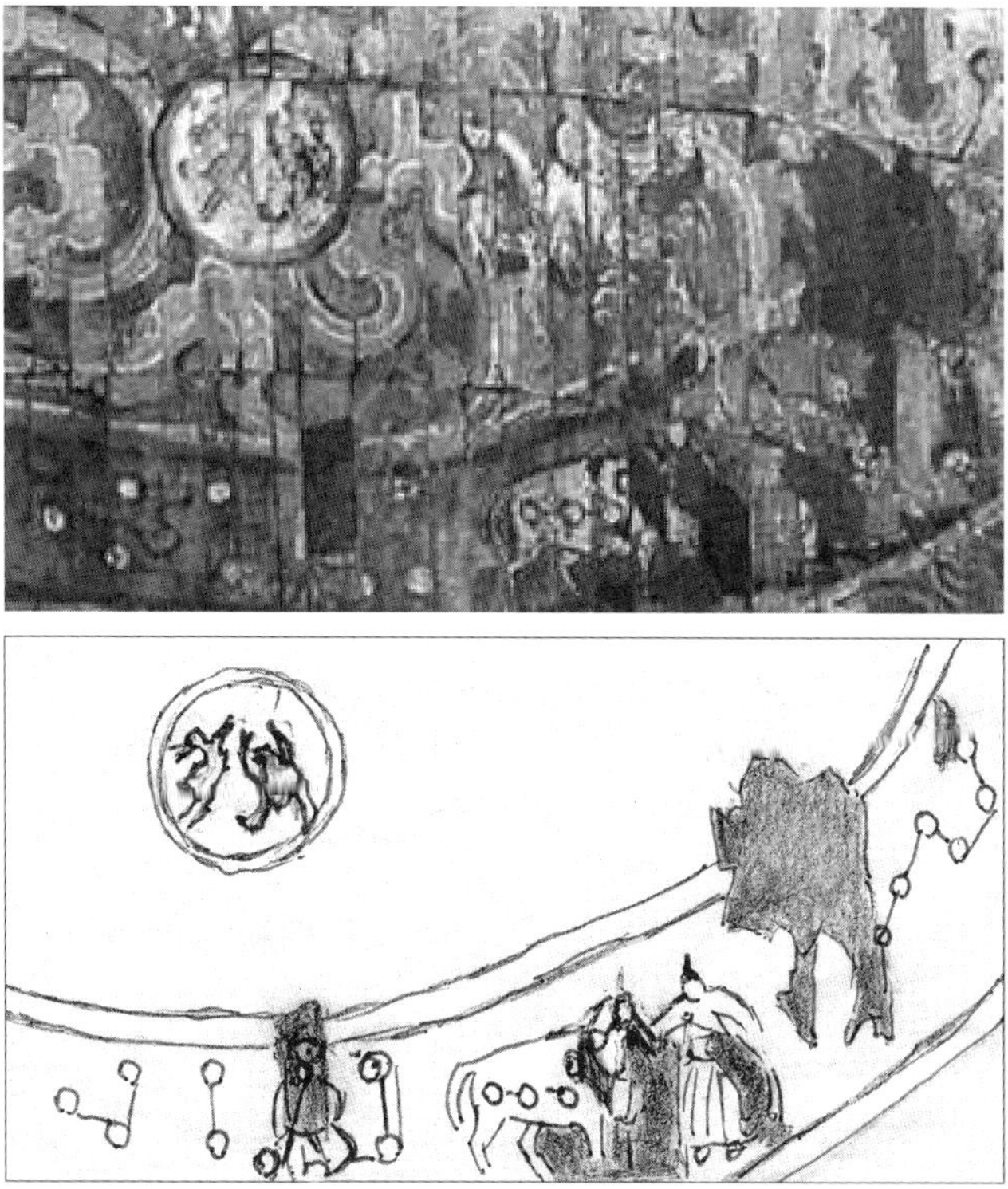

図５　前漢時代　西安交通大学西漢墓星図（部分）と模写

図６　後漢時代　河南省南陽市白灘画像石

氏は昴としている。昴は確かに七星だが、月を囲む構図は現実にありえず、昴と七夕は季節的にも合わない。この星のように見える円い点は、一日ごとの月であって、左上の小さい月が新月で、毎日すこしずつ大きくなり、兎の真上の月が上弦の月で、七日経ったこと、即ち月齢を表わしている

図７　後漢時代　陝西省靖辺渠樹壕東漢墓壁画（部分）
なお織女の織機は棚機（たなばた。第三部第一章参照）である。

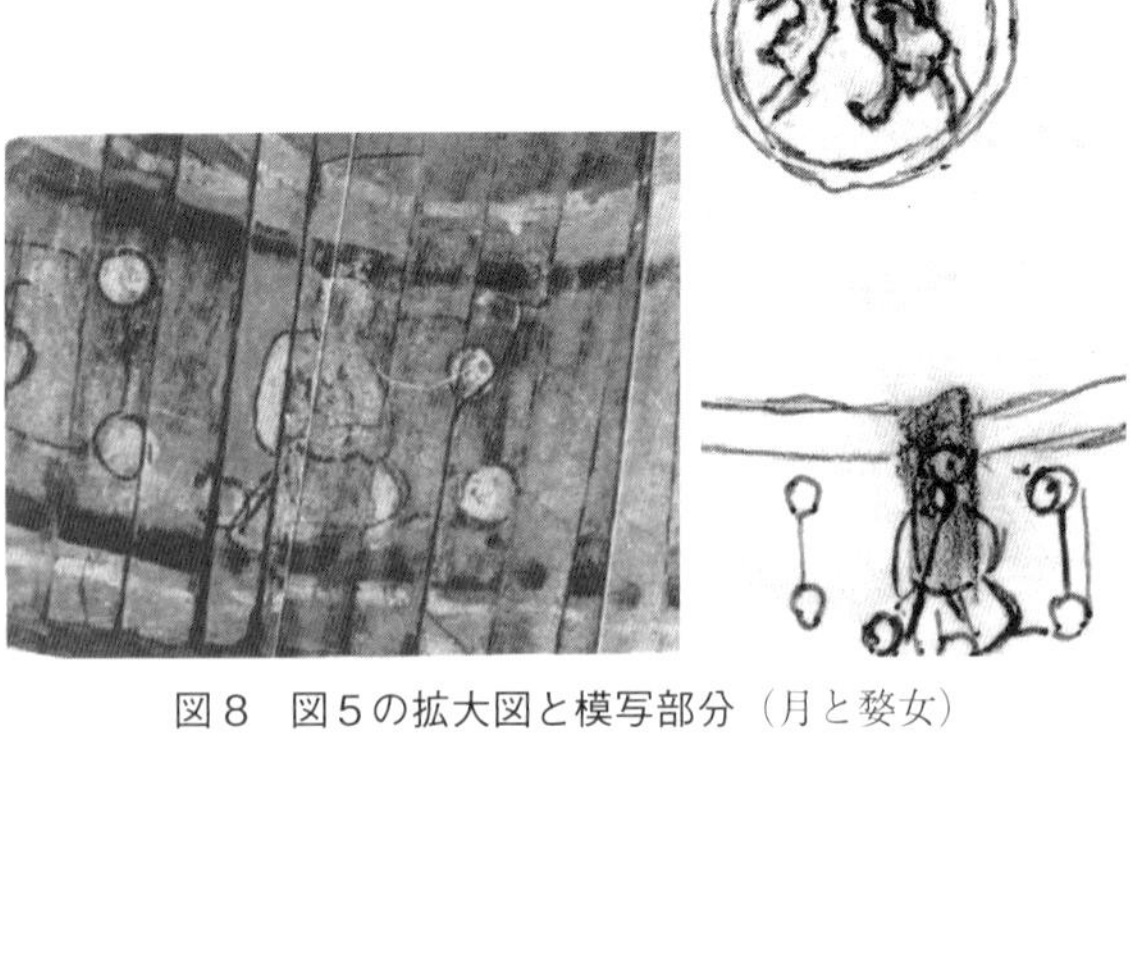

図８　図５の拡大図と模写部分（月と婺女）

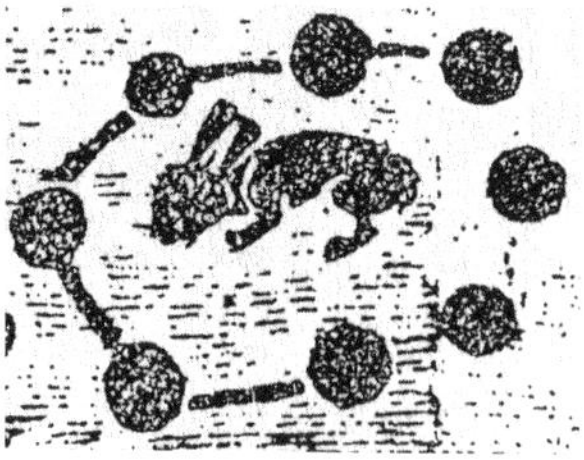

図 11　河南省南陽市東関画像石（部分）

図 12　図 5 の模写部分（牽牛〔牛宿〕）

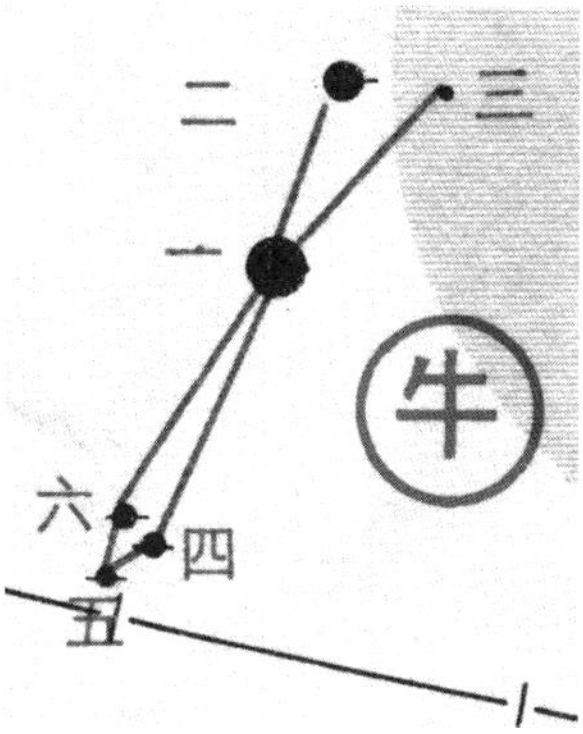

図 13　牽牛（牛宿）星図

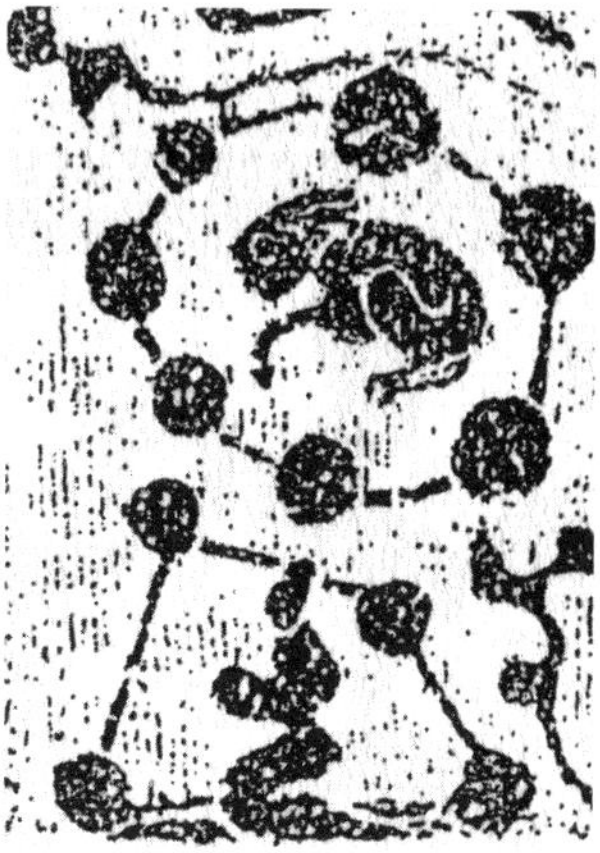

図 9　図 6 の部分（月と婺女）

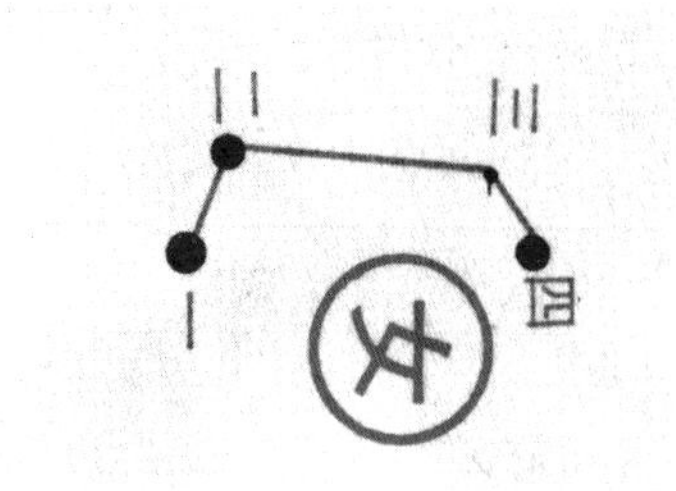

図 10　婺女（女宿）星図

図 5 ～ 9 及び 11・13 は王建中『漢代画像石通論』（紫禁城出版社、2001 年刊、441 ページ）及び、注(4)に示した電子公開による。図 10・13 は伊世同編『全天星図』（中国地図出版社、1987 年、9 ページ）による。

のでなかろうか。これは、図11に示したように、兎の周りを八つの星が囲んでいる図も存在することから、その数が一定で無いこと自体が、星ではなく、毎日の月の姿で月齢を表わしているとみた方が適切と考えるからである。その場合、七つの星に見える七つの月は、当然七日の月であることになる。この場合は、七日の月は七月七日を表わすと推測され、七夕当日であることを意味するものであろう。従って、この画面は、七夕伝説を描いたものであることは間違いなかろう。さて肝心の四星で囲まれた女性像であるが、王氏は織女とし、李氏は女宿（婺女）とする。従来、これを織女とする見方が圧倒的に多かったが、筆者も李氏に与みしたい。それは次の理由からである。この女性には織機も見当たらず、床に正座し、手に持っているのは刺繡の布か何か布切れのように見える物である。『晋書』天文志によれば、「須女四星、……主布帛裁製嫁娶。」とあって、須女（婺女の別名）は、「木綿と絹、裁縫、娵入りと嫁取り」を任務としていた。一方、織女は「織女三星、……主果蓏絲帛珍寶也。」とあって、「果物と野菜、絹糸と絹織物、珍しい宝物の管理」を任務としている。特に注目されるのは星の数であって、「須女四星」に対して、「織女三星」とあることだ。当該の女性は明らかに「四星」で囲まれている。織女の場合は、図7の画像石のように、星は三星で、かつ、機織り機に座った姿で描かれることが普通である。従って、この四つの星で囲まれた女性は、星の数と女性の姿態と織機の有無などを総合的に判断して、「織女」ではなく「須女」即ち「婺女（女宿）」である可能性が極めて高い。実際、画像石の四つの星の並び方が作る台形は、実際の天空における「婺女（女宿）」の四つの星の並び方が作る台形（図10）と一致する（口絵の写真と図も参照のこと）。なお、明らかに婺女であるのに七夕伝説の女主人公として登場していることは、織女と完全に入れ替わる前は、婺女の姿が、織女の姿として、依然として通用していたことを示す事例して解釈できよう。

次に、図6の中央の三星と虎であるが、王氏は白虎であるとし、李氏は参宿であるとする。『史記』天官書には「参《しん》を白虎とす」とある。オリオン座の中心にある三つ星は参宿《しんしゅく》と呼ばれ、その周囲の四星（ベテルギュース・リゲル・ベラトリックス・サイフ）は四つ足、觜宿《ししゅく》三星は顔で、全体で足を四方に広げた白虎の姿になる。従って、王氏も李氏も同じ事を述べていることになる。しかし、参宿（白虎・オリオン座）は冬の星座で七夕とは時期的に合わない。それなのに何故、牽牛と婺女の間に参宿（白虎）が描かれているのか。そのためには、別の方向から参宿に光を当てて見なければならない。

中国では白虎は西方七宿の主で西方を支配する霊獣とされた。一方、西方を支配する神としては西王母も存在する。名前の通り「西方の王である女神」で、前漢の『山海経《せんがいきょう》』西山経《せいざんけい》では「その状人《さまひと》の如《ごと》く豹尾《へうび》・虎歯《こし》」、晋代の『帝王世紀』では「人身虎首《じんしんこしゅ》にして豹尾《へうび》あり」とされ、身体は人のようでも顔や歯は虎の姿をしていることになる。既に拙著でこの点は指摘したが、六朝の『漢武帝内伝』では美女に描かれる西王母は、古くは虎の顔をして、白虎そのものであったとも言える。(7)従って、参宿（白虎）が西王母を表わすものであれば、七夕伝説との接点が見出せる。第一章で指摘した如く中国の七夕伝説には、西王母が天の河を作って牽牛・織女の仲を切り離す役目を果たす伝承があるからである。当該の画像石で、参宿（白虎）が牽牛と婺女（織女相当）の間に入って両者を切り離しているように見えるのは、まさに西王母が牽牛織女（この場合は婺女）の恋路を隔てている図として理解できるのでなかろうか。

この推定が正しければ、後世に織女が来るべき所に婺女（女宿）が存在しているのは、織女は古くは婺女（現在の女宿）がその役目を担っていて、当該の画像石ではその伝統的な婺女の図案が残っていたのだと推論されよう。実際、後漢時代の図7では、婺女の位置に織女が存在し、機織り機に座り、かつ、織女三星を表わすために、織女の頭上に山形の三星が描かれている。図7では、牽牛は既に河鼓に交替し、牛宿でないことは、牛の上の星が三星であって、牛宿の六星でないことから明らかである。しかしながら図像的には、図5の牛宿で描かれた牛を牽く男性の姿は、向きこそ違え、そのまま継承されており、七夕伝説の基本的な画像は、牛宿と女宿が七夕伝説の原型であったときに既に成立していたと理解すべきだと考えたい。

イ、明の張煌言の『氷槎集』の「女宿」

さらに、時代は下るが、明の張煌言《ちょうこうげん》（一六二〇～六四）という人が居る。彼は明の遺臣として、明が滅亡する際に台湾に逃れ、鄭成功と共に清朝と戦った人物で、最後まで降伏せず果てた。彼の『氷槎集』に「昔之乗槎者、或為客星而犯斗牛、或入女宿而得支機（昔《むかし》の槎《いかだ》に乗《の》りし者《もの》、或《ある》いは客《かく》星《せい》と為《な》りて斗牛《とぎう》を犯《をか》し、或《ある》いは女宿《ぢよしゆく》に入《いり》て支機《しき》を得《え》たり）」という一節がある。これは『荊楚歳時記』にある、張騫《ちょうけん》が槎《いかだ》に乗って黄河を遡り牽牛と織女に出会い、織女から支機石《しきせき》を得るという有名な故事を詠んだものである。通常は、この牽牛は河鼓（わし座α）で、織女は文字通り織女星（こと座α）であるというふうに理解されている。ところが、この文では斗牛といっているのだから、二十八宿の「斗宿（南斗六星・いて座）」と「牽牛（牛宿六星・やぎ座）」であり、「女宿」は、「織女三星（こと座）」ではなく、「婺女・須女四星（みずがめ座）」を指していることは疑い得ない。後世でも「女宿」を織女と捉える形が存続していたのである。

まとめ

以上を整理すると次のようになる。それぞれの段階の図像的関係は31頁の図14に示した。

第一段階　二十八宿は、中国の星座の基本であって、よく知られていたため注目された。二十八宿の中で単独で人間の姿が明確な「牽牛（牛宿）」と「婺女＝須女（女宿）」が、牛飼いと裁縫女の纏まりで意識され、両宿は並んでいることもあり、やがて恋愛感情を持つように見なされ、原初的七夕伝説となった。なぜ七夕伝説が牽牛と織女の組み合わせになったかと言えば、その始まりが、二十八宿の牽牛（牛宿）と婺女（女宿）の組み合わせであったからに他ならないと言えよう。これは長い歴史をもったため、人々に親しまれ、「牽牛（河鼓）」「織女」の組み合わせに代わった後も、少なくとも明代まで永く人々の意識に生き続けた。春秋時代から前漢ころまで継続し、以後も潜在的に続く。この段階を示す代表例は西安交通大学西漢墓星図。明の張煌言の『氷槎集』。
第二段階　「牽牛（牛宿）」と「婺女（女宿）」の恋愛関係は、実際の天空では、「婺女（女宿）四星」は星が四等星以下、「牽牛（牛宿六星）」は三等星以下の星の纏まりで、どちらも星が小さすぎ目立たなかった。そこで、職能が似ていて、明るく分かり易い「織女星」がまず牽牛（牛宿）の相手として選ばれ、「婺女（女宿）」に代わって天の河を挟んで対峙する「織女」と「牽牛（牛宿）」の対になった。春秋から後漢前期。代表例は『詩経』小雅・大東の「織女・牽牛」、班固「両都の賦」の「牽牛・織女」。
第三段階　「牽牛（牛宿六星）」と「織女」の組み合わせが出来たものの、「牽牛（牛宿六星）」は三等星以下の星の纏まりで一等星を持つ「織女」と釣り合わないと思われるようになった。そこで、両者を繋ぐ線上にあり、一等星を持つ「河鼓」に牽牛の名が新たに与えられ、天の河を挟んで、一等星同士の「織女」と「牽牛（河鼓）」が向かい合う形が新しく誕生した。しかし、まだ固定せず、不安定な時代。後漢。図像面では、「織女」ではなく「婺女」が使われ、「牽牛（河鼓）」と対になる例も見られた。図像面の代表例は河南省南陽市白灘の画像石。
第四段階　「牽牛（河鼓）」と「織女」の組み合わせが固定し、画像も定着した一方で、本来の「牽牛（牛宿）」は、紛らわしいとされ、「牽」を取られて「人」から「牛（畜生）」に変えられ、七夕伝説の主役の座を降りさせられた。「婺女」も「婺」の漢字を取られて、単なる「女」に変え

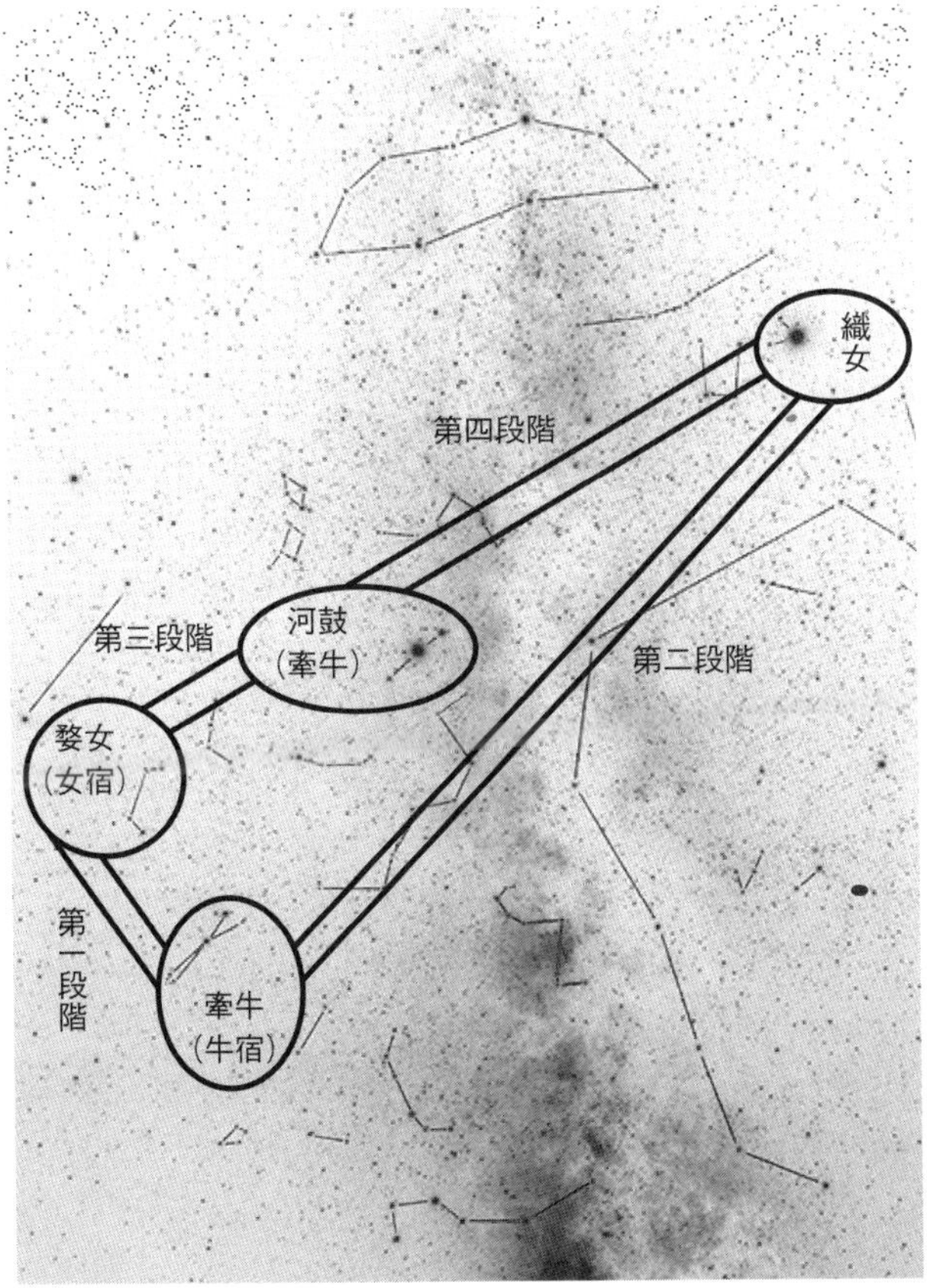

図 14　古代中国における七夕伝説組合せの変遷図（筆者作）

られ、その役割を終えた。後漢以降～現代。現代の標準的組み合わせ。

注

(1) 大崎正次『中国の星座の歴史』(雄山閣、一九八七年五月)「先秦時代の星座」二七頁

(2) 福島久雄『孔子の見た星空』(大修館書店、一九九七年三月)一〇八頁

(3) その点について大崎正次氏は、右の注1の書の「織女と牽牛をめぐる疑問と解明」二二五頁で次のように述べている。「ある時期(おそらくは漢代―後述)に至って、七夕説話が中原の世界に普及したころ、説話の内容から、織女の愛人である牽牛は、天の河を隔てる対岸の位置にあるべきであるとするところから、河鼓という星座が選ばれ、南方にある牽牛の名を河鼓にも与えたため、河鼓の別名としての牽牛と、本来の牽牛(牛宿)が併存することになったのである、と私は思う。」

(4) 画像石の画像は、王建中『漢代画像石通論』(紫禁城出版社〔北京〕二〇〇一年六月)、雒启坤《らくけいこん》「西安交通大学西漢墓葬壁画考釈」(『自然科学史研究』二〇〇二年二月)の「考古中的国」による電子公開、梁軒「陝西靖辺渠樹東漢壁画天文図中の〝星〟と〝象〟」(『形象史学』二〇二二年春之巻総第二十一集、中国社会科学院古代史研究所文化史研究室)の「鳳凰網国学」による電子公開に拠る。

(5) 本文の引用は、王建中『漢代画像石通論』(前掲書)四四一頁に拠る。現代中国語は自ら翻訳し、教え子の唐吏強氏に確認修正してもらった。

(6) 李景山「漢画中牛宿と女宿の形象研究」(『洛陽考古』二〇一八年)。本論翻訳も唐吏強氏のお世話になった。

(7) 拙著『星座で読み解く日本神話』(大修館書店、二〇〇〇年六月)二三七～二四一頁

第三章　七夕伝説はどこまで遡るのか

一、三国時代の七夕伝説

本章では、織女と牽牛の天の河を挟んでの悲恋を扱った七夕伝説は、どこまで遡りうるのか検討したい。漢代に続く三国時代、魏の文帝（曹丕《そうひ》。一八七〜二二五）が詠んだ「燕歌行《えんかこう》」という楽府《がふ》の一節にも七夕伝説が見出される(1)。

星漢《せいかん》西《にし》に流《なが》れて夜《よる》未《いま》だ央《つ》きず。牽牛《けんぎう》織女《しょくぢょ》遙《はる》かに相望《あひのぞ》む。爾《なんぢ》独《ひと》り何《なん》の辜《つみ》ありて河梁《かりやう》に限《かぎ》らる。（天の河は西に流れ傾いて、夜もかなりたけたが、まだ明けにはならぬ。その河を隔てて、ひこ星と七夕つめは、はるかにながめ合っている。どんな罪をおかしたために、数ある中で、御身たちだけが、このように橋を隔てなくてはならぬのか。思えば私たちも同じこと。）

これは、秋の夜、北方の燕への戦役に従事してなかなか逢えない夫を思慕する妻に仮託して詠んだ文学的虚構の作品であり、牽牛と逢いたくてもなかなか逢えない七夕の織女の気持ちと重ねて詠んだところが味噌である。また、曹丕の時代には、七夕伝説が天の河を挟んだ悲恋の物語として、すっかり定着していたことを示すものでもある。この場合の牽牛は、牛宿ではなく、既に河鼓に代わった時代の牽牛であろう。

二、後漢前期から前漢の牽牛・織女像

後漢前期の班固（三二〜九二）の「両都《りょうと》の賦《ふ》」にも、次のように牽牛と織女の記事がある。(2)

昆明《こんめい》の池《いけ》に臨《のぞ》めば、牽牛《けんぎゅう》を左《ひだり》にし織女《しょくぢょ》を右《みぎ》にし、雲漢《うんかん》の涯無《はてな》きに似《に》たり。（昆明の池に行けば、牽牛の像を左に織女の像を右にして、天の河のように果てしなく続いています。）

昆明湖に人工的に造られた牽牛と織女の像を詠んだものだが、ここでは明らかに、天の河に見立てた昆明湖の両側に、恋愛感情を持った牽牛と織女が並ぶという描写が見られる。

では、この像がいつ造られたかと言えば、晋代の潘安仁《はんあんじん》（二四七〜三〇〇）の「西征《せいせい》の賦《ふ》」に次の一文がある。

乃《すなは》ち其《そ》の中《なか》に昆明池《こんめいち》有《あ》り。……浩《かう》として河漢《かかん》の如《ごと》し。……昔予章《むかしよしやう》の名宇《めいう》、玄流《げんりう》を披《ひら》いて特《とく》に起《おこ》る。景星《けいせい》に天漢《てんかん》に儀《のつと》り、牛女《ぎうぢよ》を列《つら》ねて以《もつ》て双《なら》び峙《そばだ》つ。万載《ばんさい》にして傾《かたむ》かざらんことを図《はか》りしも、奄《には》かに十紀《じふき》に擢落《さいらく》せり。（その中に昆明池がある。……広々として天の河のようである。……昔、予章観《よしょうかん》を黒水《こくすい》に建《た》て、天の河の瑞星《ずいせい》に似《に》せて二石人《にせきじん》を立て、牽牛・織女に象《かたど》らせた。武帝はこの観を建てる時、万年の後も傾いたりしないように企画したが、わずかに百余年で崩れ落ちることに

なった。）

『漢書』武帝紀に「元狩三年（紀元前一二〇年）、……昆明池を穿《うが》つ」とあるので、この昆明池の中に、予章観という高台を建て、天の河に見立てた両側に牽牛・織女の石像も建てたことになる。紀元前一二〇年に、七夕二星の石像を建てたのであれば、前漢早期にも天の河を挟んで向かい合う七夕伝説が完成し、流布していたことを示そう。但しこの場合の牽牛は、史記以前の「牽牛」に当たり、当時「牽牛」と言えば「牛宿（やぎ座β）」を指すから、河鼓ではなく、牛宿である可能性が高いので、前章の第二段階に当たる[3]。

三、詩経と七夕伝説の関係

さらに遡れば、織女と牽牛という名称、及び天の河は、既に『詩経』の中に見出すことができる。『詩経』は中国最古の詩集で「周初から春秋の中ごろまで（前一一〇〇ごろから前六〇〇ごろ）の詩を集めている」（近藤春雄『中国学芸大事典』）とされる。以下、『詩経』小雅・大東に、先行論を基に独自の解釈を加えた。

維《こ》れ天《てん》に漢《かん》有《あ》り　監《み》れば亦光《またひかり》有《あ》り　跂《き》たる彼《か》の織女《しよくぢよ》　終日七襄《しうじつしちじやう》す　則《すなは》ち七襄《しちじやう》すと雖《いへど》も報章《はうしやう》を成《な》さず　睆《かがや》ける彼《か》の牽牛《けんぎう》は以《もつ》て服箱《ふくさう》せず　東《ひがし》に啓明《けいめい》有《あ》り　西《にし》に長庚《ちやうかう》有《あ》り　捄《きう》たる天畢《てんひつ》有《あ》り　載《すなは》ち之《これ》を行《ぎやう》に施《ほどこ》す　維《こ》れ南《みなみ》に箕《み》有《あ》り　以《もつ》て簸揚《はやう》すべからず　維《こ》れ北《きた》に斗《と》有《あ》り　以《もつ》て酒漿《しゆしやう》を挹《く》むべからず　維《こ》れ南《みなみ》に箕《み》有《あ》り　載《すなは》ち其《そ》の舌《した》を翕《あは》す　維《こ》れ北《きた》に斗《と》有《あ》り　柄《え》を西《にし》にして之《これ》を掲《かか》ぐ

〔それ天上世界には天の河がある。よく見ると、その河には光が有って、水ではなく、星の集まりと分かる。〔天の河には、水など流れていない。〕棚機《たなばた》の踏み板を踏んで、両足を上げ下げして〔機《はた》を織る〕あの織女は朝から晩まで仙車を牽く七頭立ての馬車馬のように両足を交互に上げ下げして踏み板を踏み、一心不乱に機織りを続けるが、いくら機織りを続けても、〔星であるから〕杼《ひ》や筬《おさ》を反復させ、機を織って模様を仕上げることはできない。〔つまり、「実際に織物を織ることはできない」の意。〕きらきら光るあの牽牛星は〔星であるから〕実際に荷車を付けて牽《ひ》くことはない。東には明けの明星があり、西には宵の明星がある〔が、ただ光っているだけである。〕天上には丸い形に柄《え》のついた小網の畢星《ひっせい》があるが、ただ天上世界を動いて行くだけで、〔実際に網の働きをするわけではない。〕それ南には箕星があるが〔星であるから〕それで、もみを〔実際に〕選別することはできない。それ北には斗《ます》である北斗星があるが〔星であるから〕それで〔実際に〕酒を汲むことはできない。それ南には箕《み》である箕星があるが〔星であるから〕ただ舌の形で空を煽《あお》ぐのみ〔実際の穀物は扇げない。〕それ北には斗である北斗星が有るが〔星であるから〕柄を西に向けて掲げるのみである。〕

右の『詩経』小雅・大東の内容は、西方の大国である周の苛斂誅求《かれんちゅうきゅう》に苦しむ東国の小国の民の窮状を歌った詩とされる。織女とは名ばかりで、天上の織女星は機織りをせず、牽牛も名ばかりで、車を牽くこともしないことが述べられる。つまり、地上の織女や牽牛なら、機織りや車の牽引を行い、自分たちのために働いてくれるのに、天上の織女や牽牛は、星の集まりで実際の労働をするわけではないことを述べたものとされている。

「跂《き》たる彼《か》の織女《しょくじょ》」の「跂たる」は、「三隅《みすみ》なす」（目加田誠）、「三星が並んで傾いて見える」（高田眞治）、「つま立つように両足が分かれたさま」（石川忠久）など、様々な説がある。「跂《き》」の旁「支」を音符として持つ形声文字は、「枝分かれする」意味を持つ。説文解字に「支　去竹之枝也」とあり、「跂　足多指也」とあるのがそれである。竹が枝分かれするように足の指が多数に枝分か

図15　王建中『漢代画像石通論』より（紫禁城出版社、2001年、424ページ）

図16　織女 こと座（撮影：藤井旭）

れてしていることを意味する。本来は、足の指が分かれることだが、さらに、足全体が上下に動いて、まるで足が枝分かれしているようにみえることも指すようになったと思われる。具体的に言えば、織女星（ヴェガ）が左側に二つの小さな星を「>」字型に有している状態を、織女が足を枝分かれさせていると見なしたものであろう。つまり右足と左足を交互に上げ下げしている様子を横から見て「足を枝分かれさせている」と捉えた表現の可能性がある。両足を交互に上げ下げするのは何故かと言えば、織機の踏み板を踏んで、縦糸を一本置きに上下させて、その隙間に杼《ひ》で横糸を通し機織りをしているからである。織女の面目躍如たる表現が「跂たる」なのである。漢代画像石の山東嘉様武氏祠画像には、「曽母投杼図《そうぼとうちょず》」がある(4)（図15・16）。孝子で有名な曽参《そうしん》の慈母が機織りをしている時、曽参が人を殺したと讒言《ざんげん》する者が来て、二人目までは動じなかったが、三人目の讒言があった時に、我が子が本当に人殺しをしたのではないかと動揺し、機織りの横糸を送る杼を投げて、垣根を越えて走り去ったという有名な故事である。その場面が画像石に描かれているが、母親の足は織機の左右の踏み板を踏んで左右に枝分かれしてるように見える。こうした状態を「跂たる」と言ったのだと推測されるのである。

なお、「七襄す」も、古来、難解とされた表現である。筆者は、「七襄」が本書152頁に引用した漢詩にも見られ、「織女の乗る仙車を牽く七頭立ての馬車馬」の意であることから、それを適用した。

織物は古代中国では女性の代表的な仕事であり、織物をする女性、即ち、織女と名前が付き、その星だから織女星となったと思われる。星の並び方から生まれた名称だったと言える。

いずれにしても、この『詩経』の記事を七夕の原形と呼ぶべきか否かは難しい面がある。ただ、織女と牽牛が並んで登場したことは、この『詩経』の段階では、まだ男女の恋愛感情は見出せなくても、その組み合わせが、後世、織女と牽牛という男女の恋愛の話に変化していった基となったことは推測されよう。

但し、詩経に登場する「牽牛」は、現在の「牽牛星、河鼓、わし座α」ではない。第二章で指摘したように『詩経』が作られた春秋時代に、「牽牛」と言えば、二十八宿の「牛宿」を指したからである。

四、「織女が織物を織らないというモチーフ」の成立

さらに、先に引いた『詩経』においては、「跂《き》たる彼《か》の織女《しょくぢょ》　終日《しうじつ》七襄《しちじやう》す　則《すなは》ち七襄《しちじやう》すと雖《いへど》も　報《はう》章《しやう》を成《な》さず」と描かれていた。後の七夕伝説で重要な要素である織物との関係、及び、その織物がなかなか完成しないという側面が、春秋時代の『詩経』には早くも存在しているのである。のちの七夕伝説、例えば『文選《もんぜん》』古詩十九首の第十（後漢時代）には次のようにある。

皎皎《かうかう》たり河漢《かかん》の女《ぢよ》、繊繊《せんせん》として素手《そしゆ》を擢《あ》げ、札札《さつさつ》として機杼《きちよ》を弄《もてあそ》ぶ。終日《しうじつ》章《あや》を成《な》さず、泣涕《なみだ》の零《お》つること雨《あめ》の如《ごと》し。（白く清らかな大の河の女性。細やかな白い手を伸ばして、さつさつと織物を織る音を立て、織機の杼《ひ》を巧みに扱う。しかし終日織っても美しい模様は完成しない。涙が落ちるのは雨のようだ。）

『文選』には、「終日不成章（終日章《しうじつあや》を成《な》さず）」とあって、『詩経』の「終日七襄（終日七襄す）雖則七襄（則《すなは》ち七襄《しちじやう》すと雖《いへど》も）不成報章（報章《はうしやう》を成《な》さず）」を省略した表現が見られ、漢代の七夕伝説に『詩経』が継承されていることは明らかである。

さらに『荊楚歳時記《けいそさいじき》』逸文（梁、宗懍《そうりん》）には、次のようにあった。

天河之東有織女（天河《てんが》の東《ひんがし》に織女《しよくぢよ》有《あ》り）……年年織杼労役（年年《ねんねん》織杼《はたおり》に労役《らうえき》し）織成雲錦天衣（織《お》りて雲錦天衣《うんきんてんい》を成《な》す）……嫁後遂廃織紝（嫁《か》して後遂《のちつひ》に織紝《しよくじん》を廃《はい》す）

ここでは苦労して織っていた天衣を、牽牛との結婚後は織らなくなったことを描く。『詩経』の織女が星であるため、「報章を成さず（織物を織ることが出来ない）」という語句が、「織女が、牽牛との結婚の喜びに浸り切り、機織りを止めてしまったために、織物を織ることが出来なくなった」という趣旨に転化したのである。本来、星座の織女であって、星であるから、織女という名前を持っていても実際には織物など出来ないという意味であったものが、天上の織女は、織物を織るのが任務であるのに、牽牛との結婚の喜びでその機織りの任務を忘れてしまった。そのため、天帝が織女を叱責して二人を別れさせ、七月七日のみ再会させたという悲恋の話に変えてしまったのである。天帝が織女と牽牛を離別させたのは、意地悪とかではなく、天上の神々を本来の任務に就かせ、天上世界の機能を正常に保つことが天帝の任務であったからで、織女は、天上世界の正しい運行を妨げるような任務放棄を行ったために罰を受けたのである。『文選』の謝恵連「七月七日夜詠牛女一首」にも、「杼を弄るも藻を成さず」（織女は杼を手にしながらも、あやを織り上げられない）即ち、「牽牛に逢えない悲しみで織物が出来ない」という趣旨の一句が見られ、織女が織物を織らないことが見出される。

いずれにしても、「天上世界の織女が織物を織らない」ということでは、『詩経』と漢代以後に描かれた七夕伝説は一致していると言えよう。従って、七夕の淵源を求めれば、この『詩経』まで遡るという見方は十分成り立つと考える。

まとめ

以上を整理すれば、『詩経』の段階で、七夕伝説の主人公としての「織女」と「牽牛（牛宿）」が並んで「天の河」という舞台に登場し、「織女が織物を織らない」という七夕伝説の中での重要な要素が存在していた。また、上述の「七襄」も、勿論、「七」は「聖数七」で「七夕」と関わろう。登場人物・舞台・内容からいって、七夕伝説の原形は、既に春秋時代の『詩経』の段階で確立していたと言っても良かろう。但し、『詩経』の本文自体からは、まだ「織女」と「牽牛（牛宿）」の間に恋愛感情があるかどうかすぐには確認はできない。それで従来、『詩経』ではまだ七夕伝説は成立していなかったという見方が大勢を占めていた。しかしながら、前章で推定したように、二十八宿の「牽牛（牛宿）」と「婺女（女宿）」の組み合わせが原初にあり、時代の推移で、「牽牛（牛宿）」と「織女」の組み合わせに推移したとすれば、『詩経』の段階でも既に「牽牛（牛宿）」と「織女」に恋愛感情が存在していた可能性はあろう。

注

(1) 楽府の引用は『文選四（詩騒編）』（全釈漢文大系、集英社、一九七四年十二月）に拠る。

(2) 賦の引用は『文選一・二（文章編）』（全釈漢文大系、集英社、小尾郊一著、一九七四年六月・九月）に拠る。

(3) 昆明池の牽牛織女像は実際に出土している。湯池「西漢石雕牽牛織女弁」（「文物」一九七九第二期）など。

(4) 図の引用は、王建中『漢代画像石通論』（紫禁城出版社、北京、二〇〇一年六月）四二四頁に拠る。

第四章　七夕はなぜ七月七日に行われるのか

一、七月七日の意味

契《ちぎり》ける　ゆゑはしらねど　七夕《たなばた》の　年《とし》にひと夜《よ》ぞ　なほもどかしき（そのような約束をした理由は知りませんが、七夕二星が一年に一夜しか逢わないという約束は、やはりもどかしいことです。二七三番）

一年に一度の逢瀬では自分はとても堪えられないという気持であろう。これは鎌倉時代の女流歌人、建礼門院右京大夫《けんれいもんいんのうきょうのだいぶ》の七夕歌で、彼女も七夕がなぜ七月七日に行われるのか知らなかったことになる。現代人も、ほとんどの人がそのことを知らないと思うが、しかし、当然それには意味があるはずである。次のような説がある。

①七月七日は、牽牛・織女の二星がよく見えるから。

②七月七日には、実際に牽牛・織女の二星が天空上で近づくから。

③七という陽数（奇数）を二つ重ねることで節句としてのめでたさを表すため。
④たまたま七月七日が選ばれた。
⑤西王母が漢の武帝のもとを訪れた七月七日に二人の別離が永遠に続くことを表すため。
⑥循環の区切りを「七」にすることで、二人の別離があやかったもの。

筆者は、次のように考えたい。七月七日は、道教では三元《さんげん》（一月十五日〔上元〕・七月十五日〔中元〕・十月十五日〔下元〕）に先立つ三会日（一月七日・七月七日・十月五日）の一つで、最も重要な日であり、祖先の霊魂に出会うことができる日であった。仏教では、七月十五日が盂蘭盆《うらぼん》であり、現在は十三日からをお盆とするが、古くは、七月七日がその始まりとされ、やはり、祖先の霊魂を迎える日であった。実際、お盆が古くは七月七日からであったことは、現在でも、三重県尾鷲市などではお盆が七月七日から行われていることからも窺える。七夕盆という言葉があるくらい、お盆と七夕の行われる七月七日は関係が深いのである。

十五日が選ばれたのは、太陰暦の満月との関わりであり、七日が選ばれたのは、上弦の月との関わりであることが指摘されている（和歌森太郎『年中行事』）。また、特に七を選んだのは、七を聖数として重視する古いシャーマニズムと関わると指摘されている（小南一郎『中国の神話と物語り』）。

なお、『新千載和歌集』に次の歌がある。

七夕《たなばた》は　われて又《また》あふ　かがみかと　秋《あき》の七日《なぬか》の　月《つき》やみるらむ（七夕は半分に割れて再び合わさっ

て一つとなる鏡のようなものかと、七月七日の月は見ているだろうか。後宇多院、三三一番）

七月七日の月は上弦の月で半月をしている。その月の形を踏まえて、七夕二星の出会いも、満月が半月になって二つに分かれ、再び合わさって満月になるようなものかと戯れているのである。ここには、七夕が上弦の月に行われる行事であることが端的に示されていよう。

さて、月は新月の後に徐々に膨らんで、七日には上弦の月となり、半分が明るくなる。その後、満月を経て、また欠けて行き、下弦の月を経て、再び新月となる。古代人が月の満ち欠けに生死を重ねていたことは、世界中で共通しており、新月は死であり、満月は生の勢いの最大の時であった。その生死の繰り返しの中で、上弦の月とは、まさに、生の部分が半分に達し、それ以降は生が勢いを増す意味において、生命の復活を意味するものだった。

そして、それは七日の日であるから、七日は生命の復活を意味する日でもあった。さらに、数字の「七」も復活生成を意味する聖数となった。一年では七日は十二ヶ月十二回あるわけであるが、中でも七月七日は、復活生成を意味する聖数「七」が重なっている唯一の日であるから、他の月とは比べものにならないくらい復活生成の力が強く発揮されると日と見なされた。その結果、七月七日は、死者でさえも霊魂が復活して、この世に戻ってくることができる日とされたのであり、道教や仏教で、死者がこの世に戻ってくるのが七月七日とされたのは、まさに七月七日の持つ強い復活生成の力ゆえであったと理解できるのである。

二、牛馬さんの意味

そのお盆では精霊棚《しょうりょうだな》を設けるが、そこには、祖先の霊魂の乗り物として牛馬《うしうま》さんが祀られるところは多い。その牛馬さんは通常、牛を茄子《なす》、馬を胡瓜《きゅうり》で作る。地域によって形は異なるが、目を小豆、耳を南天の葉、尻尾をトウモロコシの毛で作ることも行われる。この牛馬さんは、親しみを持って「さん」を付けて呼ばれており、それぞれの家のご先祖が、その馬と牛に乗ってやってくるのだとする。しかしながらその起源を考えてみると、牛というのは、牽牛が牽《ひ》く牛、馬というのは、織女が乗る馬ではないかという推測ができる。馬を胡瓜で作るというのが重要で、胡瓜は、そこに「瓜」の字が使われているように、瓜の一種である。漢代に張騫《ちょうけん》が西域から種を得たので、「胡（西域）の瓜」の名が付いたと言われる。これは、第九章で説明するが、実は織女と瓜は深い関係にあるのである。つまり、もともと牛馬さんとは、七夕の牽牛と織女がそれを牽き、あるいは、それに乗ってやってくるための手段として用意されたものであった。

ところが、その七月七日は、仏教でも先祖の霊魂が帰還する日であった。七日盆という呼称は、まさに七月七日こそ本来のお盆の日であることを示している。もっともこの七日盆は日本古来の土俗的信仰と結びついているという考えもある。いずれにせよ、七日の盆にご先祖様の霊魂がこの世に帰還するためには乗り物が必要と考えられ、七夕二星の象徴であった牛馬さんが利用されたのであろう。牽牛織女二星を意味した牛馬さんが、ご先祖様の乗り物へと、意味が変質してしまったのではなかろうか。御先祖様がやってくるだけなら、特に牛馬さんという二頭の動物を利用する必要はないと思われるからである。実際に、七夕馬といって、七夕飾りの一種として胡瓜・茄子・藁《わら》などで馬を作り、七夕様の乗り物とする地域が現在でも各地に存在することがその推定を裏付けよう。例えば濃尾地方では初生児が数えの七歳になった時に、「初七夕」といって、子どもの成長を盛大に祝う七夕祭りが行われる。この時に、胡瓜と茄子（地域では胡瓜のみ）で七夕馬を作ってお祝いするという(1)。これは七歳という七夕の「七」に因んだ節目の年に、胡瓜と茄子に乗った七夕様に来ていただいて、乞巧奠《きっこうでん》同様に、裁縫などの技芸や学問などの能力が七歳になった我が子に授かることを祈ったお祭りである。牛馬さんは、本来、牽牛織女を表わす存在で、またその乗り物とみなされたことをよく示していよう。

なお、牛馬さんは、中国伝来の伝統的な乞巧奠には見出されない。七夕に関する民間信仰として日本の庶民の間で生まれた風習である。出来として想像されるのは、乞巧奠で織女の象徴として瓜が飾られることにあろう。庶民の間で瓜よりもさらに一般的な胡瓜が織女の象徴とされ、織女がやってくるには乗り物が必要で、胡瓜を乗り物と見なして、胡瓜の馬を作り、それに乗って織女が訪れてくれると考えたのではないか。さらに、織女が胡瓜に乗ってくるのなら、一方の牽牛は牛を連れているのだから、牛に乗ってやってくると考え、胡瓜より太くて短く形が牛に似た茄子がその牛である、と見なしたと推測される。それが七月七日に織女と牽牛が胡瓜の馬、茄子の牛に乗って来るとされ、後に、同じ七月七日の七夕盆にこの世に帰って来るご先祖様の乗り物と見なされ、盆棚に必須の存在となったと判断されるのである（口絵図3）。

三、七月七日は異郷とこの世が繋がる日

一方、七月七日は、生者の立場からすれば、この世ならぬ霊魂や異郷の存在に出会える日であった。言葉を換えて言えば、七月七日は、異郷と現世の通行が可能となる日でもある。

中国の七夕伝説で織女は天女（仙女）として描かれており、織女自体があの世の霊魂と同様な存在、異郷の存在として捉えられていたことは明らかである。神仙世界の存在である織女は、普段はこの世とは断絶した生活をしているが、七月七日だけは、この世との繋《つな》がりが実現し、現世の人間世界の存在である牽牛のもとを訪れることが可能であるという設定である。実際、中国の小説には、神仙の女性が七月七日に人間の男性に会いに来る話は多数存在する。例えば、『漢武故事』の西王母も七月七日に武帝のもとを訪れている。

　王母使《わうぼつかひ》を遣《つか》はして帝《みかど》に謂《い》ひて曰《いは》く、「七月七日《しちがつなのか》、我当《われまさ》に暫《しば》し来《きた》らむと」。帝《みかど》、……宮内《くない》を掃《は》き、九華灯《きうかとう》を然《とも》し、七月七日《しちがつなのか》、承華殿《しやうかでん》にて斎《さい》す。日正中《ひしやうちう》、忽《たちま》ち青鳥《せいちやう》の西方《せいはう》より来《き》たりて殿前《てんぜん》に集《つど》ふを見《み》る。……是《こ》の夜漏七刻《よるろうしちこく》、空中《くうちう》に雲無《くもな》きも、隠《こも》りて雷声《らいせい》の如《ごと》し。竟《つひ》に天紫色《てんししよく》にして、頃《けい》有《あ》りて王母《わうぼ》至《いた》る。紫車《ししや》に乗《の》り、玉女《ぎよくじよ》夾《はさ》みて馭《ぎよ》す。七勝《しちしやう》を載《の》せ、玄瓊鳳文《げんけいほうもん》の舃《くつ》を履《は》き、青気《せいき》は雲《くも》の如《ごと》く、二青鳥《にせいちやう》の烏《からす》の如《ごと》き有《あ》りて、夾《はさ》みて、母《ぼ》の旁《かたは》らに侍《じ》す。

ここには、西王母の如き仙女が人間のもとを訪れるのは、七月七日という仙女の世界と人間世界が繋がる特別の日である必要性が明示されていると言えよう。

中国の七夕伝説では、女性側の織女が男性側の牽牛に会いに行くのが特徴とされている。これを

中国の結婚制度と関係づける見方や男尊女卑に由来するという見方などがあるが、そうではあるまい。二章で述べたように、七夕伝説では、霊魂的存在、あるいは仙女・神女という異郷の存在である織女が、現世の人間である牽牛に会いに行く形であるから、必然的に女性から男性へという形になったのである。その場合、人間の男性は猟師・漁師・農夫などのことが多い。それは、天上界の女性が降りてくるのは、水浴びのためであることが多く、水のある場所は、魚が泳ぎ、鳥・獣などが水飲みに訪れる場所であって、漁に来た漁師や狩猟をする猟師、あるいは牛に水を飲ませに訪れた農夫などが、その天女に出逢うことが多いからだと想定されるのである。

我が国の浦島伝説でも日本書紀の雄略天皇二十二年秋七月の条に

秋七月《あきふみづき》、丹波国《たにはのくに》の余社郡《よさのこほり》の管川《つつかは》の人《ひと》瑞江浦島子《みづのえのうらのしまこ》、舟《ふね》に乗《の》りて釣《つり》す。遂《つひ》に大亀《おほかめ》を得《え》たり。便《すなはち》に女《をみな》に化為《な》る。是《ここ》に、浦島子《うらのしまこ》、感《たけ》りて婦《め》にす。

丹後国風土記逸文に

女娘《をみな》の微咲《ほほゑ》みて対《こた》へて曰《い》はく、「風流之士《みやびを》、独蒼海《ひとりあをうみ》に汎《うか》べり。近《ちかし》く談《かた》らはむおもひに勝《た》へず、風雲《かぜくも》の就来《むたきた》れり」

とあって、七夕と推測される日に、仙女（亀比売）の側が洋上の男性の漁師（浦島子）の前に現れて求愛しているのも、浦島伝説が中国の神仙小説の影響を受けて作られた可能性を如実に示すものであろう。(2)

なお、持統天皇は七月七日に吉野宮にたびたび行幸していることが知られている。

五年の……秋七月の庚午の朔壬申（七日）に、天皇、吉野宮に幸す。
七年の……秋七月の戊子の朔甲午（七日）に、吉野宮に幸す。

これは、七月七日の七・七の日が極めて強力な復活日であり、死者をあの世へ送るだけでなく、死者をこの世へ迎えるにも、これ以上相応しい日はないとされたことが関わろう。(3)つまり、持統天皇について言えば、復活して欲しい死者の霊魂とは当然、亡夫の天武天皇の霊魂であることになろう。天武天皇・持統天皇にとってゆかりの地で、かつ神仙世界ともみなされ、死後の天武が住む天上世界と近い吉野宮で、その霊魂を迎える行事が、七月七日に行われたのではないかと推定されるのである。

四、七月七日は神仙の織女と人間の牽牛が出逢う日

従って、七夕は、本来はこの世とあの世が繋がり異郷の存在と出逢える日である七月七日に神仙としての織女と人間である牽牛が出逢う話であって、七月七日だからこそ逢えたわけである。しかし、やがて時代の推移と共に、一年は旧暦で三百五十数日もあるのに、年に一度七月七日しか逢えなくて気の毒だという意味に誤解されて、現在よく知られている悲恋の話に変わってしまったと推測される。その結果、一年に一度しか逢えない理由が新たに必要になり、その時持ち出されたのが、前章で指摘した『詩経』以来の織女のイメージであった。つまり、「天上世界の織女が織物を織らない」という趣旨は、本来、織女は天上界の星辰だから実際の織物を織れないという意味だっ

たものが、織女が牽牛との結婚生活の楽しみに夢中になり、織物を織るのを止めてしまったという説明に変質したのである。その結果、天帝の怒りに触れ、織女と牽牛は七月七日しか逢えなくなったという新たな解釈が生まれたのであろう。いずれにしても、「七・七」の日は、この世とあの世の通路が繋がり、この世とあの世の通行が可能な日であった。従って、あの世（人間世界以外の異郷……死者の世界・神の世界・仙人の世界・天女の世界等）から、異郷の存在（死者・神・仙人・天女等）がこの世へ訪れることができるし、逆に、この世の人間があの世へ行くこともできる日とされたのである。この「七・七」の日を舞台とする話は沢山あるが、その最も代表的な話の一つが、七月七日に天上界の天女である織女がこの世の人間である牽牛に会いに来る七夕の話であったのである。(4)

注

(1) 松崎憲三「七夕まつりの予備的考察―その歴史と地域的展開―」（民俗学研究所紀要、第三十九集 二〇一五年三月）

(2) 拙稿「浦島伝説の淵源」（『国語と国文学』、七十三巻十号、一九九六年十月）

(3) 持統天皇と七夕、並びに吉野の関係は、高松寿雄氏が指摘されている。「持統の七夕の宴―文学の場としての検証―」（『和漢比較文学』八号、一九九一年八月）

(4) 井本英一氏は、七月七日が死と再生の折り目であることはローマ神話などにも見られ、世界的なものだとされている。「七夕の話」（『東方學論集』一九八七年六月）

第五章　織女はなぜ鵲の橋を渡るのか

一、織女の霊的性格と鵲

『風俗通義』（後漢・応劭《おうしょう》）（韓鄂《かんがく》『歳華紀麗《さいかきれい》』巻三、「鵲橋已成」所収）に

織女七夕当渡河（織女《しょくじょ》は七夕《たなばた》に当《まさ》に河《か》を渡《わた》らんとして）使鵲為橋（鵲《かささぎ》を使《し》て橋《はし》と為《な》らしむ）

とあるように、鵲《かささぎ》の橋とは、鵲が天の河に懸けた橋で、その上を織女が車に乗って渡っていくとされる。なぜ、とても重たい車などを乗せられそうもない鵲の橋などという不思議なものを考えたのか、誰もが疑問に思うところであろう。

筆者は、織女の霊魂的側面や神仙的性格から理解できると考えた。織女は天女であり、当然のことながら、この地上世界、人間世界の住人ではない。この世の人間でないということは、別世界、

異郷の住人、あの世の存在であるということであり、その点では、死者の霊魂と同じ範疇に属する。天女・仙女・神女・鬼・天狗等の異類もすべて同様に理解できる。死者の霊魂を運ぶものが鳥で表されるのは世界中に見られるもので、日本でも、古事記で倭建命が亡くなった時に魂が白鳥に変わったことはよく知られている。考古学の遺物としても、死者をあの世に送る舟形棺に鳥の彫刻があることなどもその例である。織女が死者の霊魂と同じ部類に属し、霊魂的側面があれば、その霊を運ぶものとして鳥が出てくるのは、極めて自然なものである。また、神仙の場合も、『漢武故事』にみられたように西王母が漢の武帝の前に七月七日に現われる場面で、青い鳥がその先駆けを務めることが記されていた。この鳥の先駆けは、まさに、鵲の橋に相当するものではないかと思われる。この「西王母に従う青鳥」は、「願はくは青鳥の去るを逐《お》ひて」（北斉、刑邵《けいじょう》、七夕）など、七夕詩にも詠まれるが、まだ橋というイメージにはなっていない。しかし、神女や仙女も鳥と共に出現するという観念が一般的に存在していたことを推定せしめるものである。

　つまり、鵲の橋とは、本来、天の河を越えるのに鵲という鳥に乗って織女の霊魂が渡るという趣旨であったものが、鵲が橋を造ってその上を織女が渡るというふうに理解されるに至って、成立したものでないか。後世の図像では、鵲が連なって橋を造っている情景が描かれている。しかし、本来は一羽で良かったはずで、その場合は、鵲の橋は、天の河の両岸に達する大きな翼を持つ鵲が橋となって織女を渡す形式が考えられる。

二、中国の古代星座「天津」が「鵲の橋」に相当

これを実際の天空上で再現すると、中国の古代星座「天津《てんしん》（天潢《てんこう》）」が「鵲の橋」に相当するのでないかと推測される。これは、西洋で言う「白鳥座」と重なる。（図17～19）。

「天津（天潢）」とは、「天の河の中の渡し場」のことで、「渡河を主《つか》さどる」とされる。図17の左上にある翼を広げたような形の星座がそれであって、天の河を横切るような形で両岸を繋いでい

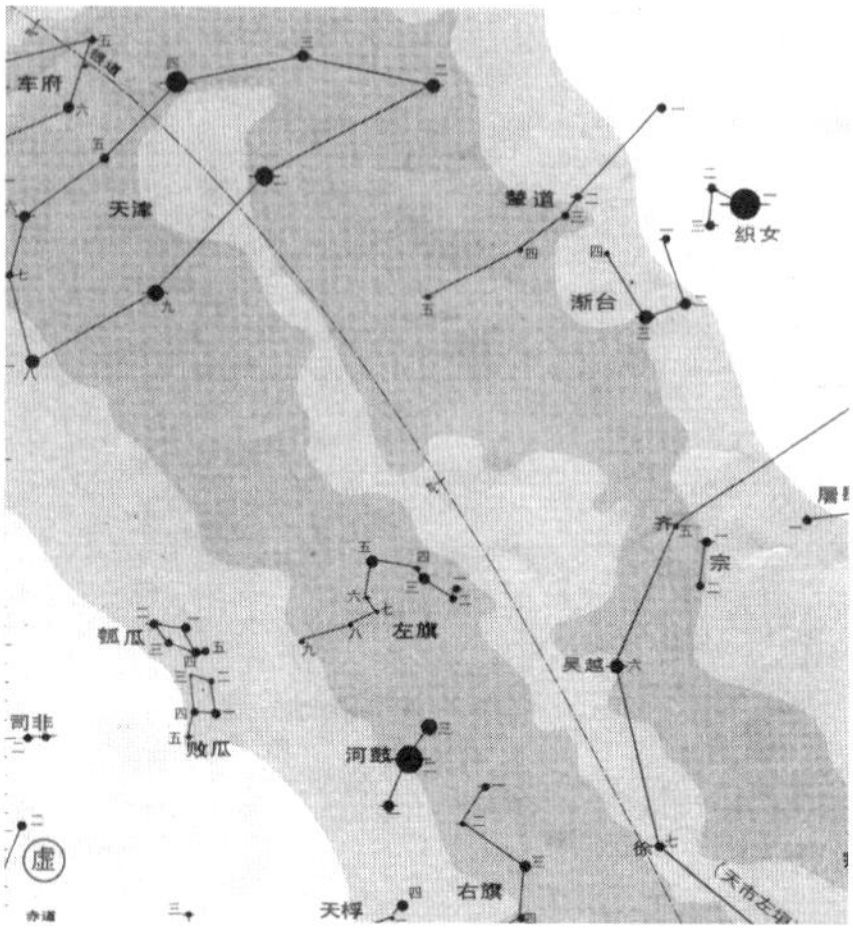

図17　伊世同編『全天星図』より（中国地図出版社、1987年、9ページ）

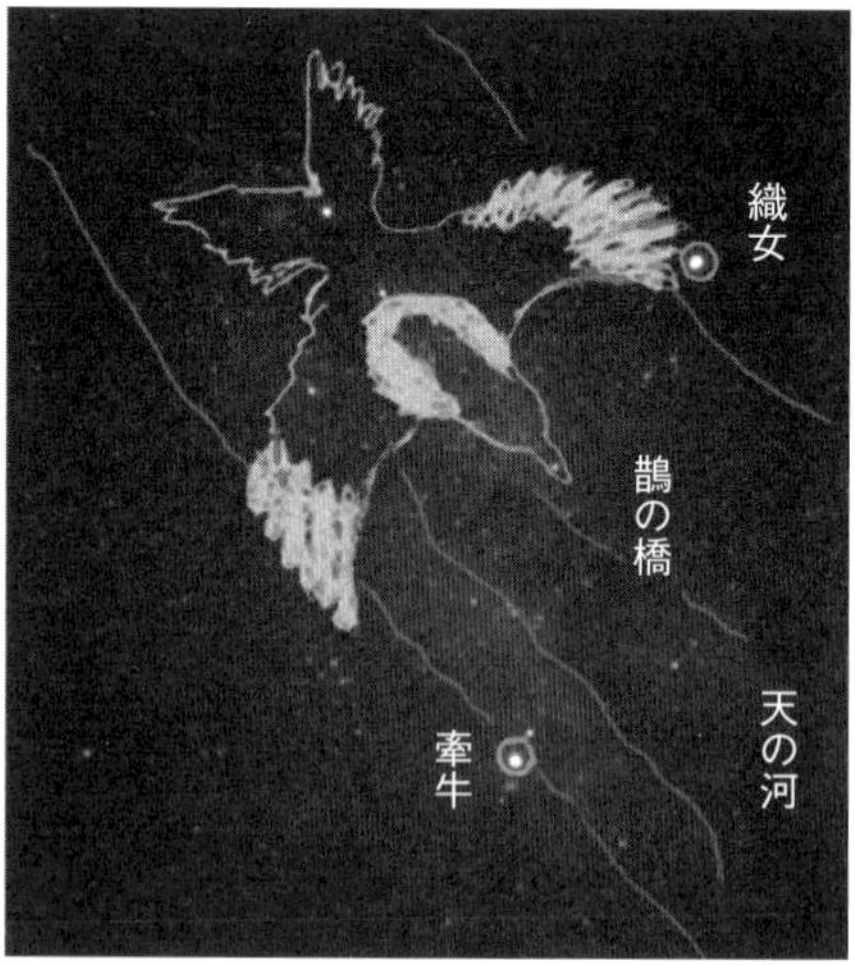

図18 「鵲の橋」イメージ（筆者作）

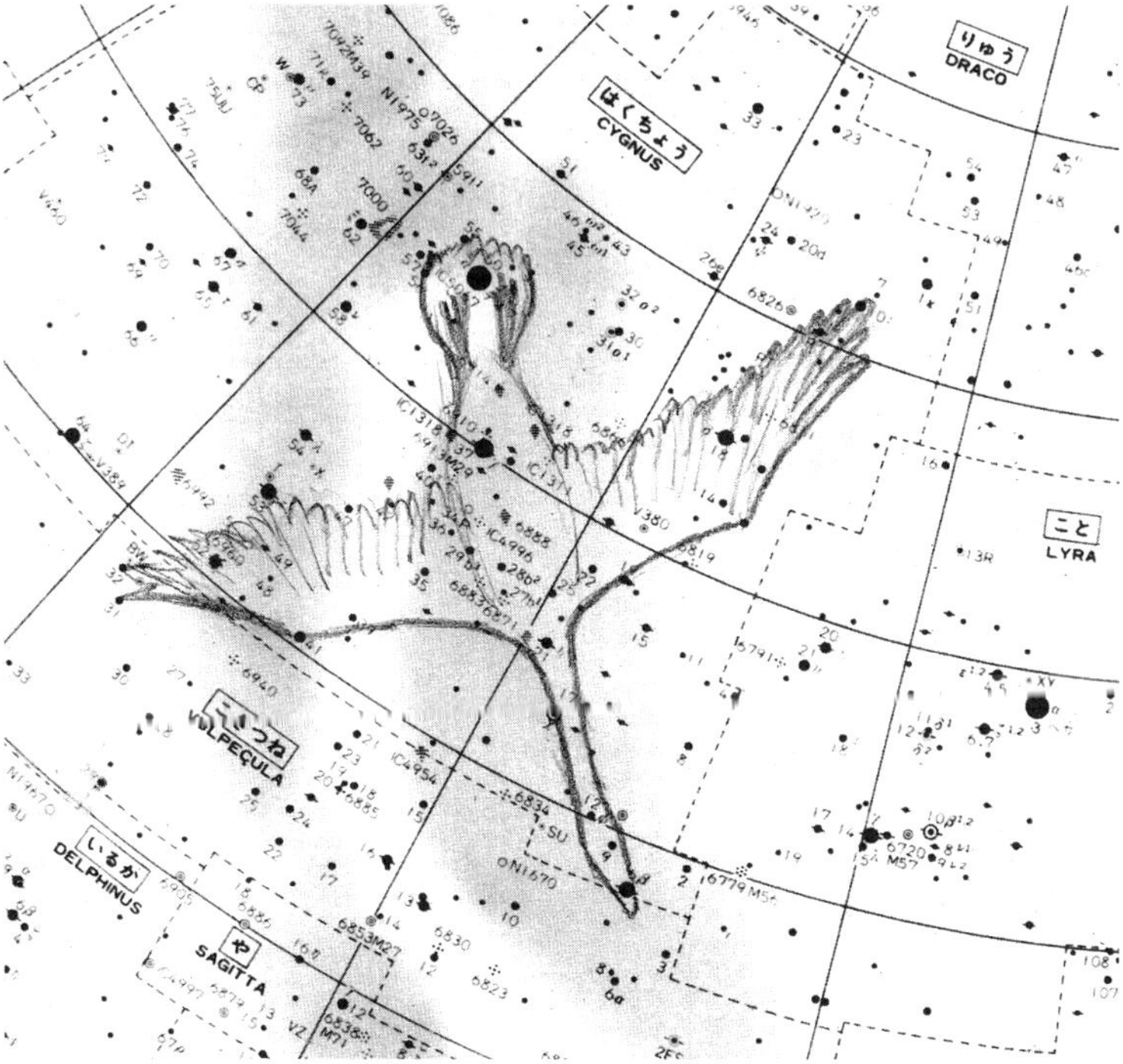

図 19　西洋の白鳥座（筆者作）

る。この翼に頭部と尾を付ければ、図18のような「鵲の橋」が復元できる。「天の河の渡し場」も「天の河に懸かった鵲の橋」も、天の河の両岸を結び付け渡河を可能にする機能は同一である。古代中国で、天の河のこの空間が特別の場所として認識され、鳥の翼の形をして、天の河を横断し両岸を結ぶ渡し場や橋などの通路の存在を想定したことが肝要である。

また西洋で白鳥とみなしたもの（図19）を中国では鵲と見なすことは、星座を考えた場合、自然な見方である。星の並びから、天の河の両岸に翼を広げる大きな鳥を、西洋でも中国でも想像したが、鳥の種類が異なるのは、それぞれの民族に親しい鳥を想像するからである。白鳥は真っ白であるが、鵲は白と黒が半々な美しい鳥で、夜空の黒を背景に天の河に浮かぶ場合は、どちらにも共通している白の色が強調されるのであろう。

三、黒白半々の上弦の月と、体色が黒白半々の鵲

あまたの鳥の中で七夕に織女を橋渡す鳥として鵲が選ばれたのはなぜだろうか。先に、古代人が月の満ち欠けに人生の生死を重ね合わせて見ていたことを述べた。例えば、万葉集の無常の歌「こもりくの 泊瀬《はつせ》の山に 照る月は 満ち欠けすれぞ 人の常なき」（巻七・一二七〇）も、月の盈虚《えいきょ》と人の生死をダブらせている。他に、巻三・四四二、巻十九・四一六〇も、月の盈虚とこの世の無常を重ね合わせた歌である。その月の満ち欠けの中で、第二章で見たように、七日の上弦の月は、丁度半分が明るく白く半分が暗く黒い状態で、明るい生の部分が半分に達し、それ以降は生の明るい白

い部分が勢いを増す意味において、生命の復活を意味するものだった。実は、この半分が白く、半分が黒い七月七日の上弦の月のイメージが鵲と深く結びついているのである。鵲の体色は、黒（実際は黒に極めて近い濃紺である）と白のツートンカラーで、羽を広げると、白・黒・白・黒・白・黒・白というように、白と黒の色がバランスよく交互に並んだ非常に綺麗な色彩をしている。そして、黒と白の割合はちょうど半々くらいであり、特に、羽の中央から尖端にかけての白は形が半月形であり、また、羽を畳んだ時は横からみた胸の白さが半月形に見える。つまり、黒と白が半々で半月形であれば、まさに半分白く半分黒い半月そのもののイメージを鵲が持つことになる。即ち、鵲はその体色が、半月、即ち上弦の月（十日の月）のイメージを持つので、七夕（七月七日の夕べ）の半月と同一視され、その象徴とされたのであろう。

鵲はカラス科の鳥で、烏より体長はやや小さく四十五センチメートルほどの大きさである。日本では九州北部に、佐賀県・福岡県を中心に生息しており、長崎県・熊本県・大分県の一部にも少数見られる。佐賀県では鵲は県の鳥で「カチガラス」の方が一般的な呼称である。本書口絵に掲載した鵲の写真（図2）は、長崎大学での教え子で佐賀県在住の阪口真悟・希美ご夫妻が地元で撮影してくださったものである。なぜ九州北部に主に生息しているかというと、豊臣秀吉の朝鮮出兵の折、佐賀藩主鍋島直茂等が朝鮮から持ち帰ったためという説もある。ただし、『日本書紀』（養老四年〔七二〇〕成立）の第二十二推古天皇六年には、既に次のような記事がある。

六年の夏四月に、難波吉士《なにはのきし》磐金《いはかね》、新羅《しらき》より至《まういた》りて、鵲《かささぎ》二隻《ふたつ》を献《たてまつ》る。乃《すなは》ち難波杜《なにはのもり》に養《か》はし

図20　カササギ（筆者作）

む。因《よ》りて枝《きのえだ》に巣《すく》ひて産《こう》めり。

ここでは、難波（大阪）出身の難波吉士磐金が新羅から鵲二羽を持ち帰り、大阪の杜に放って繁殖を試みたことが描かれる。二隻は、当然雌雄の番《つがい》であろう。鵲は東アジアに分布する。日本以外では、朝鮮半島や中国東北部に生息する。筆者は、長崎大学への留学生だった朴修進（パク・スジン）さんの案内でソウル大学を訪れたとき、キャンパスにいる鵲を見た。中国では、大連の市中にいるのを車で市内を案内してくれた毛啓明氏（教え子袁源氏のご主人）の車中から見た。氏は、中国では鵲は縁起の良い鳥とされていると説明してくれた。新羅から運ばれたこの鵲も祥瑞としてもたらされたものであろう。しかしながら、現在、大阪府に鵲が繁殖しているという話を聞かないから、難波の杜に放された当該の鵲は、結局、途絶えてしまったと見なすべきだろう。

以上、七夕には、復活のシンボルとも言える七月七日の上弦の月という半月のイメージを持った鵲が、織女を乗せて運ぶのであり、鵲の白黒半々の体色からくるイメージが、その栄誉の地位を得たと推測されるのである。（図2・図20）

第六章　なぜ天の河を挟んで織女と牽牛が向かい合うのか

一、あの世とこの世を隔てる天の河

『文選《もんぜん》』巻二十九・雑詩上・古詩十九首の第十（後漢時代）には次の描写がある。

迢迢《てうてう》たり牽牛星《けんぎうせい》、皎皎《かうかう》たり河漢《かかん》の女《ぢよ》、……泣涕《なみだ》の零《お》つること雨《あめ》の如《ごと》し。河漢《かかん》は清《きよ》く且《か》つ浅《あさ》し。相去《あひさ》ること復《ま》た幾許《いくばく》ぞ。盈盈《えいえい》として一水《いつすゐ》の間《へだて》、脉脉《ばくばく》として語《かた》ることを得《え》ず。（遙か遠くの牽牛星。白く清らかな天の河の女性。……涙が落ちるのは雨のようだ。天の河は清く浅い。牽牛星と織女が互いに離れていることは一体どれだけだというのか。たいした距離もない。しかし、二人は、満々とした天の河の水を間に挟んで、互いに見つめ合うばかりで語り合うことはできない。）

なお、「盈盈として一水の間」については、「河漢は清く且つ浅し」と矛盾するとして、「盈盈」を織女星の美貌と解釈する論もある。しかし、「浅し」が垂直的な深さを意味するのに対し、「盈盈」は水平的な川幅の広さに重きがある。「浅し」と云っても、河の水が満々と流れていて気楽に歩いて渡れるような川幅ではないのである。「盈盈」は「満々とした」の意味で問題なかろう。
右の七夕伝説では、牽牛と織女は天の河を挟んで向き合っているが、普段はただ見つめ合うだけで、話もできず、お互いに悲しみの涙を流していることが描かれる。勿論それは、七月七日だけその天の河を渡って織女が牽牛のもとを訪れ、二人が再会できるという前提での話である。それにしても、なぜ織女と牽牛が天の河を挟む形が考えられたのか。

これは日本の万葉集でも同様で、例えば山上憶良《やまのうえのおくら》の七夕《たなばた》の歌十二首のうち、巻八・一五二〇には、次のようにある。[1]

牽牛《ひこほし》は 織女《たなばたつめ》と 天地《あめつち》の 分《わか》れし時《とき》ゆ いなむしろ 川《かは》に向《む》き立《た》ち 思《おも》ふそら 安《やす》けなくに 嘆《なげ》くそら 安《やす》けなくに 青波《あをなみ》に 望《のぞ》みは絶《た》えぬ 白雲《しらくも》に 涙《なみだ》は尽《つ》きぬ かくのみや 息衝《いきづ》き居《を》らむ かくのみや 恋《こひ》つつあらむ……（彦星は織女と、天と地が分かれて以来、〔いなむしろ〕天の川に向かい合って立ち、思う心は安らかでないのに、嘆く心も安らかでないのに、青波に、隔てられて対岸は全く見えない、白雲に遮られて涙も涸れてしまった。こんなふうにため息ばかりついていられようか。こんなふうに恋い焦がれてばかりいられようか。……）

このように、七夕伝説では牽牛と織女は天の河を挟んで向き合っており、七月七日だけ、その天の河を越えて両者が逢えるとされる。なぜ、天の河を挟む形が考えられたのか。

一つには、実際の天空において、天の河を挟んで織女のこと座のヴェガと牽牛のわし座のアルタイルが向き合って、一等星として夏から秋の空によく目だってみえる事実がある。ただ、それだけでなく、向かい合うことにはさらに深い意味があったと考えられる。第一章でも引いたように、中国の民間の七夕伝説では次のような場面があった。

それを知った牛郎は、牛の皮を着て、二人の子供を籠に入れて天秤棒で担いで肩にかけ、織女を追った。牛郎が織女に追いつきそうになると、王母娘娘《おうぼにゃんにゃん》は、玉簪《たまかんざし》で後手《しりえで》に線を引くと、天の河になった。牛郎と織女は天の河のそれぞれの岸に居て、一緒になることが出来ず、そのまま牽牛星と織女星になった。後に、王母娘娘は、二人が七月七日に逢うことを許した。

右で、「王母娘娘は、玉簪で後手に線を引くと、天の河になった。」とあるのは、なぜ天の河ができるのか意味が分かりにくい。これについて、上野英二氏は、この七夕説話と『長恨歌』の関連を指摘し、「玉簪」は、『長恨歌』で楊貴妃の霊魂が玄宗の使者である方士に渡した「金釵《きんさい》」（黄金の釵《かんざし》）」に当たるという。[2] 即ち、この釵の意味は、楊貴妃は既に冥界の人となり、現世の玄宗とは再会できないことを象徴したもので、あの世とこの世を隔てる呪具と言えるものであると。氏の考えを敷衍すれば、「後手に線を引く」というのも、日本神話で火遠理命《ほおりのみこと》が火照命《ほでりのみこと》に「後手《しりへで》に」（後ろに手を回して）釣り針を返したように、相手に害を与える呪術であって、その結果、天の河ができて牛郎が織女に逢えなくなることになる。『長恨歌』の「金釵」が幽明境を隔てる呪具であれば、その呪具で線を引いて作られた天の河も、当然、幽明を隔てる境界となろう。実際、出石誠彦氏に拠れば、世界の諸民族で天の河の見方として一番顕著に見られるのは、「死者の霊魂の集り帰る所、もしくは霊魂昇天の道とするもの」（『支那神話伝説の研究』）だという。別の表現をすれば、死者の霊魂があの世へ行く時に通過するのが天の河で、あの世とこの世の境界と言える。

二、天の河と三途の川は機能が同じ

従って、仏教で死者があの世へ行く時に渡る川として有名な「三途《さんず》の川」は、実は「天の河」のことではないかと考える。天の河が死者の魂の通り道であれば、それは仏教でいう、現世と来世を繋ぐ三途の川のようなものであるから、その川すなわち天の河を越えればあの世に行き、またお盆には現世に戻れるという発想も分かりやすい。即ち、三途の川がこの世とあの世の通路であると共に両者の境界になっているように、天の河も七月七日にはこの世とあの世を繋ぐ通路となるが、普段は織女と牽牛の出逢いを阻む境界となっていると理解できよう。付言すれば、仏教で死者が亡くなってあの世へ旅立つまでの期間を中陰と呼ぶ。その間、七日毎に七回の法要をし、すべての法要が終わると七×七＝四十九日経ち、満中陰と言って、この日に死者はやっと三途の川を越えてあの世に旅立てることになる。実は、この考えは七夕の発想と通じているのであり、「七」が重なった「七・七」の日は、この世とあの世が結ばれて、死者が三途の川を渡り、あの世へ出立できるという発想である。(3)

第四章で述べたように、「七・七」の七夕には、この世とあの世が繋がるので、あの世(この世ではない異郷世界)から、仙女である織女が天の河を渡ってこの世を訪れるのである。普段は二つの別世界を隔てる境界となっているが、「七・七」の日だけ渡河が可能という意味において、天の河と三途の川はその機能が同一と言える。

なお、古事記の誓約神話で、天の河を挟んで天照大神と須佐之男が向かい合う場面がある。これは、天の河（天《あめ》の安《やす》の河《かわ》）が天上の高天原《たかまのはら》と地上の葦原中国《あしはらのなかつくに》の境界の河という意味合いを持ち、天照大神の側が高天原に属し、須佐之男側は葦原中国に属するという考えがあると思われる。ちょうど七夕伝説において、織女側が天上に所属し、牽牛側が地上に所属している関係と同様である。天照大神が弟の須佐之男が天上世界を奪いに来たと思い武装して迎えるに際し、天の河を二つの世界の境界と見なしたと考えると、誓約神話は理解しやすいのでないか。つまり、天の河を越えれば、互いに別の世界へ行けるのであり、これはちょうど三途の川を越えて彼岸へ赴くのと一致している。古事記では、誓約に勝った須佐之男が天の河を渡って天上世界に入り込んで、そこで暴れ回るという展開になり、一方、七夕では、織女が天の河を渡ることで、地上側に属する牽牛に逢いに行けるのである。従って、織女の側は天上世界であり、神仙の世界、あるいは死者の世界という見方もできる。

以上の考察から、牽牛と織女が天の河を挟んで向かい合うのは、天の河が、この世とあの世の境界で、七月七日しか越えられない性質の存在だからであると言えよう。

注

(1) 万葉集の引用は岩波文庫『万葉集』新校訂版（佐竹昭広・山田英雄・工藤力男・大谷雅夫・山﨑福之校注、二〇一三年～一五年）に拠る。以下同じ。

(2) 上野英二「長恨歌の民話的原型―羽衣・浦島・七夕説話―」(『比較語言文化学会』二〇一六年五月)

(3) なお、唐の蔵川の『仏説地蔵菩薩発心因縁経』では、亡者が中陰期間中に冥土の十王の前で罪業を裁かれるとし、三途の川に当たる奈河を二七日《ふたなのか》に渡河と説く。これは偽経と言われ、インド伝来の仏説ではないが、「二七日」は「七」が二回繰り返される意味で、やはり「七・七」の意識は窺われる。

第七章　七夕伝説と羽衣伝説との類似性・互換性

一、犬飼い星と羽衣伝説

七夕伝説の女主人公である織女は、天上世界の女性、即ち天女であって、歌の世界でも後拾遺集以降、「天の羽衣」はたなばたつめ（織女）の服装として頻出する。それは男性の彦星（牽牛）と出逢うときの服装である。一方、羽衣伝説では、天女は鳥の姿で地上の水域に降下し、水浴びのために脱いだ羽衣を男性に奪われて、やむを得ず婚姻を結ぶ。天女の羽衣を脱いでの水浴びは、冬に天から白鳥などが降りてきて水浴びをすることから生まれた幻想であった。天女が地上の男性と天の羽衣を介在して結ばれる点で、七夕伝説と羽衣伝説は共通性を持つ。他にも詳しく見ていくと、多くの点で類似性が見出される。以下、具体的に検討してみよう。

『倭名類聚抄《わみょうるいじゅしょう》』（九三一～九三八年成立）には、「彦星」に対して、「イヌカヒボシ」の訓がある。

牽牛《ヒコホシ》　イヌカヒホシ　爾雅註出　牽牛一名河鼓　和名　比古保之　又　以奴加比保之

これは、中国で「牽牛星」とされていたものが、日本では犬を飼う星に変形してしまったものである。(1)星座としては、西洋のわし座の主星アルタイルとその両側の星二つの組み合わせを、彦星が犬を二匹引いている姿に見立てたものだという。現在の方言でも、インコドン・インコドンボシ（枕崎）・インカイボシ（福岡市）・インカイさん（天草・糸島）・いぬひきどん（熊本宇土地方）・いぬひきほしサン（同上）の名称が知られている（野尻抱影『日本星名事典』・北尾浩一『日本の星名事典』等）。平安時代初期に編纂された倭名類聚抄に「イヌカヒボシ」の名があるということは、その呼称自体は、さらに遡って奈良時代には、既にそうした言い方とそれに伴う伝説が存在していた可能性を示そう。その場合、近江国風土記逸文の「伊香《いかご》の小江《をうみ》」の記述が注目される。(2)

古老《ふるおきな》の伝《つた》へて曰《い》へらく、近江《あふみ》の国伊香《くにいかご》の郡《こほり》。与胡《よご》の郷《さと》。伊香《いかご》の小江《をうみ》。郷《さと》の南《みんなみ》にあり。天《あめ》の八《や》女《をとめ》、倶《とも》に白鳥《しらとり》と為《な》りて、天《あめ》より降《くだ》りて、江《うみ》の南《みんなみ》の津《つ》に浴《かはあ》みき。時《とき》に、伊香刀美《いかとみ》、西《にし》の山《やま》にありて遙《はる》かに白鳥《しらとり》を見《み》るに、其《そ》の形《かたち》奇異《あや》し。因《よ》りて若《も》し是《こ》れ神人《かみ》かと疑《おも》ひて、往《ゆ》きて見《み》るに、実《まこと》に是《こ》れ神人《かみ》なりき。ここに、伊香刀美《いかとみ》、即《やが》て感愛《めづるこころ》を生《おこ》して得還《えかへ》り去《さ》らず。竊《ひそ》かに白《しろ》き犬《いぬ》を遣《や》りて、天羽衣《あまのはごろも》を盗《ぬす》み取《と》らしむるに、弟《いろと》の衣《ころも》を得《え》て隠《かく》しき。天女《あまつをとめ》、乃《すなは》ち知《さと》りて、其《そ》の兄七《いろねなな》人《たり》は天上《あめ》に飛《と》び昇《あが》るに、其《そ》の弟一人《いろとひとり》は得飛《えと》び去《さ》らず。天路《あまぢ》永《なが》く塞《とざ》して、即《すなは》ち地民《くにつひと》と為《な》りき。

天女《あまつをとめ》の浴《かはあ》みし浦《うら》を、今《いま》、神《かみ》の浦《うら》と謂《い》ふ、是《これ》なり。伊香刀美《いかとみ》、天女《あまつをとめ》と共《とも》に室家《をひとめ》と為《な》りて此処《ここ》に居《す》み、遂《つひ》に男女《をとこをみな》を生《う》みき。男《をとこ》二《ふ》たり女《をみな》二《ふ》たりなり。兄《あに》の名《な》は意美志留《おみしる》、弟《おと》の名《な》は那志登美《なしとみ》、女《むすめ》の名《な》は伊是理比咩《いぜりひめ》、次《つぎ》の名《な》は奈是理比売《なぜりひめ》、此《こ》は伊香連《いかごのむらじら》等が先祖《とほつおや》、是《これ》なり。後《のち》に母《いろは》、即《すなは》ち天《あまの》羽衣《はごろも》を捜《さが》し取《と》り、着《き》て天《あめ》に昇《のぼ》りき。伊香刀美《いかとみ》、独《ひと》り空《むな》しき床《とこ》を守《まも》りて、吟詠《ながめ》すること断《や》まざりき。〔古老が伝えて言うことには、近江《おうみ》の国〔現在の滋賀県〕伊香《いかご》の郡《こおり》の与胡《よご》の郷《さと》の伊香《いかご》の小江《おうみ》〔現在の余呉《よご》湖〕は、郷《さと》の南《みなみ》にある。天の八人の乙女がすべて白鳥となって、天から降って、湖の南の港で水浴びした。その時に、伊香刀美《いかとみ》は、西の山にいて遥か遠くに白鳥を見ると、その形が不思議であった。そこで、もしかしたらこれは神女ではないかと疑って、行って確かめてみると、実際にこれは神女であった。このときに、伊香刀美は、すぐに恋しく想う気持ちを起こして、家に帰らずにそこを去らなかった。密かに白い犬を遣わして、天の羽衣を盗んで取らせたところ、一番末の妹の衣を手に入れて隠した。天女は、すぐにその事情を悟って、その姉たち七人は天上に飛び上がったが、その妹一人は飛び去ることは出来なかった。天へ帰る通路は長く閉ざされて、そこで、妹の天女は地上の人となった。天女の水浴びした浦を、今、神の浦と言うのは、このためである。伊香刀美は、天女と一緒に夫婦となって此処に住み、とうとう男女を生んだ。息子が二人、娘が二人である。兄の名は意《お》美志留《みしる》、弟の名は那志登美《なしとみ》、長女の名は伊是理比咩《いぜりひめ》、次女の名は奈是理比売《なぜりひめ》、これは伊香連《いかごのむらじら》等の先《せん》祖《ぞ》が是《これ》である。後に、母親は、天の羽衣を探して取って、身につけて天に昇った。伊香刀美は、一人で、妻の居なくなった寝床を見つめて、歎きのため息をつくことが絶え間なかった。〕

この逸文が、和銅六年（七一三）の宣命によって作られたかどうかは不明である。一つの手がかりは、その表記にある。飛鳥奈良時代には日本語の母音は八つあって、現代のアイウエオの他に、イエオには異なる発音の母音があったとされる。それは、仮名を漢字の音で表記した万葉仮名表記の使い分けによって区別され、上代特殊仮名遣いと呼ばれ、甲類乙類に分けられる。本文中の「比咩（ひめ）」などの万葉仮名表記が上代特殊仮名遣いの使い分けに合致していることは、少なくとも、奈良時代には存在していた伝説である可能性を示すものである。そうであれば、この伝説に出てくる犬は、まさにイヌカヒボシの犬に相当すると言えるのでないか。即ち、猟師が犬を連れて狩りに出かけ、天女の水浴びを目撃し、その中の一番年下の乙女の羽衣を犬に盗み取らせ、その結果、乙女は猟師の妻となる。子供も生まれるが、羽衣を探し出した天女はそれを着て天に帰ってしまう。近江国風土記逸文では、猟師は妻の天女が天へ帰ってしまった後、茫然自失の有様で幕を閉じている。しかしながら、昔話の天人女房譚では後日談が加わり、猟師は草鞋《わらじ》千足を作り、天を目指して昇ろうとする。しかし九百九十九足しか間に合わず、一足分足りず、わずかのところで天に届かない。その時、様子を見ていた天女が同情して、織機に使う枷《かせ》を伸ばして、引き上げて、天上世界へ昇れる。あるいは、猟師が連れていた犬を天に放り挙げたところ、天に昇った犬が尻尾を垂らして、猟師を引き上げてくれる。天上世界では、天女の親が猟師に難題を出し、瓜を食べるなどか瓜を縦に切れといったのを、間違えて食べたり横に切ったため、大水が溢れ出て天の川となり、猟師は彦星、天女は織姫になったと説明するものもある。瓜を横に切って大水が出て天の川になるのは、胡瓜を横に切ると「五瓜《ごか》に唐花《からはな》」の京都祇園八坂神社の御神紋に似ているので、横に切ることを禁じた禁忌に依るという。(3)

こうした羽衣型の七夕伝説においては、犬が重要な役割を果たしている。倭名類聚抄の「イヌカヒボシ」という名称は、こうした猟師が犬を引き連れる伝説と密接不可分と推測される。つまり、わし座の主星アルタイルと両隣の二星で作る山形の三つ星を犬二匹を引連れた猟師に見立てた「イヌカヒボシ」という名称は、上述の猟師の犬が活躍する羽衣型の七夕伝説に由来するもので、平安初期の倭名類聚抄以前、恐らくは、奈良時代からの七夕伝説に基づくものと推測されるのである。当時既に、猟師が犬を連れて天に昇った天女の跡を追い昇天して、最後は、犬を引き連れたまま、イヌカヒボシ＝犬飼星、即ち彦星となって、天の川を挟んだ織姫と向かい合うようになったという伝説が存在したこと、つまり奈良時代にも羽衣伝説と融合した七夕伝説の存在した可能性は高い。

図21　彦星と二匹の犬（撮影：藤井旭）

なお、室町時代の御伽草子にも犬飼星が出てくる。御伽草子『おもかげ物語』には、

御をしへにまかせ、又はるくの道を、なみだながらにゆき、いぬかいぼしに、あひまいらせて、たつね申せば、……

とあり、御伽草子『毘沙門の本地』にも、

「にしをさして、九月おはしまして、侍らは、いぬ二三ひき、こしにつけたる人に、あひ給ふへし」……ひこほしの、をしへそと。……のたまへは、……

とある。[4] 右では、「いぬかひぼし（犬飼星）」ではなく、「ひこほし（彦星）」となっているが、これこそ、彦星が犬を二、三匹連れた「犬飼星」であることを端的に示していよう（図21）。

二、彦星の三つ星とオリオン座の三つ星

さて、七夕伝説では本来、織女は一人いれば良いわけであるが、近江国風土記の羽衣伝説では八人の乙女が登場し、その中の一人が人間の男性と婚姻を結ぶ。最初から一人の女性の登場でも良いのに、なぜ多数の女性が登場し、その中の一人だけが人間と交渉を持つのか。

織女は七月七日に牽牛と逢うとされているが、実は、七月だけでなく、半年前の一月にも出現するという考えが存在する。例えば、漢代の観測に基づき星の位置をまとめた『石氏星経《せきしせいけい》』には、次のようにある。

織女三星は天市の東端に在り。……常に七月と一月の六・七日を以って東方に見ゆ。

これは、小南一郎氏が既に指摘されていることであるが、氏は、「一月の七日から十五日までと、七月七日から十五日までとの、ふたつの期間で行われる、半年サイクルの儀礼があったと想

定」され、「織女星もまた、この半年サイクルの儀礼と関係づけられていたらしい」と論じられる。[5] 氏の論に拠れば、七夕伝説が冬の羽衣伝説に結び付くのも決して無理な結合ではないことになろう。但し、東に見える時間は、七月は宵、一月は夜明け前と異なる。これに関係して、増田早苗氏は、「六月晦大祓の祝詞には『十二月はこれに准《なら》へ』の注記が有り、旧暦の6月末日と12月末日が年の区切りと見なされていたことが分かる。年の節目にあたって、罪の許しを受け、清められて、新しく次の時期を迎えようとする大祓《おおはら》いが大宝令に遡るとすると、1月1日を年の前半の始まり、7月1日を後半の始まりとする習俗が、古くから存在したことを示す。後に、養老令によって宮廷の節日に定められる以前から、年の初めと秋の初めが、一般に守られた節日であった証左である。」としており、日本にも、一月と七月を区切りとする半年サイクルの儀礼があったと指摘する。[6]

前節で、猟師がイヌカヒボシ（犬飼星）に当たるということを説明した。このイヌカヒボシは、わし座の主星アルタイルと両隣の二星で作る山形の三つ星である。このわし座の三星に対して「親になひ星」、「親かつぎ星」等という方言があり、天秤棒に両親を担いで運ぶ姿を指すものとされる。[7] ところが、この星名は、さそり座の三星やオリオン座の三つ星の呼称としても方言に存在するのであり、特に、オリオン座の三つ星としての呼び方は多い（静岡・長野・三重・兵庫等）。さらに、静岡・神奈川・三重・富山・福井・青森等では、わし座の三つ星に「おやこ星」という呼称もあるが、同じくオリオン座の三つ星の呼称でもあるという。[8] これは、わし座の三星とオリオン座の三つ星が、同一視され、場合によっては交替しうる存在であったことを示している。即ち、七月七日の星であるわし座（彦星）の三つ星と冬の星座であるオリオン座の三つ星は、その性格において互換性があるということである。

ギリシア神話ではオリオンは猟師で、犬のセイリオスを連れ狩りをする。星座としては、オリオン座が大犬座を従えている。つまり、狩人が犬を連れている姿は、近江国風土記逸文で、猟師の伊香刀美《いかとみ》が白い犬を連れて猟をし、羽衣を犬に盗ませる描写を彷彿とさせよう。実際、オリオンが女性を追い回した話は多数残る。その中に、プレアデス姉妹を追い回した話がある。(9)

プレアデス姉妹は七人いた。(10)このうち、貴きマイア、エレクトレ、テユゲテの三人はゼウスに愛された。ポセイドンは、アルキュオネ、ケライノの愛を獲得した。ステロペは軍神アレスの妻となった。メロペだけが、ただ人間シーシュポスの愛で満足しなければならなかった。それで彼女は、天空で姉妹たちほどに輝かないのだという。彼女たちは、ボイオーティアの山々を狩人オリオンに追われ続け、捕まりそうになってゼウスに助けを求めた。ゼウスは彼女たちを鳩に変え、さらに天空に置いたところ、彼女たちは星に変わりプレアデス星団となったという。

このオリオンがプレアデス姉妹を追いかける神話は、オリオン座が、プレアデス（昴）を含む牡牛座を圧倒し、追いかけるように空を移動していく様子から形成されたことを推測させる。

三、「行方知らずのプレーヤド」と人間と結ばれた天女

右の七人のプレアデス姉妹のうち、メロペだけが人間と結婚したことを恥じて天空で姉妹たちほ

どは輝かないという伝説は、プレアデス星団の特徴に基づく話である。プレアデス星団は、牡牛座にある散開星団M45（メシエ45）で、日本では、すばる（昴）と呼ばれる。「統（すば）る」が語源と推測され、人によって六から十一ほどの星が見えると言われている（79頁の図25）。

プレアデス星団の星は、視力や天候等によって幾つ見えるか異なるので、六つとするものや、七つとするものなど曖昧で、中国では昴星は七星だが、日本では「六連星《むづらぼし》」「九曜星《くようせい》」という言い方もある。星によって明るさも異なるので、その一つが他の星よりも明るさが劣るように見えれば、七星が一つ減って六つになったという伝説が生まれるのも自然である。そこにプレアデスの一つの星が喪失したという「行方知らずのプレーヤド（the Lost Pleiad）」伝説が生まれる余地があったと言われている。

「行方知らずのプレーヤド」の伝説としては、プレアデス姉妹の一人エレクトレが、息子のダルダノスが築いたトロイの城市が滅びるのを見るに忍びず、彗星、あるいは北斗七星の柄の第二星の伴星アルコル（Alcor）になったとされるものがある。(11) オーストラリアのパート・コパン・ヌート族（The Pirt-Kopan-noot tribe）には、昴は七星あったが、その中の女王の星が天国の烏（カノープス　Canopus）に連れ去られ、二度と戻らなかったので、昴の数は六星になったというものもある。(12)

野尻抱影氏は『星の神話・伝説集成　日本及び海外篇』で、アメリカ先住民族の伝説を紹介している。(13)

昔々、秋の夕ぐれに、インデヤンの若者が……川の近くまで来ると、ふと、若い娘たちの声が聞こえた。それで、堤の木立の間からのぞいて見ると、美しい娘たちが七人、川べりで戯れていた。そのうちに、空からかごが一つ下がってきて、七人がそれに乗ると、見る見る天へ昇って行った。……次の日、夕ぐれになると、若者は再び川の堤へ行って、木陰からのぞいて見ると、また七人の娘が戯れていた。それからまた、かごが下ってきて、空へ運んでいった。……そのうちに若者は、一ばん年下の娘を愛するようになった。それである夜、木陰から姿を隠して、川べりへ歩いていった。娘たちは悲鳴をあげて、折から下がってきたかごにとびこみ、天へ帰ってしまった。……その後も若者は、毎夜のように川べりへ行った。しかし、月が幾日か満ちては欠けても、娘たちは姿を見せなかった。冬、春、夏と過ぎて、再び秋がめぐってきた。すると、ある夕ぐれ、若者は七人の娘の姿を見た。若者はこっそりと忍びよってから、いきなり跳びだして、一ばん若い愛らしい娘をつかまえた。そして、彼女をどれほど愛しているかを訴え、妻となってほしいと懇願した。娘は若者の熱情に動かされて、妻となることを承知したが、それには、共に下界を去って、天上の人とならなければなりませんと答えた。それで若者は、下がってきたかごに、七人の娘たちと乗って、空へ昇って行った。この七人の娘たちが、西洋でいうプレーヤデス（すばる）で、若者は、オリオンとなった。

七つの星の一つがはっきり見えないのは、若者の妻となった娘で、天の神は彼女が人間の妻となるのを好まず、姉たちのように明るく輝かないようにしたと伝えられる。

このように、「行方知らずのプレーヤド」では、失踪したり、姿を隠したりしているのは、七人の娘のうち人間と結婚したとされる一人の女性である。人間と結ばれるとなぜ失踪等をしなくてはならないかと言えば、プレアデスという天上世界の星である天女は、天上という聖なる世界の存在であって、地上の人間という汚れた存在と結ばれることで、彼女自身が汚れた存在になってしまうとされたからであろう。[14]

四、羽衣伝説と昴

プレアデス姉妹（昴）は天上の星であるから、言葉を換えて言えば天女である。複数の天女のうち一人だけが人間と結婚する点で、これは、極めて羽衣伝説と類似した話である。羽衣伝説も、天から地上に水浴びに来た天女たちのうち、一人が羽衣という飛行手段を男に奪われ、取り残されて、その一人だけが人間の妻となるという点で共通している。

特に近江国風土記で、猟師の伊香刀美《いかとみ》が、天から天《あめ》の八女《やおとめ》が白鳥《しらとり》と為《な》りて降《くだ》りて水浴びをしていたのを、白き犬に天羽衣を盗ませて一番下の娘を妻とする話は、「行方知らずのプレーヤド」そのものである。オリオンに追跡されたプレアデス七姉妹は鳩の姿になり、プレアデス星団となったが、プレアデス星団（昴）は天女でもあり、鳩という鳥の姿でもあったことになる。ギリシアの鳩と日本の白鳥は同一ではないが、世界の羽衣伝説（白鳥処女説話）では、白鳥ばかりでなく、様々な鳥が登場している。ドイツ・ハンガリー・ペルシアの羽衣伝説では、鳩から天女が出現する。つまり、白鳥と鳩は互換性があり、プレアデスを白鳥と捉えても何ら問題はないことになろう[15]。

従って、近江国風土記を初めとする羽衣伝説で、白鳥の姿で天上から飛来する天女は、昴（プレアデス）の星々が白鳥の姿となって、地上に降りて来て、地上で水浴びする時にはその白鳥の着ぐるみから抜け出して、天女の姿となって水浴びをするのだという解釈が成り立とう。羽衣伝説の天女は、白鳥の姿となって地上に降りて来た昴（プレアデス）だったのである。昴の星々は、青白い雲に包まれた白い小さな星々の集まりである。その色の白さは白鳥を連想させる。また、星々が群がっている様子も、白鳥の群がり飛ぶ様子を彷彿させる。さらに、昴が、辺りが暗闇に包まれる夜八時頃に出現する時期は、まさに冬の始まりの時期であり、白鳥が北国から飛来する時期に一致する。同じ天空から訪れる出現の方向との一致もあって、古代の人々が、夜空に見える小さな白い星の集団を天上から訪れる白鳥の群れだと思い込むのはごく自然な発想と言える。

まとめ

以上見たように、伊香《いかご》の小江《おうみ》の羽衣伝説では、伊香刀美《いかとみ》は犬飼星（オリオン座の三つ星）、天女は昴星の一星に比定される。一方、七夕伝説では、彦星がイヌカヒホシ（わし座の三つ星）、織女は天女（こと座α）に比定される。つまり、羽衣伝説はオリオン座と昴（プレアデス）の恋愛譚、七夕伝説は牽牛（彦星・わし座）と織女（七夕つめ・こと座）の恋愛譚で、冬の夜空と夏（古典では秋）の夜空に二つの恋愛譚が存在し、天空上の位置も離れているが、両者は類似性・互換性を有していたと言える。即ち、どちらも犬を連れた星で共通している点、及び水域を舞台にした天女と人間の男性の婚姻である点、さらに先に指摘したように、天の羽衣を通して男女が結ばれる点において共通するので、両方の伝説が相互に互換性を持って交流した結果、七夕伝説が羽衣伝説と習合したと推測できるのではなかろうか。(図22・図23で三つ星の類似が習合の一理由)

図22　羽衣伝説における人物等配置図（藤井旭氏撮影の天体写真を基に作成）

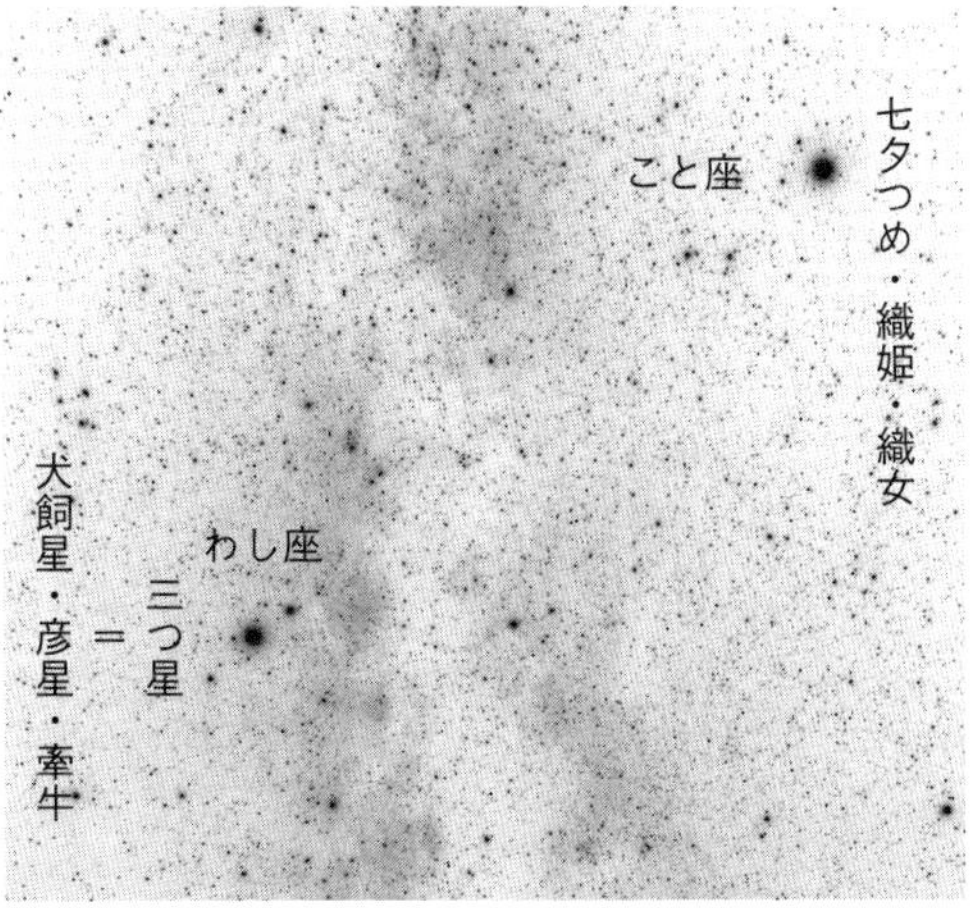

図23　七夕伝説における人物等配置図（同上）

注

(1) 古川のり子氏の「天人女房譚から―牛と犬」(『学習院大学上代文学研究』十二号、一九八七年三月)では、「中国から牛の犠牲(皮衣)による昇天のモチーフが流入した当時、日本では牛はなじみの薄い存在であったために、他界(天)への案内者としての役割は、代わりに最も親密な存在であるところの犬が担うことになった」としている。

(2) 引用は日本古典文学大系『風土記』に拠る。なお、校注者の秋本吉郎氏は「養老七年の記事としてあったものか、所拠の文献を記していないので、風土記の記事に近似するが風土記と決しがたい」とする。

(3) 『本朝食鑑』(一六九七年)に「京俗所謂祇園神社氏人食胡瓜必得祟。此社頭及社輿自古画瓜紋故也。」とある。

(4) 御伽草子の引用は、『室町時代物語大成』(横山重・松本隆信校注、角川書店、一九七五年)に拠る。以下他作品も同じ。

(5) 小南一郎『西王母と七夕伝承』(平凡社、一九九一年)第四章「人日と玉勝」。

(6) 増田早苗「大伴旅人と七夕―祖霊祭の変遷―」(『思想史研究』日本思想史・思想論研究会、二〇一四年十月)

(7) 野尻抱影『星の神話・伝説集成』(恒星社厚生閣、一九五五年)、同『星の方言集 日本の星』(中公文庫、一九七六年)、同『日本星名辞典』(東京堂出版、一九七三年)、北尾浩一『日本の星名事典』(原書房、二〇一八年)

(8) (7)に同じ。

(9) 『ギリシア神話』(フェリックス・ギラン、中島健訳、青土社、一九九一年)

(10) 伊藤昭夫『ギリシア教訓叙事詩』(京都大学出版会、二〇〇七年)所収「星辰譜」の神名表記に拠る。但し、「プレアデス」のみは「プレイアデス」でなく、一般的に通用している「プレアデス」にした。

(11) Richard Hinckley Allen『Star Names Their Lore and Meaning』Dover Publications 1963)

(12) 野尻抱影『星の神話・伝説集成』(恒星社厚生閣、一九五五年)

(13) (12)に同じ。

(14) 拙稿「天人のキャラクターを通してみた『あめわかみこ(七夕)』の構造」(『国語と教育』三三号、二〇〇

図 24　某氏蔵『天稚彦草紙』の昴たる七人の乙女（本文は「天童子」であるが、本挿絵はプレアデス姉妹を連想させる女性像である。撮影：筆者）

図 25　昴の天体写真（撮影：藤井旭）

八年一二月）
(15) 水野祐『羽衣伝説の探求』日本伝説シリーズ2（産報、一九七七年）。同書では、他にも鷗・鶴・鵞鳥・海鳥などからの天女の出現が紹介されている。

第八章　乞巧奠との関わり

一、中国で乞巧奠はどのように変化したか

七夕二星に「裁縫」などの技能上達を祈願する乞巧奠《きっこうでん》について考察し、七夕伝説での位置づけを考えてみたい。

七夕には、七夕二星（織女と牽牛）に供え物をして、願いを叶えてもらおうとする風習が古くから存在した。まさに「星に願いを」である。中国でその最古の例は晋の周處《しゅうしょ》（二三六～二九七）の『風土記《ふうどき》』だといわれる[1]。

周處の『風土記』に曰《い》はく、七月七日、其の夜、庭を灑掃《さいそう》し、露《ろ》に几筵《きえん》を施し、酒脯《しゅほ》・時果《じくわ》を設け、香粉を河鼓・織女に散ず。此れ二星の神当《まさ》に会すべしと言ふなり。守夜する者、咸《み》な私願を懐《いだ》く。或云《あるひと》はく、天漢中を見て、奕奕《えきえき》たる正白の気有りて、五色に耀《かがや》くこと有らば、此を以て微応《びおう》と為《な》し、見る者便《すなは》ち拝して乞富《きつふ》乞寿《きつじゅ》を願ひ、子無きは子を乞《こ》ふ。唯《ただ》兼求《けんきう》すること

を得ず。三年にして乃ち得。之《これ》を言へば、頗《すこぶ》る其の祚《さいはひ》を受くる者有り。（周處の『風土記』に曰うことには、七月七日、其の夜、庭を水できよめて掃き、屋外に几《つくえ》や筵《むしろ》を用意して、酒や乾し肉・季節の果物を用意し、香りの良い粉を河鼓・織女に向けて撒き散らす。此れによって二星の神が今丁度出逢っているというのである。夜中この二星を見守る者は、皆、自分の願いを懐いている。或る人が云うことには、天の河の中を見て、美しい正白な雲気が有って、五色に耀《かがや》くことが有るならば、これによって願いが叶うとし、見る者はそこで二星を拝んで富貴や長寿を願い、子どもがいない者は子が授かることを願う。唯願うのは一つだけで二つ以上を合わせて願うことは出来ない。三年経てば、その願いが叶う。（但し、その叶った願いを無闇に他人に）言えば、他人で、その幸いを殆ど受けてしまう者が出てくる（から、無闇に人に言ってはならない。）」）

中村裕一氏は、「三世紀中葉の願い事は、乞富・乞寿・乞子であり、乞巧は後世に付加された願い事である。」と指摘する。[2] 考えてみれば、七夕二星の出逢いは、一年に一度とは言えども、結婚で子の誕生は期待されるのであり、星という悠久の存在の出逢いは長寿と結びつくし、長寿で子孫が繁栄すれば富貴の願いも容易に導き出されよう。確かに、これらを七夕二星に祈願したというのはきわめて自然である。

しかしながら、だからといって、乞巧は三世紀以前は顧みられなかったかどうかは一概には決められない。前漢の劉歆《りゅうきん》の撰である『西京雑記《せいけいざっき》』には次の一文がある。

漢の綵女《さいぢょ》、常に七月七日を以て七孔鍼《しちこうしん》を開襟楼《かいきんろう》に穿《とほ》し、倶《とも》に以て之《これ》を習ふ。（漢の裁縫を司る宮女は、いつも七月七日に七本の穴の空いた針に開襟楼という場所で糸を通し、皆でいっしょに裁縫の技術を習い合った。）

これは漢の宮廷では、裁縫を担当する宮女達は、七月七日の七夕の日に、その名も「開襟」と言う名の楼に登ってその楼の名に恥じないように、お互いの「胸襟を開いて」、各自の持っている裁縫の技術をお互いに教え合って、「倶に裁縫を習い合った」のである。宋の高承の『事物紀原』では、この後半に次の文が続く。

今、七夕に月を望《のぞ》み、針を穿《うが》ち、綵縷《さいる》を以て過《とほ》す者、巧を得るの候《きざし》と為す。其の事、蓋《けだ》し漢より始まるなり。（今、七夕に上弦の月を眺めながら、〔月の光輝を頼りに〕針に糸を通して、色のついた糸をうまく針に通せた者は、裁縫の技術の向上を獲得できる印としている。この事は、恐らく漢の時代より始まったのであろう。）

『西京雑記』は早くから散逸し、逸文を集めたのは、西晋の葛洪《かっこう》（二八三～三六三）である。そこで、葛洪が自分の生きた時代に合わせて文章の内容を修正したのであり、当該部分は漢の時代を反映していないという見解もあるが、開襟楼は、漢の都長安の宮殿である未央宮にあった後宮の妃嬪の舎室の名であって実在したものである。そこまでして葛洪が文章を改変したというよりも、劉歆の撰んだ原文が逸文として残っていると考えるほうが自然であろう。

さらに、唐の韓鄂《かんがく》の『四時纂要《しじさんよう》』の七月「禳鎮《じょうちん》」に

七孔針を穿ちて以て巧を求め、聡慧《そうけい》を乞ふ。（七本の穴の開いた針に糸を通し、裁縫の技能の向上

を求め、聡明であることを祈願する。）

とあって、頭脳の明晰であることを願うこともあった。

結局、七夕二星への願いは、「乞巧」以外にも「乞富」「乞寿」「乞子」「乞聡慧」もあり、致富・長寿・子孫繁栄・聡明も祈願されたが、最終的には「乞巧」が最も力を得て、「乞巧奠」の形で長く中国や日本で続くことになる。これは、これらの行事を行ったのが主に宮廷の宮女であって、若く未婚の彼女らにとっては、富や長寿、子孫繁栄などは当面の願望ではなく、それよりも、宮中の中で生き抜くために、裁縫などの服飾の技能が向上することこそ最大の関心事だったからであろう。その「乞巧」の完成した形を次に示したい。

二、荊楚歳時記での乞巧奠

七月七日《しちがつなのか》、牽牛《けんぎう》・織女《しよくぢよ》、聚会《しふくわい》の夜《よる》と為《な》す。是《こ》の夕《ゆふべ》、人家《じんか》の婦女《ふぢよ》、綵縷《さいる》綵楼《さいろう》を結《むす》び、七孔《しちこう》の針《はり》を穿《うが》ち、或《ある》いは金《きん》・銀《ぎん》・鍮石《ちうせき》を以《もつ》て針《はり》を為《つく》り、几筵《きえん》・酒脯《しゆほ》・瓜果《くわくわ》を庭中《ていちゆう》に陳《つら》ね、以《もつ》て巧《かう》を乞《こ》ふ。喜子《くも》、瓜上《くわじやう》に網《あみ》することあらば、則《すなは》ち以《もつ》て符応《ふおう》ずと為《な》す。（七月七日は、牽牛と織女が出逢う夜としている。この夕べに、家々の女性達は、色のついた糸を結び、七本の針に穴を開け、糸を通して、ある者は、金や銀や真鍮《しんちゆう》で針を作り、机《つくえ》と筵《むしろ》、酒や乾《ほ》し肉、瓜《うり》などの果物を庭の中に並べて〔織女に捧《ささ》げ〕、そのことで〔裁縫・織物・染色等の〕技芸の向上を願う。蜘蛛《くも》が、瓜《うり》の上に巣を架《か》ければ、即ちそのことで願いが叶《かな》うとした。）

ここには、七夕の夕べは牽牛と織女が出逢う夜としているが、この場合の乞巧奠はあくまで婦女子の行う婦女子のための行事となっている。従って、「乞巧奠」の祈願の対象は「織女」のみに変質したのである。

一方、織女の象徴である瓜が庭に並べられ、その瓜の上に蜘蛛が巣を張れば願いが叶うとされたことが記されている。蜘蛛が巣を張ることは、その巣の見事さから、織物を織ることと世界中で同一視された。乞巧奠は、婦女子が織女にあやかって織物や裁縫などの技芸の向上を願う行事であるから、織物名人とされた蜘蛛が巣を張れば願いが叶うとされたことはよく理解できるものである。

三、日本での「乞巧奠」の用例

ア、正倉院御物（八世紀）にある乞巧奠に使われた針

日本でも、既に奈良時代から乞巧奠が行われていたことは、正倉院御物の中に、乞巧奠で使われた銀・銅・鉄の儀式用針が見られることから分かる。次頁の図26は三四・八センチメートルもある長大な銀針で、「七夕の乞巧奠（きこうでん）の儀式に用いた長大な針。女性が裁縫の上達を願い、この針に色糸を通したとされる。」の解説が宮内庁のホームページにある。荊楚歳時記の「金・銀・鍮石を以て針を為り」に相当しよう。

イ、菅家文草、第五、詩五(3)

「七夕秋意」（三六九番）に「意《こころ》の緒 穿《うが》たんとする 月の下《もと》なる針」の結句があり、伝統的な乞巧奠が描かれる。

「七夕、製に応《こた》へまつる」（四二七番、寛平七年）では、「今夜は乞巧を兼《か》ぬることを容《ゆる》されず ただ思へらくは 万歳《まんせい》 聖皇《せいくわう》の占《うらな》ひたまはむことを」と起句・転句にある。「今夜は各自が二星に乞巧を願って占ったりすることを許されずに、ただ聖天子に万歳の寿命が授けられますようにということとだけを祈って、月の光で針に糸を通し占うばかりだ」とあり、乞巧奠の様子がよく分かる。本来

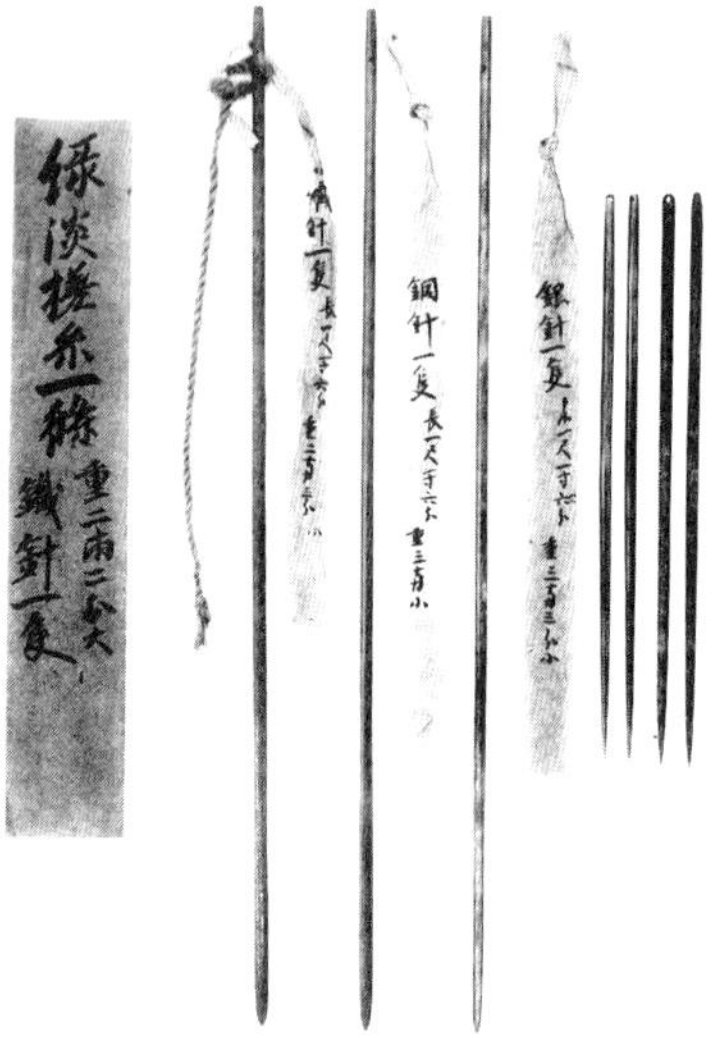

図 26　乞巧奠の儀式に用いた針（『正倉院御物図録』第 14（帝室博物館、国立国会図書館デジタルコレクション）

は、婦女が裁縫の上達を願い、針に五色の糸を通したに違いないが、菅原道真の生きた九世紀の宮廷では、男性達もそれぞれの立身出世や文運上昇などを願って、月の光を頼りに小さな針の孔に糸を通そうとしたことは、こうした漢詩を通して看取されるのである。烏帽子を被った高級官僚たちが、針と糸を手にとって夢中になっている様子は微笑ましくもあろう。なお、上記の晋の周處の『風土記』にあるように、願い事は一つのみという決まりがあった。通常は各自の願い事を祈るのに、この夜は宇多天皇の長寿祈願以外の願い事は禁止されてしまった。日本でも「乞寿（長寿祈願）」が行われたということだ。さぞかし誰もが口惜しかったことだろうが、流石にそのことはおくびにも出さないのが君子としての道真の姿であろう。

ウ、うつほ物語（天禄〜長徳〔九七〇〜九九九〕頃成立）「藤原の君」の巻(4)

かくて、七月七日になりぬ。……節供《せく》、河原《かはら》に参《まゐ》れり。……御琴調《おんことしら》べて、七夕《たなばた》に奉《たてまつ》り給《たま》ふ……（こうして、七月七日になった。……節句は、賀茂川の河原で挙行された。……御琴を演奏して、織女星に奉納なさる……）

とあって、七夕の日には乞巧奠の一環として琴の合奏をしたことが描かれている。『うつほ物語』は、成立当初から挿絵が備わっていたと推測され、作者自身の絵解き（絵の解説、あるいは指示書）が付いている。この場面の絵解きには、「あて宮　琴《きん》の御琴《おんこと》、今宮　箏《そう》の御琴、御息所《みやすんどころ》　琵《び》琶《は》、大宮　大和琴《やまとこと》しらべ給へり。」とあって、それぞれが異なる四種の弦楽器を演奏している。西洋の弦楽四重奏は、第一・第二バイオリン、ビオラ・チェロのバイオリン系四楽器による合奏だが、ここでは「琴（こと）」系四楽器による弦楽四重奏が今から千年も前にも行われた様子が描かれている。琴《きん》の琴《こと》とは、中国から奈良時代に伝来した七弦の琴で、七弦琴《しちげんこと》とも呼ばれ、琴柱《ことじ》はなく、現在はほとんど使われない。箏《そう》の琴は、十三弦で同じく奈良時代に伝来した。特徴は、琴柱を使用することである。現在、「お琴」と呼ばれているのは、この「箏の琴」のことである。大和琴《やまとごと》は、倭琴《わごん》とも呼ばれ、日本古来の伝統的琴で六弦あり琴柱を使う。この琴の合奏が「七夕（織女星）」に奉納されるのは何故であろうか。琴は桐などの大樹から作られるとする伝説があり、その大樹は宇宙樹とも呼ばれ天地を結合する働きがあった。天の神々は大樹を伝わって地上に降下できた。そこから大樹で作られた琴も同じ機能を認められ天上の神々が地上に降下する依代《よりしろ》となった。記紀で神功皇后が琴の演奏によって託宣を告げる神々の降臨を促すが、それはすべて天上の神々であることが好例である。琴の妙音に感動して天上の神々が天下るモチーフは、この後も、『小夜衣《さよごろも》』や中世小説（お伽草子）『あめわかみこ』などへ連綿と受け継がれる。(5) この場面も、琴の合奏に感動して、天上の神である「たなばた」が降臨する意味合いがあろう。

一方、乞巧奠では、琴は演奏されずに手向けられることもあった。『玉葉和歌集』（一三一二年）に

乞巧奠の心を
庭《には》の面《おも》に ひかでたむくる ことのねを 雲《くも》ゐにかはす 軒《のき》の松《まつ》かぜ（庭の表に演奏しないで手向ける琴を軒端の松風が代わりに弾いて琴の音を天上まで運んでくれることだ。四六七番）

とあることから、明瞭に看取される。
『江家次第《ごうけしだい》』（平安期の有職故実書、大江匡房《まさふさ》、一一一一年）に、「箏一張を西北・東北等の机上の北妻に置く。延喜十五年の例には和琴を用ふる。柱《ぢ》を立つること、三様あり。常は半呂半律を用ふる。秋の調子なり。」（箏の琴一張を、乞巧奠の供え物を載せた四つの台の内の、西北と東北に位置する机の北側の隅に渡して置く。、延喜十五（九一五）年の例では「和琴」を用いたとある。琴柱《ことじ》を立てるのには三つの方法がある。通常は半呂半律を用いる。秋の季節を表わす調子である。）とある。乞巧奠で、延喜の時代までは「和琴」、それ以後は「箏」を供えるのは、どちらも「琴柱」を利用する弦楽器だからであろう。この点について、正道寺康子氏が注目すべき考察をされている(6)。

　北側の東西の机に一張の箏を渡して置くのは、北が北天の空を意味し、箏が天の川を意味するからである。琴柱は鵲《橋》の象徴であろう。箏を半呂半律に調弦し、織女に手向ける。……鵲（琴柱）が橋渡しとなって二星は会合できるのである。

　正道寺氏が根拠として挙げている『新撰七夕狂歌集』（一八三二年）に「七夕にかしつる琴八河に似てならふる柱もやかささきのはし」の狂歌があるので、箏の琴を天の河、並んでいる柱（琴柱）を鵲が並んで作る橋に見立てていることは明らかである。

　中国から伝来した音階である呂律《りょりつ》は六調あり、呂は壱越調《いちこつちょう》・双調《そうじょう》・太食調《たいしきちょう》の三調、律は平調《ひょうじょう》・黄鐘調《おうしきちょう》・盤渉調《ばんしきちょう》の三調に分かれる。例えば、呂の双調は明るく、律の盤渉調は哀愁を帯びていると言われる。平安時代の楽書『龍鳴抄』に「時のこゑといふ事あり。春は双調、夏は黄鐘調、秋は平調、冬は盤渉調」とする。調子が季節と関わるのである。また、西洋音楽で例えると呂は長調、律は短調に近い雰囲気と言われる。正道寺氏は、『龍鳴抄』に「呂といふ声はおとこのこゑなり。律のこゑといふは女のこゑなり。陰陽又これをなじ」とある点などから、「呂は牽牛星、律は織女星を指す」と指摘し、「半呂半律」については、『糸竹口伝』（一三二七年）や北村季吟『教端書』を引用し、箏の琴が一張しかない場合は、呂律を一張のうちに琴柱を立てて調弦することがあり、これが、「半呂半律」で、琴一張の内に牽牛織女の二星会合を象徴しているのだとする。

正道寺氏の論は乞巧奠における箏の琴の役割を見事に分析したもので、説得力がある。なお、氏は、「中国において、……文献を調査した限りでは、琴《きん》が七夕の供物となった例は一つも存在しない」とし、琴類が乞巧奠で重要な役割を果たすのは日本独自のものであることも強調している。

図27の冷泉家の乞巧奠の祭壇を見ると、中国の乞巧奠とは異なり、琴や琵琶などの楽器が供えられていることが分かる。

まとめ

以上の七夕二星への祈願に関わる記事を検討すれば、この行事が、牽牛織女二星へ富や長寿、子孫繁栄などを願う「乞富・乞寿・乞子」祈願の行事と、織女へ裁縫などの技能向上を願う「乞巧」の行事がほぼ同時に発生し、その後、歴代王朝で宮女たちの独占的な行事へと変わっていき、若き未婚の女性達に関心の高い「乞巧」が主流になっていったことが推測される。「乞巧奠」では、織

図27　往時の乞巧奠の面影を伝える京都・冷泉家の乞巧奠祭壇「星の座」（提供：公益財団法人冷泉家時雨亭文庫）

女に織物や裁縫、染色など服飾全般に関わる内容が祈願されたが、七孔針に五色の糸を通すことが中心行事であったことから分かるように、針仕事、即ち、裁縫や刺繡などの技能向上が特に祈願されたようである。中国では、刺繡が良家の子女の必須の技能であって、その巧拙が、その人物の評価に大きな比重を占めていたからだ。それが宮中から貴族の家庭へと広がり、さらに一般にも普及していった。また、唐代には、詩文などが上手に創れる「乞聡慧」が加わり、男児も、「乞巧奠」の一環として、行事に参加したようである。日本にも飛鳥奈良時代には伝わって、宮中の女性達の行事として伝承され、貴族に広がっていった。

平安時代の漢詩文では、日本でも男性が参加し、針に糸を通す占いをしたことが分かる。中でも特筆に値するのは、日本では、琴類の演奏や、和琴、さらには箏の琴を弾かずに手向ける形で乞巧奠が発展したことだ。箏の琴の絹糸の長さが天の川の象徴として、琴柱が鵲の象徴として七夕二星会合の再現に利用されたようだ。一般庶民にも、平安時代頃から徐々に浸透・拡散していき、江戸時代には、津々浦々まで、七夕二星への「乞巧」祈願は普及したと推測される。

現代では、遊戯化が進み、願い事の内容も何でもよくなり、さらに、老若男女も参加するようになっていく。ある意味で、七夕二星への祈願の原初的形態へ回帰したとも言い得るのである。「乞巧奠」は、七夕伝説を巧みに利用し、七夕二星（特に織女）に願望の実現を願った行事であり、現代に続く七夕飾りの基となったものでもあり、七夕伝説と不即不離の重要な行事と言えよう。

注
(1) 中村裕一『中国古代の年中行事　第三冊　秋』（汲古書院、二〇一〇年一〇月）
(2) (1)に同じ。
(3) 引用は、『日本古典文学大系　菅家文草　菅家後集』（岩波書店、川口久雄校注、一九六六年）に拠る。以下同じ。
(4) 引用は、『うつほ物語　全』（室城秀之校注、おうふう、一九九五年）に拠る。以下同じ。
(5) 拙稿「大樹伝説と琴」（『長崎大学教育学部人文科学研究報告』四五号、一九九二年六月）
(6) 正道寺康子「『うつほ物語』における七夕―琴との関係を中心に―」（『現代社会文化研究』第一号、一九九四年十二月、新潟大学大学院現代社会文化研究科）

第九章　織女と瓜の関係

一、蔓性植物としての「瓜」と織女との関係

織女と瓜の関係は、多くの点で指摘できる。中国の例から見てみたい。

上述の『荊楚歳時記』（南朝梁、宗懍）には、「喜子《くも》、瓜上《くわじやう》に網《あみ》することあらば、則《すなは》ち以《もつ》て符応《ふおう》ずと為《な》す。」とあった。七夕の夕べ、なぜ蜘蛛の巣は瓜の上に張らなければならないのか。結論から言えば、瓜は織女の象徴なのである。織女の象徴である瓜の上に織物の名人とされた蜘蛛が巣を架けて織物が出来たように見えるから、織物等の上達の願いが成就されると考えたのである。

『史記』天官書にも、「織女司瓜果（織女は瓜の実を司る）」とあり、織女は瓜を管理するとしている。日本の星名でも織姫である琴座が作る菱形は「うり畑」の名称を持つ。織女が瓜を育てたり管理したりしているという趣向であって、織姫は「瓜」と切っても切れない関係を持つのである。

中国の民間伝説にみられる七夕でも、末尾に次のような記事があった。(1)

毎年、七月七日には、……その日の夜、葡萄《ぶどう》畑（胡瓜《きゅうり》畑）にいると、牛郎と織女の語り合うのが聞こえる。

これは、中国にも、日本の「うり畑」同様の考えがあることを示すものである。葡萄や胡瓜は「瓜」そのものではないが、同じ蔓性植物であり、イメージは似ている。実際には聞き手は地上にいるわけだが、地上の葡萄畑（胡瓜畑）と織女のいる天上の瓜畑を同一視したり、地上の葡萄畑（胡瓜畑）と天上の瓜畑が蔓によって繋がっていたりするという見方・見立てがあったのだろう。

柳田國男の「犬飼七夕譚」には、「夕顔棚の下へ行くと、七夕様の天の川の御渡りなさる音が聴えるという村もある」とあって、日本でも瓜などの蔓性植物と天上世界が繋がるという見方の存在を紹介している。(2) さらに柳田は、「人と天との交通を説くのに、瓜や豆の蔓の極度の成長と、これを梯子として往来したということが、かなり夙くから用いられた一つの趣向であった。……ことに瓜類は夏の神と縁が深く、これを七夕の節句の欠くべからざる供物としていたために、自然に両者の間に聯想の橋を架けたのでなかろうかと思う。」と指摘した。柳田は、あくまで日本の民俗学の立場で発言しているのであるが、瓜がなぜ古くから織女の管理する植物として天上世界に存在するかを考える時に、中国でも日本でも、瓜の蔓が天上世界に向かって勢いよく伸びていく姿に、天地を結ぶ聖なる植物と見なしたことがその理由であると推測される。なお、瓜と胡瓜がその近縁性故に同一視されることがあったのは、第四章で指摘したように、お盆の精霊飾りの一つである「牛馬さん」にその例が見出された。本来、七夕と盂蘭盆が七月七日という同じ時に行われる行事であったことから、両者が結び付いたものである。(3)「馬」を胡瓜で作るのは、織女が胡瓜の馬に乗ってやってくる、あるいは、胡瓜そのものが織女を象徴していると言えるからである。「胡瓜」は「瓜」の代用であるから、「瓜」が織女の象徴であって、「瓜」そのものが「織女」でもあったことになろう。(4)つまり、織女は「瓜の女性」とも言いうるのである。

二、瓜子姫と織女

瓜子姫は、川を流れてきた瓜から生まれた姫君で、御伽草子や昔話で知られている。昔話「瓜子姫」の冒頭部分は、次のように描かれている。(5)

爺と婆とがあった。爺は山へ薪を伐りに、婆は川へ洗濯に行く。或日婆は川へ行くと川上から瓜が一つ流れて来た。拾って来て爺と二人で割ってみると中から小さい美しい女の子が生まれた。瓜子姫と名づけて可愛がって育てる。大きくなって毎日毎日機を織るようになった。

この昔話では、瓜は、川の上流から流れてくる存在であることが明記されている。その場合、川は、異郷から現世へ訪れるための通路として考えられる。(6)その例としては他に、万葉集・懐風藻・続日本後紀の柘枝《つみのえ》伝説があり、吉野川を柘媛《つみひめ》が流れ下り、漁師と出逢う。川を流れて来た桃から生まれた桃太郎の昔話も同様である。柘媛は奈良県の吉野川が、瓜子姫と桃太郎は、それぞれ、ある川が、異郷と現世を結ぶ通路となっている。

瓜子姫の話で注目されるのは、瓜子姫が「毎日毎日機を織る」と描写されていることである。機織りは女性の仕事として基本的なものであるから、当たり前だという見方があるかも知れないが、実は、「瓜子姫」が「機織り」と深い関係にあることが注目されるところなのである。篠田知和基氏も、

「機織姫としてよく知られているのは「鶴女房」である。これには「蛤」の場合がある（「蛤の草子」）。あるいは「瓜子姫」である。

と、「瓜子姫」が機織りと深い関係にあることを指摘されている。(7)「瓜子姫」がなぜ機織りと深く関わるかと言えば、言うまでもなく、「瓜子姫」は、織女の子供たる姫君の別の姿に他ならないからである。

三、瓜から水が出て天の川になる話

瓜は水分が多い食べ物で、また七夕の季節に実が生るという性質から、日本でも中国でも、七夕や天の川と関わりの深い存在とされてきた歴史がある。

御伽草子『天稚彦草子《あめわかひこそうし》（七夕）』では、最後に鬼が瓜を投げると天の川になって、天稚彦の彦星と姫君の織姫が天の川に隔てられ、七月七日だけ逢えるという結末になる。その場面をベルリン・アジア美術館蔵『天稚彦草子』の本文で示すと、次のようである。

しかるへきにこそ、あるらめ、もとの様に、すみあはむことは、月に一度そと、いひけるを、女房、あしく聞て、としに一たひと、おほせらるゝか、といへは、さらは、年に一度そとて、

菰をもちて、なけうちに、うちたりけるか、天の川となりて、七夕、ひこ星とて、年に一度、七月七日に、逢なり（絵　第七図）

ここで、「菰」とあるのは、本来「まこも」で「瓜」とは別字だが、日本では誤用され、「うり」と訓まれてきた。実際、「絵　第七図」では、瓜の絵が描いてある。その結果、姫君（七夕つ女）と御子（彦星）が天の川を挟んで向き合い、七月七日しか逢えなくなる。

挿絵をみると、天の川の真ん中を流れて行く瓜が見える。現存最古のベルリン・アジア美術館蔵『天稚彦草子』の挿絵では、割れた瓜が流れていく場面であるが、伝本によっては割れていない瓜も描かれている。そして、その天の川の流れがどうなるかと言えば、日本でも中国でも、また洋の東西を問わず、地上の川と繋がっているという見方があるのである。例えば、出石誠彦氏は、中国の漢水が天の河の呼称「天漢」の基となったことや、エジプトのナイル川やバビロニア人のユーフラテス川が天の川と繋がるという趣旨のことを指摘されている。[8] 他にも、黄河は天の河に繋がる川とされており、日本の吉野川も天上世界と繋がる川であることは、『懐風藻』などによって知られる。[9]

まとめ

御伽草子『瓜子姫物語』や昔話「瓜子姫」では、瓜が流れて来た川に具体的な名称があるわけではない。しかし、その川を川上に遡れば、天の川に繋がっているという想像は、中国の『博物誌』

の黄河を遡って天の河に達した張騫の話からも理解できよう。そうした想像力の中では、御伽草子『天稚彦草子』で、天の川の中に浮いていたような瓜が、天の川を下って地上の川へと流れてきて、婆に拾われて、中から瓜子姫が出て来るという発想は極めて自然なものと言えよう。

そのことを端的に示す昔話「瓜子姫」を紹介したい。[10]

> 或処に爺と婆が居た。……。婆が川でぴちゃぴちゃと洗つて居ると、向ふから瓜が流れて来た。……、拾つて帰つて、大きな、櫃に入れて置いた。……翌日、瓜を食べ様と思つて、櫃を開け様としたが、どんなにしても開かない。……遂に壊して開けて見た。処が中から奇麗な可愛らしい　こうまい姫が出た。二人は子供がないので非常に喜んで、……色々と姫に尋ねた。「どちらから?」と尋ねたら、「わたしかえ！ 天竺の七夕様のいちや子。くだ（布を織る管）がない。おんばごぢあ」と云つた。（この次にはなしがあるが忘れたとの事、児仁井秀員氏談）

「天竺の七夕様」とあるのは、「天上の七夕様」とほぼ同義で、インドの天竺と、名称が似ているので、混同されていると推測される。「いちや子」は、大切に養育された子の意味で、瓜子姫が織女の子であることが明示されている。瓜子姫は、天上の織女が育てていた瓜が、天の川と通じる地上の川を経て流れてきたもので、その瓜から生まれた織物が得意な瓜子姫は、織女の子であり象徴であったのである。[11]

注

(1) 李粛立編『神話伝説故事選』(北京出版社、一九八二年)並びに魚住孝義『万葉集　天の河伝説』(花伝社、一九九二年)等に拠る。

(2) 「年中行事覚書」(『柳田國男全集』一六、筑摩書房、一九九〇年五月)所収。

(3) 拙稿「七夕伝説の起源と変化(その5)七夕と乞巧奠、織女と瓜」(『天界』九七九号、東亜天文学会、二〇〇六年十二月)・「七夕伝説の発生と変容」(『古事記年報』四九号、二〇〇七年一月)

(4) 「八戸地方の昔話」(柳田國男編)には、「天上胡瓜」の話があり、瓜が胡瓜と入れ替わっている。(『昔話研究』第二巻第十号、民間伝承の会、一九三七年八月)

(5) 柳田國男監修・日本放送協会編『日本昔話名彙』(日本放送出版協会、一九四八年初版、一九七一年第二版、一九七四年第四刷)。引用は出雲(島根県)のもので、原題は「瓜子姫子」。

(6) 拙稿「『川の流れと流れてくるもの』についての文学的意味に関する一考察―男女を結び付けるもの、並びに異郷からの来訪の通路―」(『国語と教育』三四号、二〇一〇年十二月)

(7) 篠田知和基『竜蛇神と機織姫　文明を織りなす昔話の女たち』(人文書院、一九九七年十一月)

(8) 出石誠彦「牽牛織女説話の考察」(『支那神話伝説の研究』、中央公論社、一九七三年十月)

(9) (6)に同じ。

(10) 今村勝彦「御津郡昔話」一六「瓜子姫」(『昔話研究』第九号、三元社、一九三六年一月)

(11) なお、秀島正俊氏が「宗像三女神と七夕伝説について~宗像郡大島村の七夕伝説を中心に~」(『古典文学研究』九号、二〇〇二年一月)で、宗像大社中津宮の七夕祭りで瓜の変型としての西瓜が三個、注連縄で囲まれご神体の如く祀られるのは、宗像三女神の三であると共に、織女三星の三で、瓜(西瓜)はその象徴だろうと指摘するのも示唆的である。

第二部

七夕と日本の古典文学

――日本の古典は七夕をどう描いて来たか

第一章　「七夕」をなぜ「たなばた」と言うのか

一、「七夕」は「しちせき」か「たなばた」か

七夕伝説を中国で「七夕」と表記したのは「七月七日の夕べ」の省略で、織女と牽牛が一年に一度、七月七日の夕刻に出逢うことができることを象徴した漢字表記である。中国から日本へは、当然、「七夕」の表記で流入した。その「七夕」を日本では「たなばた」と読んで、現在も普通に使用している。それはなぜだろうか。

日本最古の七夕の行事としての正史での記録は、通常、次のものとされる。

続日本紀（七九七年成立）の「聖武天皇、天平六年（七三四）」の条。(1)

秋《あき》七月《ふみづき》丙寅《ひのえとら》（七日）、天皇《すめらみこと》、相撲《すまひ》の戯《わざ》を観《みそなは》す。是《こ》の夕《ゆふべ》、南苑《なんえん》に徙《うつ》り御《おは》しまして、文人《ぶんじん》に命《おほ》せて、七夕《しちせき》の詩《し》を賦《ふ》せしめたまふ。禄《ろく》賜《たま》ふこと差《しな》有《あ》り。（秋七月七日に、聖武天皇は、相撲の競技を御覧になった。この日の夕べ、宮中の南側の庭園に移動なさって、文人に命令して、七夕の漢詩を創

らせなさった。作品の出来映えの上手下手で、ご褒美に差があった。）

続日本紀では「七夕」を「たなばた」でなく、「しちせき」と音読みしていたようである。京都の冷泉家では、現在でも「七夕」を「しっせき」と発音するそうだ。「七夕」を「しちせき」と音読みするか、「たなばた」と訓読みするかという違いは、恐らく漢籍・漢詩文の文脈では「しちせき・しつせき」と音読し、和歌など和文の時は「たなばた」と訓読みするのだと理解するのが分かり易い(2)。つまり、続日本紀で聖武天皇が創らせたのは漢詩であって、そこからは、「たなばた」の訓《よ》みは生まれてこない。「たなばた」の訓みは、万葉集などの和文の世界でこそ生まれた可能性が高い。

二、「たなばた」の由来

それにしても、「たなばた」という言葉の由来は何であり、なぜ「七夕」に「たなばた」の訓みを与えたのか。「たなばた」の語源についての主な説は次のようである。

①古代日本では、水際に棚を造り、その上で未婚の乙女が機を織って男性の神の訪れを待つ風習があり、棚（たな）の上で機（はた）を織るから、「たなはた」となった。（折口信夫「水の女」「たなばたと盆祭りと」等）

②祖霊（荒魂）を迎える施餓鬼棚（せがきだな）に依代《よりしろ》として幡（ばん）を付けたところから、「棚幡（たなばた）」となった。（五来重『宗教歳時史』等）

③棚の付いた高級な機織機を「棚機（たなばた）」と呼び、その織機で機を織る女性を「棚機つ女（たなばたつめ）」と呼んだところから「たなばたつめ」という表現が生まれた。その後、「たなばた」だけでも棚機で機を織る女性の意味になり、さらに中国伝来の「七夕」伝説でも「七夕」の訓みに「たなばた」を当てたから。（本居宣長『古事記伝』、平林章人『七夕と相撲の古代史』等）

右のうち、一般的には①の民俗学的な説がよく紹介されている。しかし、棚の上で乙女が機を織ってまれびと神を待つ儀礼は、それを証明する具体的事実は発見されておらず、根拠とした日本書紀天孫降臨段の「浪の穂の上で機織る少女」も、「八尋《やひろ》殿」に居るのであって、「棚」の上に居るという解釈自体に無理があると考える。従って、「たなばた」の由来の解明には「たなばた」の表記自体の検討が重要であろう。以下の用例がある。

A 古事記（七一二年）上巻・天若日子の条「淤登多那婆多《おとたなばた》（弟織女《おとたなばた》）」——年若く美しい機織りの女

B 日本書紀（七二〇年）巻二・神代下・天稚彦の条「乙登多奈婆多《おとたなばた》（弟織女《おとたなばた》）」——年若く美しい機織りの女

C 万葉集巻八・一五四五、巻十・二〇八〇・二〇八一「織女《たなばた》」——織女

D 万葉集巻十・二〇二七・二〇二九・二〇四〇「織女《たなばたつめ》」——織女

E 万葉集巻十・二〇三四「棚機《たなばた》」——織女。文字通り、棚の付いた織機という解釈もある。

F 万葉集巻十・二〇六三「棚幡《たなばた》（織女《たなばた》）」——織女

G 万葉集巻十七・三九〇〇（天平十年〔七三八年〕）「多奈波多《たなはた》（織女《たなばた》）」——織女。但し、牽牛・織女を合わせた言い方との解釈もある。

H 古語拾遺（八〇七年）「天棚機姫神《あめのたなばたつひめのかみ》をして神衣《かむみそ》を織らしむ」——天上の機織り姫の神

I 倭名類聚抄（承平年間〔九三一〜九三八年〕）「織女 兼名苑云、織女牽牛是也 和名 太奈《たな》波太豆女《ばたつめ》」

以上、「たなばた」は多様な表記があるが、中心となる表記は「織女」と「棚機」である。どちらも「織物をする女性」、「棚の付いた織機」の意味で「織物」と切り離せない存在である。

古代の織機は大きく分けて三種類ある（図28）。「原始機《げんしばた》」は弥生時代のもので、棚を持たずに縦糸を巻いた経巻具《ちまき》を木や柱などに紐を渡して引き掛け、布巻具《ちきり》を腰に付けて地面や床に座って作業する。整経という縦糸を一本おきに上下に分ける作業をし、中筒《なかづつ》を立てると下糸が下がり上下に糸の隙間（開口）ができるので、開口に横糸を巻いた貫《ぬき》を通す。次に中筒を倒して綜絖棒《そうこうぼう》を手で上げると下糸が上糸の上に上がって、開口ができるので、開口に貫を通す。それを繰り返し、刀杼《とうじょ》で緯《ぬき》打《うち》して横糸を縦糸に密着させる仕組みの織機である。中筒や綜絖棒の操作等がすべて手作業なので時間が懸かる。「地機《じばた》」は、五世紀の古墳時代に中国や韓国から伝わったもので、織り手は座板に腰当てを巻いて座り、片足で足縄を引くと機躡《まねき》に結んだ単綜絖《そうこう》が上がり、足を伸ばすと下がって、それぞれ開口を作り、大杼《おおひ》で横糸を通し緯打も行える織機である。「高機《たかばた》」は、日本では飛鳥奈良時代から使われ出した高級な機織り機である。機台と部品が一体になり織機の心臓部である綜絖を棚から吊すことで、腰板《こしいた》に座って二つの踏み木を左右の足で踏んで、紐で連結した二枚の綜絖を上下に動かすことで開口を作り、小型の杼を投げ入れて横糸を通し、楽に速く織り上げることができる。棚が付くことで織機全体が立体的に高くなったので、「地機」に対し、「高機」と言うのである。また、この棚が備わっていることで、二枚の綜絖を扱えるようになり、作業能率が地機の約三倍向上したと言われている。そのため、棚が備わった優れた織機ということで、「棚機（たなばた）」とも呼ばれたのである。

万葉集の歌などに示された「棚機」は、「高機」にしか使われない「踏《ふ》み木《ぎ》（蹋《ふみ》木《ぎ》）」が登場する（巻十・二〇六二）から、「高機」であることは間違いない。中国では紀元前から既に使われていたが、日本でも万葉時代には使われるようになったのである[3]。

「棚機《たなばた》」とは、そうした高級な織機自体の名称で、それを使って織物を織る女性が「棚機《たなばた》つ女《め》」と呼ばれた（「つ」は格助詞で、「の」の意味なので「棚機の女性」の意味となる）。万葉集巻十・二〇三四には、「棚機《たなばた》の　五百機立《いほはたた》てて　織《お》る布《ぬの》の　秋《あき》さり衣《ころも》　誰《たれ》か取《と》りみむ」（織姫星が沢山の機を立てて織る布の秋の着物は、誰が手に取って見るのだろうか。）とあって、織女が棚機で機織りしたことが明示されている。

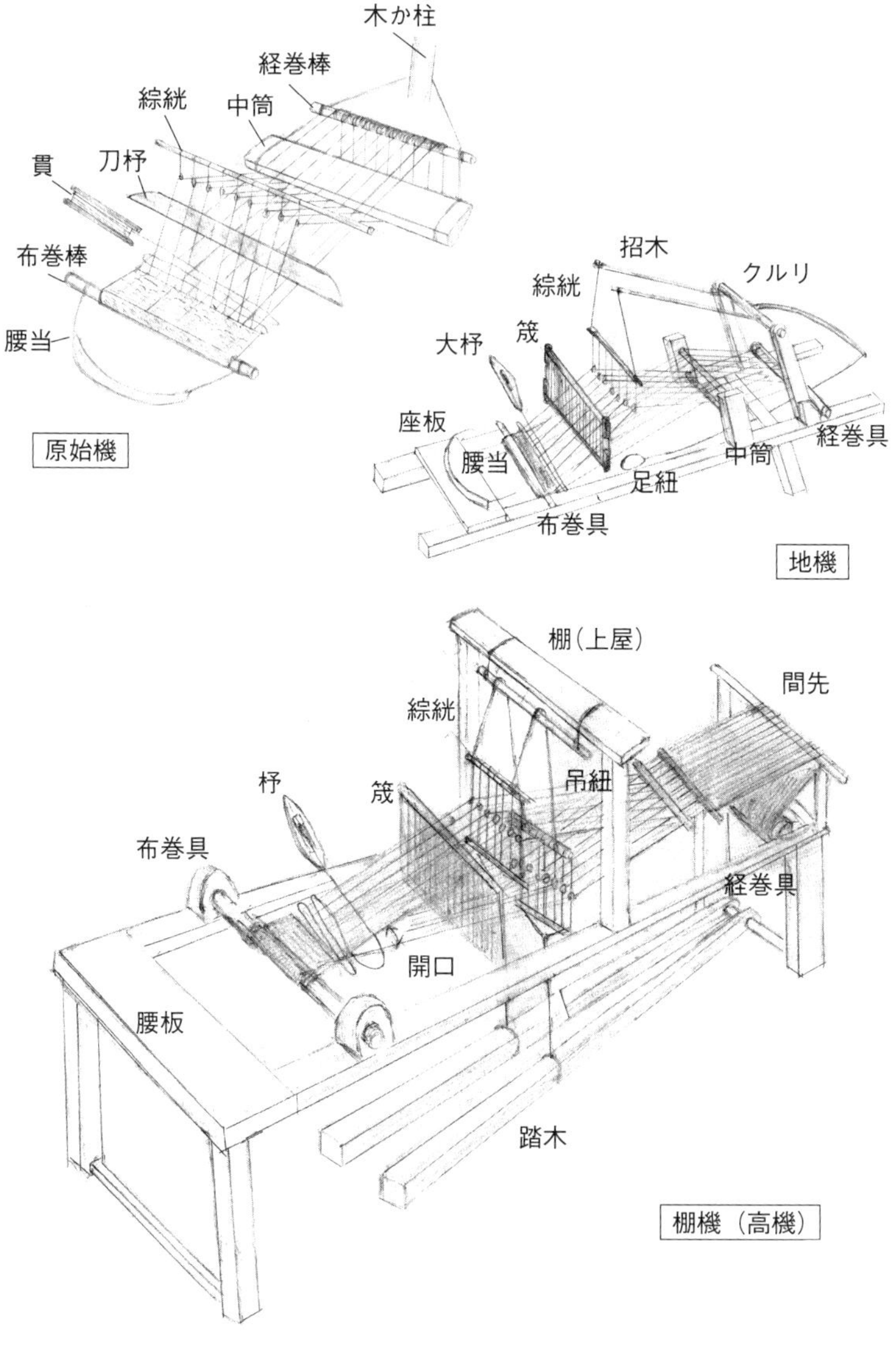

図 28　古代日本における織機の変遷の模式図（筆者作）

まとめ

万葉時代に、「棚機《たなばた》」は棚の付いた高級な織機の名称であり、椅子に座って左右の足で踏み板を踏んで棚から吊された二枚の綜絖（縦糸を上糸・下糸に振り分ける装置）を交互に上下させ、効率的に織ることができた。その「棚機」で機を織る女性が「棚機つ女《たなばため》」であった。この「棚機」は、飛鳥時代頃には中国南部地域から輸入されたようで、万葉時代にはかなり普及していた。従って中国から七夕伝説が伝わった段階で、中国の「織女」には、「棚機つ女《たなばため》」の訓みが付された。ただ、「棚機つ女」は六音節もあって長たらしいので、略されて、「棚機」だけでも「織女」を表わす呼称となっていった。さらに、「七夕」（七月七日の夕べ）は、「棚機（つ女）が彦星に出逢う夕べ」であるところから、後半を省略し、「七夕」自体にも「棚機（たなばた）」の訓を与えたと推定される。

注

(1) 引用は『新日本古典文学大系　続日本紀二』（岩波書店、青木和夫・稲岡耕二・笹山晴生・白藤禮幸校注、一九九八年）に拠る。

(2) 多田一臣氏も、「漢籍とかかわる場合は、シチセキと訓むのが無難かも知れない。」として、ほぼ同様な見解を示されている。（多田一臣『山上憶良』花鳥社、二〇二三年、一三〇頁）

(3) なお、現在、織機の該当部分を「棚（たな）」と呼ぶことは確認出来ていないが、江戸時代には該当部分に「弓棚（ゆみだな）」と呼ぶ弓状の棚を備えて綜絖を吊す高機があった。逆推すれば、「弓状」でないものは単に「棚」と呼ばれたことになろう。形状的・機能的にも、水平に横に渡された平たい板で、物を吊す点から「棚」と呼ぶに相応しいと言える。

第二章　懐風藻と万葉集の七夕

一、懐風藻

最初の七夕伝説は、日本では懐風藻《かいふうそう》や万葉集に明確に見出される。それ以前、古事記や日本書紀にもそれらしきものがないわけではないが、まだ十分な検証ができないため、本書では懐風藻・万葉集から論じていきたい。

懐風藻は奈良時代の中期、天平勝宝《てんぴょうしょうほう》三年（七五一）に成立した現存最古の漢詩集である。(1)

五言　七夕《しちせき》　一首（三三番）　贈《ぞう》正一位太政大臣《だじやうだいじん》藤原朝臣史《ふじはらのあそみふひと》

（前半略）

鳳蓋風《ほうがいかぜ》に随《したが》ひて転《うご》き　　織女星の乗った立派な車は風の吹くまま動いて行き

鵲影波《じやくえいなみ》を逐《お》ひて浮《う》かぶ　　鵲の作る橋の影は、波のまにまに浮かぶ。

面前短楽《めんぜんたんらく》開《ひら》けども　目の前には束の間の楽しみが待っているが
別後《べつご》長愁《ちやうしう》を悲《かな》しぶ　別れた後は一年という長い別れの辛さを悲しむのである。

五言　七夕　一首（五六番）　従五位下出雲介《じゆうごいのげいづものすけ》　吉智首《きちのちしゆ》

（前半略）

仙車《せんしや》鵲《かささぎ》の橋《はし》を渡《わた》り　仙女の乗った車は鵲の橋を渡り
神駕《しんが》清《きよ》き流《ながれ》を越《こ》ゆ　神聖な乗り物が天の河の清い流れを越えてゆく。
天庭《てんてい》相喜《さうき》を陳《の》べ　天上世界の庭では、牽牛と織女が一年ぶりの再会を喜び
華閣《くわかく》離愁《りしう》を釈《と》く　花のような建物の中では、一年間離れていた憂いをやっとこの日に晴らすことができる。
河横《かはよこ》さにして天曙《そらあ》けなむとし　しかし、天の河は横に傾いて、天は早くも夜明けになろうとし
更《さら》に歎《なげ》かふ後期《こうき》の悠《はろ》けきことを　二人は再び嘆くことだ。また来年逢うまでが遥か先であることを。

女性である仙女（天女）が鵲の橋を車に乗って渡り、天の河を越えて男性の牽牛に逢いに行く話となっていて、懐風藻では中国の七夕伝説そのままを再現している。

二、懐風藻以後の漢詩文

ちなみに、懐風藻の後、日本漢詩文で七夕がどう描かれたか概観したい。

ア、菅家文草（菅原道真編、九〇〇年(2)）

寛平三年（八九二）、宇多帝の勅に応えた詩（三四六番）では「橋を結ばむことを恐《おそ》りては、鵲《かささぎ》の翅《はね》を傷《やぶ》らむことを思ふ」（鵲が帰りの橋を作って、自分が帰らなくてはならなくなることを恐れて、織女が鵲の翅を傷付けてしまいたいと思う）の表現があり面白いが、基本的には、織女が鵲の橋を渡って天の河を往還する中国の七夕伝説に則った表現である。

また、寛平五年の七月七日作の詩（三六九番）の結句は「意《こころ》の緒《を》穿《うが》たむとする月の下《もと》なる針」（意中の願い事を叶えるために、七本の針に五色の糸を月の光の下で通そうと思う）と詠み、乞巧奠における願糸が描かれる。婦女が裁縫等の上達を願うことが基本だが、日本の宮廷では男性官僚も文章の上達等を願い、この行事に参加したことは第一部第八章の通りである。

イ、本朝文粋（藤原明衡編、一〇六六年以前成立(3)）

詩序（宴会で詠作された詩に冠せられた序文）として、七夕の記述が登場するものがある（二二四番・二二五番）。内容は、勅命に従い、「牛女に代わり深く暁更を惜しむ」という趣旨で「離れ易く会い難き」を詠むということで、「仙星」「仙衣」「鵲」も登場し、中国の伝統的な神仙としての織女像が描かれている。

ウ、本朝無題詩（一一六二〜一一六四年）

藤原茂明《ふじわらのもちあきら》や惟宗孝言《これむねのたかとき》の七夕詩に「鵲橋」が登場し、藤原周光《ふじわらのちかみつ》の詩には「豈仙娥《あにせんが》の夜河《よるかは》を渡らむを妨げんや（どうして仙女である織女が夜天の河を渡るのを妨げたりしようか）」の一句があるように、中国の伝統の七夕伝説を完全に踏まえている。

エ、鎌倉時代以降

中世になってからは、日本漢詩文の中に「七夕」を主題とした作品をほとんど見出すことができない。僧が作者である五山文学で、七夕のような男女の恋愛が描かれないのは当然かも知れないが、江戸時代になっても同様である。これは、「七夕」や「乞巧奠」を詠んだ七夕詩が宮廷を中心とした七夕宴において創作されたという一面を持っていたため、武士の時代になって、朝廷の力が衰退すると、公的な七夕の宴もほとんど開かれず、七夕詩が詠まれる機会もほぼ無くなってしまったからではなかろうか。

以上、漢詩は平仄《ひょうそく》などの面倒な規則があり、学問を学ぶ機会に恵まれた男性の専有物という面があった。和歌と異なり、一般庶民には敷居が高かったので、裾野がもともと狭かった。また、時代が変わっても、中国の伝統を忠実に守るという意識が強かったので、七夕詩も、鵲の橋を仙女が渡るという形式が遵守された。和歌では和風に詠んでも漢詩文は中国の伝統を逸脱しないという点で割り切っていたと推測される。

三、万葉集

万葉集は、奈良時代末期（七八三年頃まで）に成立したとされる現存日本最古の歌集である。万葉集の七夕歌は通常一三二首あるとされる。次の通りである。

巻八　一五一八～一五二九までの　二首
巻八　一五四四～一五四六までの二首
巻九　一七六四～一七六五までの二首
巻十　一九九六～二〇九三までの九八首
巻十三　三二九九の一首
巻十五　三六五六～三六五八までの三首
巻十七　三九〇〇の一首
巻十八　四一二五～四一二七までの三首
巻十九　四一六三の一首
巻二十　四三〇六～四三一三までの八首

他にも、巻七・一〇六八、巻十三・三二八四等、七夕との関連が見られる歌がある。また、巻五の八〇六・八〇七の題詞としての書簡に「忽《たちま》ちに隔漢の恋を成し」（忽ちに天の河を隔てる彦星のように恋しく）とあって、やはり七夕伝説が見出される。
歌の内容を見るに、六二首は天の川を歌語として詠み込み、三八首は舟と梶を歌っている（135頁の表4を参照）。つまり大半の歌は、彦星が舟で天の川を渡り、織女（七夕つ女《め》）に逢いに行く様子を詠じているのである。少し例を挙げると、次のようである。

天《あま》の川《がは》 川《かは》の音清《おときよ》し 彦星《ひこほし》の 秋漕《あきこ》ぐ舟《ふね》の 波《なみ》の騒《さわ》きか（天の川の川音が清らかだ。彦星の、秋七月に漕ぐ舟が立てる波の騒ぐ音だろうか。巻十・二〇四七）

人《ひと》さへや 見継《みつ》がずあらむ 彦星《ひこほし》の 妻呼《つまよ》ぶ舟《ふね》の 近《ちか》づき行《ゆ》くを（人々もまた、見守り続けずにいられるものか。彦星の妻問いの舟が、近付いて行くのを。巻十・二〇七五）

巻十の一九九六から二〇三三までの三十八首は「柿本朝臣人麻呂之歌集出」とされ、その配列について多くの論が為されてきた。伊藤博氏の「第三者の立場から当事者の立場へ」、井手至氏の「二星の逢会の次第」、渡瀬昌忠氏等の「使いとしての月人壮士の存在を重視」する論などである。いずれも、「七夕開始までの待ち遠しさ」、「七夕当日の逢会の喜びと儚さ」、「後朝後《きぬぎぬ》の、来年の出逢いまでの辛さ」という順序でほぼ描かれている点の指摘は共通する。他に万葉歌人の詠んだ七夕歌は、山上憶良、湯原王、大伴家持などに見られ、飛鳥時代中葉から奈良時代末期まで、七夕が歌人の心を捉える格好の題材であったことは間違いない。

巻十七・三九〇〇以下の大伴家持の七夕歌は、「独り天漢を仰ぎて」のように、単独で天の川を眺めて詠んだ歌が多い。増田早苗氏は、宮廷側が、七月七日に宮廷での公式行事として相撲の節会を開催し参加を促し、同日に各氏族が独自に行ってきた祖霊祭と七夕宴を事実上実施できないようにした。それは、祭礼を機会とした各氏族の団結を恐れたためだが、家持も大伴氏独自の七夕宴を七月七日に開けず、単独で天の川を見て七夕歌を詠まざるを得なかったという。(4) その可能性はあろう。

四、懐風藻に対する万葉集の独自性

中国の伝統を継承した懐風藻では織女（女性側）が鵲の橋を渡って車で牽牛（男性側）に逢いに行くが、万葉集では鵲の橋は消滅し、百三十二首の七夕歌のほとんどが彦星（男性側）が七夕つめ（女性側）に舟に乗って逢いに行く形に変わっている。男女の入れ替わりは、よく言われるように、日本の通婚制度が反映しているとみられる。

舟で行くのは、月との関係もある。万葉集では、彦星自身が舟を漕いで渡る記述が多いが、次のような歌もある。

渡《わた》り守《もり》 舟《ふね》はや渡《わた》せ 一年《ひととせ》に 二度通《ふたたびかよ》ふ 君《きみ》にあらなくに（巻十・二〇七七）

この歌は、織女が渡し守に向かって、彦星を乗せて早く天の川を渡って、自分のもとへ連れて来て欲しいと懇願している歌である。彦星が天の川を渡る舟には、渡し守がいる場合があることが明記されている。その渡し守の候補として最も可能性の高い存在が月の舟の渡し守である「月人《つきひと》をとこ（壮子）」であろう。この点については、辰巳正明氏が既に指摘されている。(5)

秋風《あきかぜ》の 清《きよ》き夕《ゆふへ》に 天《あま》の川《かは》 舟《ふね》漕《こ》ぎ渡《わた》る 月人《つきひと》をとこ（巻十・二〇四三）

この歌は、陰暦七日の七夕の日には月が上弦の月で半月の形をしているので、その半月を舟に見立てて、月の中にいるとされた「月人をとこ（壮子）」が、月の舟の渡し守となって、彦星を乗せて天の川を渡る様子を描いた歌と推測される。

月が舟に譬えられるのは、既に次の歌に見られた。

天《あめ》の海《うみ》に 雲《くも》の波立《なみた》ち 月《つき》の船《ふね》 星《ほし》の林《はやし》に 漕《こ》ぎ隠《かく》る見《み》ゆ（巻七・一〇六八）

これは、以前から「七夕の夜の月を舟にたとえた歌語的表現」（新編日本古典文学全集『萬葉集2』）とされている。

上述したように、天の川は、牽牛と織女《しょくじょ》（彦星と織女《たなばたつめ》）にとって、七月七日のみ渡ることが許された境界であって、それ以外の日は、両者が橋を渡ることも、船で漕いで渡ることも決して許されない厳然とした障壁であった。それ故、「我《あ》が恋《こひ》を 夫《つま》は知《し》れるを 行《ゆ》く舟《ふね》の 過《す》ぎて来《く》べしや 言《こと》も告《つ》げなむ」（わたしの恋を夫は知っているのに、行く舟が通り過ぎてよいものでしょうか。せめて一言でも言づてが欲しい。巻十・一九九八）において、「行く舟」の乗り手を彦星としている注釈が多いが、あり得ないことである。「行く舟」は当然、「月人をとこ」の舟であり、夫の彦星からの言づてを伝えず使者の役目を果たさずに通り過ぎることを咎《とが》めているのである。

従って、「孫星 嘆須孋 事谷毛 告尓叙来鶴 見者苦弥」（巻十・二〇〇六）の歌は、加藤千絵美氏による「彦星《ひこぼし》の 嘆《なげ》かす妻《つま》に 言《こと》だにも 告《つ》げにぞ来《き》つる 見《み》れば苦《くる》しみ」という訓読が正しいだろう。[6] 牽牛は七月七日しか天の川を渡れないはずだという七夕の基本原理から使者の存在を考えた訓読である。彦星自身が、七夕以外の日に天の川を渡ることはあり得ない。そしてその使者は、渡瀬昌忠氏が指摘するように、月人をとこが最も相応しいだろう。[7] 月人をとこは月の船に乗って毎日天の川を横断できるのだから、使者に適任なのである。

わずかだが、織女が橋を渡って逢いに行くという中国の伝統を踏まえたものもある。

天《あま》の河《がは》 棚橋《たなはし》渡せ 織女《たなばた》の い渡《わた》らさむに 棚橋《たなはし》渡せ（巻十・二〇八一）

この歌については、伊藤博氏『釋注』の「中国の七夕伝説にあるように、織女の渡れる橋でもあれば、今去って行く牽牛のあとを自由に追って行けるであろうにという心から詠んだ歌と考えられる。」の理解が卓抜であろう。

なお、既に小島憲之氏や中西進氏等が指摘されてきたことであるが、万葉集では、織女の神仙・仙女的イメージが消失していることは否定できない[8]。仙女である織女が鵲の橋を渡り牽牛に逢いに行くという中国的・神仙的雰囲気が濃厚な七夕伝説を忌避し、彦星が舟を漕いで川向こうの妹（妻）に逢いに行くという日本的・現実的・日常的な世界に作り替えてしまったのが、万葉集の七夕歌の世界であろう。そこには、中国の伝説を素材にはしても、日本の七夕の物語を新たに創造しようという意欲を見出すことができるのでないか。

この点について、呉哲男氏は次のように述べておられる[9]。

八世紀に成立した日本文学史は、はじめに『日本書紀』『懐風藻』のような中国文学的な発想があり、次いでそれによって失われたとみなされた共感（感情）の共同性を想像的に回復しようとしたところに『古事記』『万葉集』誕生のモチーフがあると考えるべきである。（四五頁）

……『懐風藻』を前提にして『万葉集』は成立しているのであって、その逆でないことは『古事記』と『日本書紀』の関係と同様である。この問題は単なる文体の差異ということではなく、中国「帝国」から自立しようとする時に必然的に生じる古代的なナショナリズムの感情的基盤はいかに用意されたかという問題と関連するのである。（一三二頁）

懐風藻と万葉集の関係を簡潔に指摘され、言い得て妙であり、筆者のいわんとする七夕伝説の受容における懐風藻と万葉集の関係にも、そのまま適用できよう。

注

(1) 引用は日本古典文学大系『懐風藻・文華秀麗集・本朝文粋』(岩波書店、小島憲之校注、一九六三年)に拠る。以下同じ。

(2) 引用は日本古典文学大系『菅家文草　菅家後集』(岩波書店、川口久雄校注、一九六六年)に拠る。以下同じ。

(3) 引用は新日本古典文学大系『本朝文粋』(岩波書店、大曾根章介・金原理・後藤昭雄校注、一九九二年)に拠る。以下同じ。

(4) 増田早苗「大伴旅人と七夕―祖霊祭の変遷―」(『思想史研究』二〇号、日本思想史・思想論研究会、二〇一四年十月)

(5) 辰巳正明「人麻呂圏の言語―「月船」の形成―」(『上代文学』四〇号、上代文学会、一九七八年四月)

(6) 加藤千絵美「人麻呂歌集七夕歌の使者」(『日本文學論究』七一冊、國學院大學國文學會、二〇一二年三月)

(7) 渡瀬昌忠『渡瀬昌忠著作集』第四巻(おうふう、二〇〇二年)

(8) 小島憲之「万葉集の表現」(『上代日本文学と中国文学』中巻、塙書房、一九六四年)、中西進「七夕歌群の形成」(『万葉集の比較文学的研究』下巻、桜楓社、一九七二年)

(9) 呉哲男『古代日本文学の制度論的研究』(おうふう、二〇〇三年)

第三章　勅撰和歌集の七夕

一、古今集

古今集（九一三～九一七年成立）以下の勅撰和歌集の中で七夕がどのように描かれてきたかを考察してみたい(1)。勅撰和歌集は時の帝の勅で撰進された公的な歌集で、一首でも撰ばれることが歌人の栄誉とされたので、平安時代から室町時代の代表的な和歌の動向を知るのに適切な歌集と判断される。まずは古今集の七夕歌、十一首を挙げる（作者名の無い歌は読み人知らず）。

秋風《あきかぜ》の 吹《ふ》きにし日《ひ》より 久方《ひさかた》の 天《あま》の河原《かはら》に たたぬ日《ひ》はなし（秋の始まりである七月一日の風が吹いた日から、天の河の河原に立って、彦星様の訪れをお待ちしない日はありません。一七三番(2)）

ひさかたの あまのかはらの わたしもり きみわたりなば 楫《かぢ》かくしてよ（天の河の渡し守さんよ、あの方〔彦星様〕が渡ったら、お帰りになれないように楫を隠してください。一七四番）

天河《あまのがは》 もみぢを橋《はし》に わたせばや たなばたつ女《め》の 秋《あき》をしもまつ（一七五番。訳は161頁参照）

恋《こ》ひ恋《こ》ひて 逢《あ》ふ夜《よ》はこよひ あまの河《かは》 霧立《きりたち》わたり あけずもあらなん（恋しく思い続けてやっと今日二人は逢うのだ。天の河の河霧は立ち渡ってずっと夜が明けないで欲しい。一七六番）

あまの河《かは》 浅瀬《あさせ》しら浪《なみ》 たどりつつ わたりはてねば あけぞしにける（天の河の浅瀬がわからないので、白波が立っているところを辿っているうちに、まだ天の河を渡りきらないのに、夜が明けてしまったことだ。紀友則・一七七番）

契剣《ちぎりけん》 心《こころ》ぞつらき 織女《たなばた》の 年《とし》にひとたび あふはあふかは（一年に一度だけ逢おうと誓った心は何とつらいことか。一年に一度の逢瀬では逢ったことになろうか。藤原興風《おきかぜ》・一七八番）

年《とし》ごとに 逢《あ》ふとはすれど たなばたの 寝《ぬ》るよのかずぞ すくなかりける（年ごとに逢うとは言っても、彦星と織女の共寝の夜は何と少ないことか。凡河内躬恒《おおしこうちのみつね》・一七九番）

たなばたに かしつる糸《いと》の うちはへて 年《とし》の緒《を》ながく 恋《こ》ひやわたらむ（七夕にお供えする糸のように永く伸ばして長年恋い続けることであろうか。一八〇番）

こよひ来《こ》む 人《ひと》にはあはじ たなばたの 久《ひさ》しきほどに 待《ま》ちもこそすれ（七夕の夜にやって来るような人には逢いますまい。七夕二星のように、長く相手を待ちつづけることになったら大変ですから。素性《そせい》法師・一八一番）

今《いま》はとて わかるる時《とき》は あまの河《かは》 わたらぬさきに 袖《そで》ぞ漬《ひ》ちぬる（今はお別れだと言って別れる時には、天の河を渡らぬうちに、涙で袖が濡れてしまうことだ。源宗于《むねゆき》・一八二番）

けふよりは　今来《いまこ》む年《とし》の　昨日《きのふ》をぞ　いつしかとのみ　待《ま》ちわたるべき（今日八日からは、来年の昨日七月七日を、いつかいつかと待ちつづけることになろうか。壬生忠岑《みぶのただみね》・一八三番）

一七三・一七四は織女の立場から、一七七・一八二は彦星の立場から、一七五・一七六・一七九は地上の人物の立場から、一七八・一八三は彦星・織女両方の立場から、一八〇・一八一は七夕を利用して自らの恋を詠んでいる。また、七夕の訪れを待ち遠しく思う気持ちから始まり、実際の出逢い、さらに、別れの悲しさ、来年再会するまでの待ち遠しさを、時間系列に沿って並べる。時間の流れに沿って叙述するのは古今集全体に関わる技法であるが、七夕という行事においても、男女の情愛に絡ませて時の流れによる変化を巧みに描いている。七夕への想い入れの深さに感心せざるを得ない。

これらは多彩であるが、彦星・織女ともすっかり擬人化されており、星のイメージはあまり浮かんで来ない。

二、後撰集から新古今集

次に後撰集から新古今集までの八代集について一例ずつ挙げる。

後撰集《ごせんしゅう》（九五五年頃成立）

天《あま》の河《がは》 岩越《いはこ》す浪《なみ》の たちゐつつ 秋《あき》の七日《なぬか》の 今日《けふ》をしぞ待《ま》つ（天の河では、岩を越すほどの浪が立ち、私も立ったり座ったりして、落ち着かず、秋の七日の今日の訪れを待っていたことです。二四〇番）

七夕の日に彦星の訪れを待つ織女の切ない思いが伝わってくる歌である。後撰集の七夕歌は、七月七日しか逢えないことの悲しみ、一年待たなければならない辛さ、せっかくやっとのことで久しぶりに逢えても、すぐに別れなければならない運命を嘆くといったものがほとんどである。

拾遺集《しゅういしゅう》（一〇〇五～一〇〇七年頃成立）

彦星《ひこぼし》の 妻待《つまま》つ宵《よひ》の 秋風《あきかぜ》に 我《われ》さへあやな 人《ひと》ぞ恋《こひ》しき（彦星が妻の織女に逢うのを待つ七夕の宵は、秋風の肌寒さによって、私までもが訳もなく人を恋しくなっている。凡河内躬恒・巻三・秋・一四二）

「延喜御時屏風歌《えんぎのおんときびやうぶうた》」の題詞を持つ歌である。屏風歌であるから、七夕を描いた屏風絵を見て歌を詠んでいるわけで、絵に描かれるほど、当時の人々にとって七夕伝説が関心の高いものであったことが分かる。拾遺集も詠み手の思いを重ねたものが見られる。

後拾遺集《ごしゅういしゅう》（一〇八六年成立）

忘《わす》れにし 人《ひと》に見《み》せばや 天《あま》の川《がわ》 忌《い》まれし星《ほし》の 心《こころ》ながさを（私のことを忘れてしまったあの人に

見せたいものです。天の川にあって、あの人から嫌われた星である彦星と織女星が実際にはあの人の薄情さと比べて遥かに愛情の心が長い星であることを。新左衛門・二四六番）

これは、題詞に「七月七日に、男の、今日のことはかけても言はじなど忌み侍りけるに、忘られにければ、ゆきあひの空を見てよみ侍りける」とあって、七月七日の星逢のことを言うと、滅多に逢えなくなるといけないから、決して口に出すまいと言っていた男が、口に出さないだけでなく、七夕だというのにすっぽかして、女のところを訪れもしないことを恨んで詠んだ歌である。深養父《ふかやぶ》集《しゅう》に「わびぬれば常《つね》はゆゆしき七夕《たなばた》もうらやまれぬる物にぞありける」とあって、七夕は一年に一度七月七日のみしか逢えないので、七夕というと男女が却ってなかなか逢えなくなって不吉であるという見方も当時存在したことが知られる。しかし、一般的には、七夕は男女の出逢う日として待ち望まれたことは否定できない。後拾遺集では、七夕にかこつけて、詠み手に拘《かか》わる恋愛に引きつけて詠んだ歌が多い。

金葉集《きんようしゅう》　二度本《にどぼん》（一一二五年頃成立）、三奏本（一一二六〜一一二七年成立）
天《あま》の川《がは》　別《わか》れにむねの　こがるれば　帰《かへ》さの舟《ふね》は　梶《かぢ》もとられず（天の川で織女との別れの悲しさに胸が焦がれるので、彦星の私は、帰りの舟の梶をとって漕ぐことも出来ないことだ。一六二番）

金葉集では、また本来の七夕に立ち返り、織女と牽牛の辛さを詠んだ歌が多い。

詞花集《しかしゅう》（一一五一年成立）

天《あま》の河《かは》 よこぎる雲《くも》や たなばたの そらだきものの けぶりなるらん（天の河を横切って懸かっている雲は、織女星が焚いている空薫物の煙であろうか。左京大夫顕輔・八八番）

天の河の煙は多くの場合、織女星の衣の比喩になるが、ここでは空薫物の煙としている点が新趣向である。空薫物は彦星を待つために一面に香を焚いているのであって、天の河に薄い雲が懸かった様を詠んだ歌として興味深い。詞花集では、新趣向の七夕が多く詠まれている。

千載集《せんざいしゅう》（一一八七～一一八八年成立）

七夕《たなばた》の あまつひれふく 秋風《あきかぜ》に 八十《やそ》の船津《ふなつ》を み舟《ふね》いづらし（織女星の天の領巾《ひれ》を吹き靡かせる秋風が吹いて、天の河の八十の港を彦星の舟が出航したらしい。大納言隆季・二三六番）

万葉集の白雲を「天つ領巾」に喩える歌からすれば、ここも天の河に白雲が懸かった様子を詠んだ歌かも知れない。千載集は、二星の気持ちを歌った歌ばかりで、星の描写という視点は乏しい。

新古今集《しんこきんしゅう》（一二〇五年成立）

大空《おほぞら》を われもながめて 彦星《ひこぼし》の つままつ夜《よ》さへ ひとりかもねん（大空を私も同じように眺めて、彦星が妻との逢瀬を待つ今宵さえ、逢瀬の相手もなく淋しく独り寝することであろうか。紀貫之・屏風歌・三一三番）

七夕二星と自らを比較した歌で、この形式は多い。

以上、八代集の七夕歌も、二星の気持ちを代弁するものや、自分に惹き付けて詠んだものなど多様性に富んでいる。

三、新勅撰集から新続古今集

続いて新勅撰集以降の十三代集から一例ずつ挙げる。

新勅撰集《しんちょくせんしゅう》（一二三五年成立）

ひこぼしの ゆきあひをまつ ひさかたの あまのかはらに 秋風《あきかぜ》ぞふく（彦星が織女星との逢瀬を待っている天の河の河原に秋風が吹いて、いよいよ二星が逢える時がやって来たことだ。実朝・二〇八番）

三代将軍で歌人でもあった源実朝は、京都の公家と変わらぬ教養や美意識を持っていたので、七夕のロマンにも大いに惹かれるところがあったのであろう。

続後撰集《しょくごせんしゅう》（一二五一年成立）

ひこぼしの わかれてのちの 天《あま》のがは をしむなみだに 水《みづ》まさるらし（彦星が織女星と別れて後

の天の川は、七夕二星の流す涙で水嵩がまさっているようだ。醍醐天皇・一二六一番）

お伽草子『七夕』の冊子系本文の末尾で、姫君の流す涙で天の河ができたとする描写を彷彿させる内容の歌である。

続古今集《しょくこきんしゅう》（一二六五年成立）

いくとせの あきのひとよを かさぬらん おもへばひさし ほしあひのそら（七夕は一体どれくらい長く秋の一夜の逢瀬を続けて来たのであろうか。思い巡らせば、七夕の逢瀬は何と古くから続いていることだろう。亀山天皇・三一九番）

七夕伝説の悠久さに思いを馳せた歌である。星の世界は時の流れの無限な有様に人を畏敬させるが、これは今も昔も変わらないことをこの歌は示している。

続拾遺集《しょくしゅういしゅう》（一二七八年成立）

たち帰《かへ》る けさの涙《なみだ》に 七夕《たなばた》の かざしの玉《たま》の 数《かず》やそふらん（彦星が帰る今朝の別れの涙で、織女星の簪《かんざし》の玉は数が増えてしまうだろうか。源顕昭・一二三一番）

七夕二星の別れの悲しみの涙が玉の粒となって、織女星の簪の玉の数に加わって数が増えるという趣向である。輝く星のイメージと玉の簪のイメージが似ている印象を与えたのであろう。

新後撰集《しんごせんしゅう》（一三〇三年成立）

秋《あき》ごとに　たえぬほしあひの　さ夜《よ》ふけて　光《ひかり》ならぶる　庭《には》のともし火《び》（毎年秋ごとに絶えることなく続く星合の夜は更けて、星の光と光を競うように庭の灯火が燃えている。藤原定家・二六七番）

星の光と庭火を対比するのは少し大げさな感じであるが、星の光が今と違い、よく目立ったことは疑いえない。

玉葉集《ぎょくようしゅう》（一三一三年成立）

あまつ星《ほし》　空《そら》にはいかが　さだむらん　思《おも》ひたゆべき　けふのくれかは（天の七夕二星は空で一年に一度しか逢えないと如何にして決められたのであろうか。一年間逢えなかった恋の思いのつらさで、いよいよ逢えるこの夕べには、思いも命も絶えてしまいそうだよ。小侍従・一六二六番）

七夕が一年に一度しか逢えないと決まった由来への懐疑の思いと、もし自分ならとても一年ももちそうにないという恋多き乙女の気持ちを詠んだ歌である。天体に関心の高かった京極派らしい七夕歌である。

続千載集《しょくせんざいしゅう》（一三二〇年成立）

契《ちぎり》ありて　おなじふづきの　数《かず》そはば　こよひもわたせ　あまの河舟《かはぶね》（彦星と織女星の契りが深いために、先月の七月七日に続いて、今月も閏月《うるうづき》の七月七日の日数が二人に訪れたのであれば、彦星よ、今夜も天の河の河舟を渡して、織女星のところへ行きなさい。前中納言定房・三五六番）閏七月七日に詠まれた歌で、一年に二度の七夕があることを彦星や織女星の気持ちに成り代わって喜んでいるものと言えよう。ちなみに閏七月は、定房の生きた時代には文治二年（一一八六）、元久二年（一二〇五）、元仁元年（一二二四）の十九年ごとにあったが、他の歌の製作年代からして、元久二年の閏七月の作であろう。

続後拾遺集《しょくごしゅういしゅう》（一三二六年成立）
七夕《たなばた》の　秋《あき》の一夜《ひとよ》の　ちぎりこそ　げにいつはりの　なき世《よ》なりけれ（毎年必ず訪れる七夕二星の秋の一夜の契りこそが、本当にごまかしのない男女の仲であるなあ。中宮大夫師賢・二五二番）

七夕の確実な契りに対して、人の世の契りの儚《はかな》さを歎いた歌である。七夕二星の変わらぬ愛は、人々の憧れでもあったのである。

風雅集《ふうがしゅう》（一三四九年成立）
ふけぬなり　ほしあひの空《そら》に　月《つき》は入《い》りて　秋風《あきかぜ》うごく　庭《には》のともし火《び》（もうすっかり夜が更けたことである。七夕二星の星合の空で月は西の山に沈んで、秋風が吹いて庭の灯火を揺らしている。光厳院・四七一番）

七夕の夜も更けて、夕方天頂にあった月は既に西山に姿を隠し、灯火だけが淋しく庭で光っている情景である。七夕の会も終わり、歓楽尽きて哀感多しと言ったところだろうか。星↓月↓灯火への視点の移動が京極派らしい歌である

新千載集《しんせんざいしゅう》（一三五九年成立）

天《あま》の河《がは》 一夜《ひとよ》ばかりの 逢瀬《あふせ》こそ つらき神代《かみよ》の うらみなるらめ（天の河での一夜ばかりの逢瀬は、神代の時代の辛い定めでさぞかし恨みに思っていることだろうな。前大納言経継・三四一番）

七月七日のみの逢瀬を神代に決まった恨めしい出来事として二星に同情している歌である。

新拾遺集《しんしゅういしゅう》（一三六四年成立）

七夕《たなばた》の まれにあふせも 年《とし》ふれば わたりやなるる あまの川波《かはなみ》（七夕の一年に一度の稀《まれ》の逢瀬でも、年が重なると天の川の川波を渡るのも慣れてしまうでしょうか。前大納言経顕・三三六番）

たとえ一年に一度の逢瀬でも長い年月のうちには、慣れてしまうだろうという戯れである。

新後拾遺集《しんごしゅういしゅう》（一三八四年成立）

嘉元百首歌たてまつりけるに、七夕

淵《ふち》はせに かはらぬ程《ほど》も 天《あま》の川《がは》 年《とし》のわたりの ちぎりにぞしる（天の川の淵が瀬に変わることがないというのも、毎年、彦星が天の川の同じ場所を渡って、織女星のところへ逢いに行くことから分か

ることです。従三位為子・二九一番）

人の世の儚さに比べ、天上世界の天の川や七夕二星の恋が何と長久不変のものかという嘆息である。

新続古今集《しんしょくこきんしゅう》（一四三九年成立。二十一代集の末尾を飾る歌集）

あまの河《がは》　やそのふなでも　みるばかり　雲《くも》なかくしそ　星合《ほしあひ》の空《そら》（天の河の八十の河瀬を彦星が渡る船出も見えそうです。雲よ隠さないでください。七夕二星の出逢いの空を。安嘉門院四条・三七四番）

安嘉門院四条は、晩年、阿仏尼と名乗り、『十六夜日記』の作者として知られている。若い時は『うたたね』という失恋の日記を書いており、この歌もそうした若き日の恋への憧れが投影された歌と思われる。

以上、十三代集の七夕歌を見て来た。中世の歌人達がいかに七夕に関心を持ってきたかが窺われよう。それらの特徴は、基本的には、七月七日のみしか二星が逢えないことへの同情であり、また、歌人の身に引きつけて、彦星と七夕つ女の気持ちを代弁することであった。

四、万葉集と勅撰和歌集における七夕歌語

次の表3は、古今集から新続古今集までの二十一代集（平安から室町時代までの全ての勅撰和歌集）における七夕歌が歌集全体に占める割合を歌数と割合で示したものである。また、万葉集と比較して、七夕歌語にどういう特徴があるかを表4に示した。

表3　二十一代集における七夕歌

歌集	成立年	①全歌数	②七夕歌の総数（③＋④）	③七夕歌	④雑歌の七夕関連歌	⑤七夕歌比率（②÷①）	⑥秋の歌数（雑歌の秋歌は含まない）	⑦秋歌における七夕歌比率（③÷⑥）
古今	913〜917	1111	13	11	2	1.2%	144	7.6%
後撰	955	1425	25	25	0	1.8%	226	11.1%
拾遺	1005〜1007	1360	26	13	13	1.9%	155	8.4%
後拾遺	1086	1229	12	10	2	1.0%	142	7.0%
金葉二度	1125	717	10	10	0	1.4%	101	9.9%
金葉三奏	1126〜1127	650	12	12	0	1.8%	111	10.8%
詞花	1151	420	12	10	2	2.9%	58	17.2%
千載	1187〜1188	1290	7	7	0	0.5%	161	4.3%
新古今	1205	2005	17	16	1	0.8%	266	6.0%
新勅撰	1235	1382	13	13	0	0.9%	169	7.7%
続後撰	1251	1381	16	14	2	1.2%	219	6.4%

続古今	1265	1926	19	18	1	1.0%	257	7.0%
続拾遺	1278	1464	8	8	0	0.5%	163	4.9%
新後撰	1303	1617	14	13	1	0.9%	191	6.8%
玉葉	1313	2818	14	14	0	0.5%	385	3.6%
続千載	1320	2152	12	12	0	0.6%	252	4.8%
続後拾遺	1326	1355	16	16	0	1.2%	170	9.4%
風雅	1349	2211	16	13	3	0.7%	279	4.7%
新千載	1359	2366	23	23	0	1.0%	287	8.0%
新拾遺	1364	1920	18	15	3	0.9%	247	6.1%
新後拾遺	1384	1554	9	5	4	0.6%	174	2.9%
新続古今	1439	2144	21	18	3	1.0%	260	6.9%
総計		34497	333	296	37	0.97%	4417	6.7%
平均		1568	15.1				200.8	
万葉集		4536	132			2.9%		

表4　二十一代集における七夕歌語

歌集	古今	後撰	拾遺	後拾遺	金葉二度	金葉三奏	詞花	千載	新古今	新勅撰	続後撰
成立年	913〜917	955	1005〜1007	1086	1125	1126〜1127	1151	1187〜1188	1205	1235	1251
たなばた	4	9	13	8	6	10	8	7	8	3	8
たなばたつめ	1	3	2							1	1
ひこぼし		1	3						3	2	1
天の川（原・風・波）・安の川・天の門	10	13	9	3	3	4	6	2	8	7	9
打橋・棚橋・橋・玉橋							1				
鵲の橋			1	1			1		1	2	1
紅葉の橋	1								2	1	
（衣・糸・心を）貸す	1		4	1	3	4	2	1			
梶の葉				1					1	1	
舟（出）・楫（の音）・櫂	2	2	3	1	2	3		1	2	1	1
年の渡り		2									
天の羽衣・雲の衣				2				1	1		1
天つ領巾								1			1
（岩の・七夕の）枕					1	1		2			1
あさひく糸				1							
星合ひ（の空・かげ）				1					4	2	2
行き逢ひ（の空・橋）					1	1				1	
水影草										1	1
月・月人壮子											

万葉集	平均	総計	新続古今	新後拾遺	新拾遺	新千載	風雅	続後拾遺	続千載	玉葉	新後撰	続拾遺	続古今
			1439	1384	1364	1359	1349	1326	1320	1313	1303	1278	1265
5	6.59	145	11	4	8	7	6	5	5	4	2	2	7
5	0.64	14	1		2				1		2		
15	1.14	25	1		2	1	1	3		3	2	2	
62	6.77	149	9	3	6	9	9	9	6	6	3	4	11
6	0.05	1											
	1.05	23		1	2	4		1			4		1
	0.41	9			1	1		1		1			1
	0.95	21	1		1		2			1			
	0.14	3											
38	1.77	39	4	1	3	2	1	3	2	1	1		3
1	0.23	5		1	1	1							
1	1.18	26	3	1	3	3	1	2	2	1	2	2	1
2	0.14	3						1					
1	0.23	5											
	0.18	4	1					1					1
	1.18	26	4	1	2	1	2	1	1	1	3		1
	0.32	7									1	1	2
1	0.32	7	1			1			1			1	1
5	0.23	5				3	1		1				

この表から、次のことが分かる。（なお、表中の七夕関連歌とは、七夕伝説を利用して詠まれているが、主眼は他にある歌のことである。例えば、後拾遺集の「天の川おなじながれと聞きながらわたらむことのなほぞかなしき」（巻一五・八八八）は、後冷泉院に仕えていた周防内侍《すおうのないし》が、院の没後、新帝後三条院から七月七日に出仕するよう求められたことに対し、先帝への追慕から、天の川を渡って再び新帝に出仕することに気乗りがしないことを「天の川を渡る」という七夕歌語を利用して述べたもので、そうした歌を指す。）

①七夕歌は、全勅撰集を通して漏れなく掲載され、持続的な人気があったことが窺われる。七夕の歌数は、万葉集と詞花集が総歌数の二・九％で高く、古今・後撰・拾遺・後拾遺・金葉（二度・三奏）・続後撰・続古今・続後拾遺・新千載・新続古今が一％を超える。概して、平安時代前期によく詠まれ、平安後期から減り始め、鎌倉・室町と緩やかに減少していく傾向が見られる。これも、朝廷の力が鎌倉時代以後衰えて宮廷での七夕行事が衰退したことと関わろう。

②万葉集でも、古今集以下の勅撰集でも、「天の川」と「舟（楫）」が非常に多く詠まれており、日本の七夕伝説では、天の川を舟で渡って「彦星」が「七夕つ女《め》」に逢いに行く形が、最も普遍的なものであった。

③「鵲の橋」は、万葉集には全く見られず、勅撰集でも古今・後撰には見出せないが、拾遺集以後はそれなりに見られるようになる。これは、懐風藻などの漢詩の世界に限られていたものが、和歌の世界にも入り込んできたもので、注目に値する。よく言われるように、拾遺集以

後、「正統的な語彙や美意識に挑戦して、内容の再評価や変革を試みていること[3]」によるものと思われる。

④「紅葉の橋」は、古今集に初出するが、その不自然さ故になかなか使用されず、新古今集で復活してから、歌語として定着したと推測される（「鵲の橋」と「紅葉の橋」については、この後の第六〜七章で説明する）。

⑤万葉集の「打橋・棚橋・橋・玉橋」は、「鵲の橋」とは全く別物で、日本的な狭い川に架かる小さな橋のイメージしか持たないように思われる。そのためか、古今集以後の勅撰集でも、詞花集で見られる以外、全くその用例を見出すことはできない。

⑥「（衣・糸・心を）貸す」「あさひく糸」は、乞巧奠に由来する行事だが、平安時代によく詠まれたものの、鎌倉以降は回数が減っている。これも、宮廷での七夕行事の減少と軌を一にしていると推測される。

⑦「梶の葉」は、万葉集の彦星の舟の「梶（楫）」に由来するが、勅撰集では、後拾遺集や新古今集に見られるものの、そう多くない。

⑧万葉歌語の「年の渡り」「天の羽衣・雲の衣」「天つ領巾」「（岩の・七夕の）枕」「水影草」は、平安時代に一部歌集に採用される。その中で「天の羽衣・雲の衣」は、後拾遺以降、かなりの頻度で詠まれて七夕歌語としての地位を安定的に確保する。これも、「天の羽衣」を通して七夕伝説と羽衣伝説が習合したことと関係があろう。

注

(1) 八代集の引用は『新日本古典文学大系』(岩波書店)の『古今集』～『新古今集』に拠る。十三代集の引用は『新編国歌大観』(角川書店)に拠る。

(2) 田坂憲二「織女は立秋から牽牛を待つのか—『古今和歌集』七夕歌瞥見—」(『香椎潟』四六号、二〇〇〇年一二月)に拠る。氏は、「秋風の吹きにし日」は、暦月と節月のズレから、立秋ではなく七月一日だとする。

(3) 小町谷照彦氏の、新日本古典文学大系『拾遺和歌集』(岩波書店、一九九〇年)の解説(四六七頁)による。

第四章　うつほ物語の七夕

一、七夕の聖数「七」を基調とした物語

うつほ物語（九七〇～九九九年頃成立）は、平安時代前期を代表する伝奇物語である。室城秀之氏は「「俊蔭」の巻に始まる俊蔭一族の物語が秘琴を四代にわたって伝授してゆく〈縦の系図の論理〉にささえられた物語であるとすれば、「藤原の君」の巻に始まる正頼一族の物語は〈横の系図の論理〉に支えられた物語である。」と端的に指摘する。(1) また大井田晴彦氏は、当初の構想は琴の伝授による一族繁栄にあったとした上で、「物語はこの栄華を手放しで謳歌せず」、仲忠と藤壺（あて宮）がお互いに強く惹かれ合っても結ばれなかったように「内面では満たされぬ憂愁を抱き続け」人生の意味を問い直される「主題の進化と達成が認められよう」と論じる。(2) 両氏の明快な説明を首肯した上で、やはり、うつほ物語全編を貫く根本的主題として、俊蔭―俊蔭の娘―仲忠―いぬ宮と四代に渡る秘琴伝授があることの意味は看過できまい。この秘琴の伝授について、正道寺康子

氏は、うつほ物語に使われている「七」の数字に注目され、「秘琴」と聖数「七」が密接に関係するという。[3] そして、「七」と琴の関係について、「七月七日（七夕）がもっと重視されてよいのではないか。」とし、「『うつほ物語』は七を基調とした物語」だとされた。氏は、次のような例を挙げている。

冒頭の俊蔭巻では、俊蔭が秘琴を七人の仙人から伝授されるに至る場面で聖数「七」が頻出する。

①主人公俊蔭は七歳の時、書（漢詩漢文）を高麗人と作り交わす。
②俊蔭は七歳から信仰してきた念持仏観音菩薩に祈願し、遣唐使船の難破から救われる。
③俊蔭が観音を七度伏し拝むと、馬が現れ、琴を弾く三人のもとへ運んでくれる。
④天人が俊蔭に、仏国土と人間界の間に七年住んで子供七人を残した場所に行き、琴を習うように奨《すす》める。
⑤俊蔭が二つの声が勝る琴を奏でると、紫雲に乗った天人が七人天下る。
⑥俊蔭は西を指し行くと、七つの山に住む七人の琴の名人に遇う。
⑦遊び人らが阿弥陀三昧を琴に合わせて七日七夜念じると、仏菩薩が現れ、俊蔭が人身を受けた由来を説く。
⑧仏菩薩が、この山の七番目の仙人が俊蔭の三代後の孫（仲忠）に生まれ変わることを予言する。

この後の展開でも、俊蔭の娘とその子（のちの仲忠）が、北山の木のうつほに移った後でも、「この子七つになりぬ。かの祖父《おほぢ》（俊蔭）が弾きし七人の師の手、さながら弾き取り果てつれば」などとあって、重要な転換点で聖数「十」が現れる。この俊蔭の巻が始まりであれば、「楼の上」下巻は、それに呼応した締め括りである。七夕の場面は次のようである。

尚侍《ないしのかみ》、「七夕《たなばた》に、今宵《こよゐ》の御供《おんとも》の物《もの》、少《すこ》し弾《ひ》きて奉《たてまつ》らむ。……」と思《おぼ》すに、……かの木《き》のうつほに置《お》き給《たま》うし南風《なんふ》・波斯風《はしふ》を、我《われ》弾《ひ》き給《たま》ひ、細緒《ほそを》をいぬ宮《みや》、龍角《りうかく》を大将《たいしやう》に奉《たてまつ》り給《たま》ひて、曲《きよく》の物《もの》ただ一《ひと》つを、同《おな》じ声《こゑ》にて弾《ひ》き給《たま》ふ。世《よ》に知《し》らぬまで、空《そら》に高《たか》う響《ひび》く。……夜《よ》いたう更《ふ》けぬれば、七日《なのか》の月《つき》、今《いま》は入《い》るべきに、光《ひかり》、たちまちに明《あき》らかになりて、かの楼《ろう》の上《うへ》と思《おぼ》しきにあたりて輝《かがや》く。神遥《かみはる》かに鳴《な》り行《ゆ》きて、月《つき》の巡《めぐ》りに、星集《ほしあつ》まるめり。

七月七日の月は上弦の月で、夕刻、南の空に西側が輝く半月の形で見え、深夜には西山に沈む。今、まさに山の端に沈もうとしていた半月が、南風・波斯風の琴などの妙音に誘われて、日を扇で招き返す逸話のように、西山から招き返されて、楼の上に戻って輝き、その周りに、星（七夕の牽牛・織女の星などか）が集まっているという、現実にはあり得ない奇跡が起きたのである。

この場面をどう理解すべきだろうか。南風・波斯風の琴は、「末は空につき、枝は隣の国にさせる桐の木を倒して」阿修羅が木を削り、天稚御子《あめわかみこ》が天から下り琴に仕立て、天女が漆を塗り、織女が緒をつけさせて完成したもので、大樹から作り出された琴である。天に到達する大樹（宇宙樹）から琴が作られる話は中国や日本の古事記・日本書紀・風土記に見られ、天上の神々が地上に降臨するための依代《よりしろ》になり、天上の神々の神意を聞きだす手段にもなる。[4] 天上の神々の力で俊蔭にもたらされた琴が、その子孫の演奏で、再び天上の世界と繋がるのである。正道寺氏が、「七月七日の夜、琴絃の守護神である織女に、幸福の絶頂を象徴する七絃琴「波斯風」を捧げることによって、俊蔭一族はさらに繁栄していくのである。」と論じるのは納得できる。氏は七弦琴の七本の弦に天の川のイメージや七の聖数を見出している。俊蔭系の「秘琴」の演奏による奇瑞《きずい》がここに完結する。

二、平安貴族の七夕行事

一方、正頼系の部分では、七夕行事が詳しく描写される。例えば、「藤原の君」の巻には次の記述がある。

かくて、七月七日《しちがつなのか》になりぬ。賀茂川《かもがは》に、御髪《みぐし》洗《す》ましに、大宮《おほみや》より始《はじ》め奉《たてまつ》りて、小君《こぎみ》たちまで出《い》で給《たま》へり。賀茂《かも》の河辺《かはべ》に桟敷《さじき》打《う》ちて、男君《をとこぎみ》たちおはしまさうず。その日《ひ》、節供《せく》、河原《かはら》に参《まゐ》れり。君《きみ》たち御髪《みぐし》洗《す》まし果《は》てて、御琴《おんこと》調《しら》べて、七夕《たなばた》に奉《たてまつ》り給《たま》ふほどに、春宮《はるのみや》より、大宮《おほみや》の御《おん》もとに、かく聞《き》こえ給《たま》へり。

「思《おも》ひきやわが待《ま》つ人《ひと》はよそながら織女《たなばたつめ》の会《あ》ふを見《み》むとは

今日《けふ》さへ、うらやましくねたくこそおぼゆれ。」と聞《き》こえ給《たま》へり。大宮《おほみや》の、御返《おんかへ》り聞《き》こえ給《たま》ふ。

「七夕《たなばた》は過《す》ぐさぬものを姫松《ひめまつ》の色《いろ》づく秋《あき》のなきや何《なん》なり

今日《けふ》よりも、ありがたき人《ひと》になむ。……夜《よる》に入《い》りぬ。君《きみ》たち、御琴《おんこと》ども掻《か》き合《あは》せて、遊《あそ》ばすほどに、彦星天《ひこぼしあま》の川渡《がはわた》るを見給《みたま》ひて、式部卿《しきぶきやう》の宮《みや》の御方《おんかた》

白露《しらつゆ》の置《お》くと見《み》しまに彦星《ひこほし》の雲《くも》の舟《ふね》にも乗《の》りにけるかな

(こうして、七月七日になった。賀茂川に、御洗髪のために、大宮を初めとして、小君たちまでもお出かけになった。賀茂川の川岸に桟敷を用意されて、男君たちが見物のためにいらっしゃろうとしている。その日の節句は、賀茂川の河原で挙行された。女君達は御洗髪を終えられて、御琴を演奏して、七夕二星に奉納なさる。……皇太子から大宮の御もとに、次のように申し上げなさった。「思ったでしょうか。私が恋しく思っている姫君は、私のことには全く無関心で、七夕伝説の織姫のことばかり思っているとは。一年に一度の逢瀬の彦星と織姫さへうらやましく、憎らしくさえ思われます。」と申し上げなさった。大宮がご返事申し上げなさる。「七夕の逢瀬は一年に一度ですが、決して時期を過ごしたりしません。同じように、姫松はまだおさなくて恋のことはわかりませんが、そのうち秋になればどうして色づかないことがありましょうか。それまで辛抱してお待ちください。今日からは、姫宮にとって、あなた様は非常に大切なお方となりましょう。」……夜に入った。姫君達は、御琴を掻き合わせて演奏しているうちに、彦星が天の川を渡るのを御覧になって、式部卿の宮の御方は、「白露が置くと見て居るうちに、彦星は雲の船に乗ったことですよ。」)

ここでは、賀茂川での女性達の洗髪、琴の演奏、七夕にちなんだ和歌の贈答など、典型的な七夕の行事が見出される(賀茂川での洗髪については第三部第三章を参照)。

式部卿の宮の歌では、「彦星天の川渡るを見給ひて」とある。これは、万葉集では、天の川に霧や雲が立ちこめる状態を彦星が舟を漕いだ飛沫が霧や雲に成ると捉えていたようなので（第三部第四章を参照）、この場合も、天の川に雲が掛かったのを彦星の天の川渡河と判断した可能性があろう。「雲の舟」という表現がまさにそれを示そう。

前節で述べたように、俊蔭一族の秘琴伝授による繁栄の物語は、聖数「七」を基調に、天稚御子や織女が琴の製作の段階から登場するように「七夕」と深い関係にあり、結末の「七夕」の夜、楼の上での琴の演奏で天上に奇跡が起こることで、天上との関係で始まった物語が天上との関係で繁栄の絶頂がもたらされる形で結末を迎える。これに対し、正頼一族からの春宮誕生を企図する政治的な物語は、あくまで地上の普通の人間が、天上の「七夕」に関して乞巧奠などの七夕行事での祈願を通し、その願望実現を期待する形での関わりである。平安時代における七夕行事の実態が詳しく描かれ、民俗学的な意味でも興味深く、七夕伝説を考察する上で看過できない。

注

(1) 室城秀之『うつほ物語　全』（おうふう、一九九五年）の解説に拠る。
(2) 大井田晴彦『うつほ物語の世界』（風間書房、二〇〇二年十二月）第十章
(3) 正道寺康子「『うつほ物語』における七夕―琴との関係を中心に―」（『現代社会文化研究』第一号、一九九四年十二月、新潟大学大学院現代社会文化研究科）
(4) 拙稿「大樹伝説と琴」（『長崎大学教育学部人文科学研究報告』四五号、一九九二年六月）

第五章　伊勢物語・大和物語の七夕

一、伊勢物語

第一部第三章で述べたように、中国では、『文選《もんぜん》』の班孟堅《はんもうけん》（班固《はんこ》。三二～九二年）の「両都《りょうと》賦《ふ》」に、次のような一節があった。「昆明《こんめい》の池《いけ》に臨《のぞ》めば、牽牛《けんぎゅう》を左《ひだり》にし、織女《しょくぢょ》を右《みぎ》にし、雲漢《うんかん》の涯《はて》無《な》きに似《に》たり。（昆明の池を前にして眺めれば、牽牛の像は池の左側にあり、織女の像は池の右側にあり、その間の昆明の池は、天の河が果てしなく続いているように見えます）」。校注者の小尾郊一氏は、「昆明池には牽牛と織女の像が置いてあり、雲漢（天の川）に象ってあった。」と注を付けている(1)。この詩が詠まれたのは後漢であるが、昆明の池と像が造られたのは前漢の武帝の時代であり、前漢初期には、牽牛と織女が天の河を挟んで向かい合うという七夕伝説が成立しており、長安郊外で天上世界の出来事を地上に再現する営みが行われていたことを示している。

こうした七夕伝説の地上化、地上への天上世界の再現が、中国では二千年以上も前から行われていたことになるが、日本にも同様な表現が見出せる。伊勢物語（延喜五年〔九〇五〕以前～天暦〔九四七～九五七〕頃までの成立）八十二段に次のような話がある[2]。

この酒《さけ》を飲《の》みてむとて、よき所《ところ》を求《もと》めゆくに、天《あま》の河《がは》といふ所《ところ》にいたりぬ。親王《みこ》にむまの頭《かみ》、大御酒《おほみき》まゐる。親王《みこ》ののたまひける。「交野《かたの》を狩《か》りて、天《あま》の河《がは》のほとりに至《いた》るを題《だい》にて、歌《うた》よみてさか月《づき》はさせ」とのたまうければ、かのむまの頭《かみ》よみて奉《たてまつ》りける。

狩《か》り暮《く》らし たなばたつめに 宿《やど》からむ 天《あま》の河原《かはら》に 我《われ》は来《き》にけり

親王《みこ》、歌《うた》を返々《かへすがへす》誦《ず》じたまうて、返《かへ》しえし給《たま》はず。紀《き》の有常《ありつね》御《おん》ともにつかうまつれり。それが返《かへ》し、

一年《ひととせ》に ひとたび来《き》ます 君《きみ》まてば 宿《やど》かす人《ひと》も あらじとぞ思《おも》ふ

（この酒を飲もうと言って、良い場所を探してゆくと、天の河というところにやって来た。親王にうまの頭がお酒を差し上げた。親王がおっしゃることには、「交野で狩をして天の河のほとりにやって来たことを題にして、歌を詠んで杯を酌み交わそう。」とおっしゃったので、そのうまの頭が歌を詠んで奉った。「狩をしていて日が暮れたので、七夕つ女に宿を借りよう。天の河原に私は来てしまったので」。親王は、歌を何度も声に出されたが、返歌はおできにならなかった。紀の有常がおともにいらした。その返歌、「織姫は年に一度やってくる彦星を待っているから、あなたに宿を貸す人はないでしょうよ。」）

これも、七夕を踏まえての作で、地上の「天の河」という地名を天上世界に擬《なぞら》えて、たくみな応答をしている。この作品も、彦星が織女のところへ来るという趣向はそのまま継承しながら、七夕伝説を地上に再現しているわけで、「七夕伝説の地上化」と言えるであろう。

ところで当該の天の川は、大阪府交野《かたの》市・茨木市を南北に流れる「天野川《あまのがわ》」として現存する。この地域は、古来、「交野《かたの》ヶ原《はら》」と呼ばれてきた。その東端には「交野山《こうのさん》」が聳《そび》え、山頂には観音岩という巨岩がある。この山は、桓武天皇が長岡京を造営したとき、道教思想に基づいて、天上世界に繋がる聖なる山として信仰されたそうだ。そして、交野山に登り、漢の武帝にならい、道教の精神に基づき、長岡京・平安京という新たな理想的な都を造った桓武天皇が正当な支配者であることを天帝に報告する「封禅《ほうぜん》」という儀式を行ったのだという。(3) いずれにしても、交野ヶ原は、天上世界に近しい場所であり、地上に天上世界を再現したかのような空間であった。いつから存在するかは不明だが、交野ヶ原には七夕伝説を連想させる機物《はたもの》神社、牽牛石、逢合橋《あいあいばし》・かささぎ橋なども存在する。伊勢物語の八十二段の七夕伝説も、そうした背景で理解する必要があろう。特に、主人公の惟喬《これたか》親王は、桓武天皇の孫である文徳天皇の皇子であるから、交野行幸を十二回も繰り返した桓武天皇の影響が、この交野の天野川での七夕にちなむ遣り取りを生み出した可能性が十分にあろう。

なお、伊勢物語では、九十五段に、「彦星に恋はまさりぬ天の河へだつる関をいまはやめてよ（彦星の恋は苦しくても一年に一度は逢えるのに、一年中物越しで打ち解けて逢えない私の方が恋の辛さは勝っています。天の河のように私たちの間を隔てる関所を取り払って、直に逢ってください）」という男の歌に感動し女が心を許した話がある。他にも五十九段で、一度「死に入り」た男性が「おもて（＝顔）に水そそぎなど」されて生き返り、「わがうへに露ぞおくなる天の河門わたる舟の櫂のしづくか（自分の顔の上に露が置くようだ。自分を生き返らせるほどの霊妙な水だから、この世のものではあるまい。天の河の川門をわたる舟の櫂の雫だろうか）」と詠んだ話がある。これについて出雲路修氏は、「冥界への一時的な侵入・一時的な滞在が、天空遍歴として表現されての叙述」とし、「七夕伝承を連想させる表現がなされている」と指摘する。(4) その根拠として、この歌は古今集にもあり、中世の伊勢物語や古今集の注釈書では、当該歌を「七月七日」の歌としていることを挙げる。

第一部第四章で論じたように、七月七日はこの世とあの世が繋がる日で、現世と異郷の往来ができる日だった。従って、七月七日には、死者の霊魂も盂蘭盆でこの世へ帰って来るし、本例のように、一時的に死者として現世から冥界としての天上世界へ昇天し、天の河の水を懸けられて現世に戻り甦生することもあるとされたのであろう。

二、大和物語

大和物語（天暦五年〔九五一〕頃成立、一条天皇初年〔一〇〇〇〕頃増補）百二十五段は、「かささぎの橋」の題である。前半を引用する。(5)

泉《いづみ》の大将《たいしやう》、故左《こひだり》のおほいどのにまうでたまへりけり。ほかにて酒《さけ》などまゐり、酔《ゑ》ひて、夜《よる》いたくふけて、ゆくりもなくものしたまへり。大臣《おとど》おどろきたまひて、「いづくにものしたまへるたよりにかあらむ」など聞《きこ》えたまひて、御格子《みかうし》あげさわぐに、壬生忠岑《みぶのただみね》、御《おん》ともにあり。御《み》階《はし》のもとに、松《まつ》ともしながらひざまづきて、御消息申《おんせうそこまう》す。

かささぎの　わたせる橋《はし》の　霜《しも》の上《うへ》を　夜半《よは》にふみわけ　ことさらにこそ

となむのたまふ」と申《まう》す。あるじの大臣《おとど》、いとあはれにをかしとおぼして、その夜《よ》、夜《よ》ひと夜《よ》、大御酒《おほみき》まゐり、遊《あそ》びたまひて、大将《たいしやう》も物《もの》かづき、忠岑《ただみね》も禄《ろく》たまはりしなどしけり。

（泉の大将が、故左大臣の御殿にいらした。よそで酒などを召し上がりになり、酔って、夜がたいそう更けてから、突然おいでになった。「どこかにいらしたついでなのでしょうか」などと申し上げなさって、御格子をあわてて上げるさわぎだったが、壬生忠岑が、泉の大将のお供にいた。神殿の階段の下に、松明《たいまつ》をともしながら、ひざまずき、ご挨拶申し上げる。「『寝殿の階段に降りた霜の上を、この夜更けに踏み分け、わざわざ伺ったのであって、よそへ行ったわけではありません。』と大将殿が仰せです。」と申し上げる。主人の左大臣は「たいへん心に感じて面白い」とお思いになって、その夜は一晩中、お酒を召し上がり、楽器の演奏をし、大将にも引き出物を賜り、忠岑にも褒美を下さった。）

ここではほぼ完全に、貴人の邸宅の階段を天上に擬えて「かささぎの橋」と詠んでおり、七夕伝説の地上化がなされ、本来の意味は形骸化している。

七夕伝説を地上に再現することは、上述のように中国では前漢の武帝の時代から見られるが、それは前漢の思想家董仲舒《とうちゅうじょ》の唱えた天人相感思想によって、天上世界の天文現象が地上世界の政治や社会など様々な存在と密接に関係し感応するという世界観と関わるものであった。首都長安は星宿に則って宮殿が造営された。大極殿は、天の中心を太極と呼ぶことに由来し、天子が政を行う御殿であった。これは中国の歴代の朝廷が倣い、日本でも輸入した。日本の平安京も、天上世界の地上化であった。そうした背景で、日本の宮殿も天上世界（雲の上）とみなされたのであり、貴人の邸宅も「殿上人」＝「雲の上人」の居宅として、天上世界に準えられたのである。「鵲の渡せる橋」も、その流れで考察すべきであろう。次章で、更に論じたい。

注

(1) 第一部第三章の注(2)・(3)を参照。

(2) 引用は日本古典文学大系『竹取物語・伊勢物語・大和物語』（阪倉篤義・大津有一・築島裕・阿部俊子・今井源衛校注、岩波書店、一九五七年）に拠る。

(3) 高橋徹『道教と日本の宮都　桓武天皇と遷都を廻る謎』（人文書院、一九九一年）

(4) 出雲路修「《毘沙門の本地》をめぐって」（『国語国文』九二巻七号（二〇二三年七月）

(5) 引用は新編日本古典文学全集『竹取物語・伊勢物語・大和物語・平中物語』（片桐洋一・福井貞助・高橋正治・清水好子校注、小学館、一九九四年）に拠る。

第六章　鵲の橋は日本でどう変化したか

一、中国における鵲の橋

中国の七夕伝説は日本に伝来してから人変貌を遂げた。その一つが「鵲《かささぎ》の橋」である。その成立については第一部第五章で考察したが、本章では日本での変質を跡づけてみたい。まずは、改めて中国における例を確認してみよう。

ア、歳華紀麗《さいかきれい》（韓鄂《かんがく》、唐末）巻三、七夕

七夕《しちせき》に鵲橋《じゃっきょう》已《すで》に成《な》り、織女《しょくじょ》将《まさ》に渡《わた》らんとす（七月七日の夕には、鵲の橋が已に完成して、織女は、まさにその橋を渡って牽牛のところへ行こうとしている）

中国では、鵲の橋を渡るのは、間違いなく織女の側であった。それは、七月七日という天地が繋がる日に天の河を渡って、天上世界の天女が地上の人間の男性に逢いに来るという設定からいっても当然のことであった。

イ、玉台新詠《ぎょくだいしんえい》（南朝陳の除陵（五〇七～五八三）編のうち、何遜《かそん》、四六七～五一九年）の「詠七夕詩」

冒頭は、「仙車《せんしゃ》は七襄《しちじやう》を駐《とど》め、鳳駕《ほうが》は天潢《てんこう》に出《い》づ（織女の乗る仙女用の車は、七頭の車を牽く馬を待機させ、織女の乗る鳳駕（貴い乗り物）は、天の河にいよいよ出て行く）」である。仙車も鳳駕も実際は同じもので、避板法《ひばんほう》（繰り返しの平板を避ける修辞法）で表現を変えているに過ぎない。

当然、鵲の橋を仙車で渡ることになる。織女がなぜ、徒歩ではなく、車に乗るのか。答えは簡単で、中国人の考えた天の河は川幅が長大で、とても歩けるような距離ではないからである。中国人旅行者が瀬戸内海を見て、日本にも大きな河があるではないかと言った逸話があるが、中国の大河は川幅が海のようで、同じ天の河でも日本とは大きさの感覚が異なるのである。一方、日本の文学では、鵲の橋は、すべて徒歩で移動しており、歩いて越えられる距離しか想定していない。日本で七夕伝説の舞台が日常生活の空間になってしまうのは、そうした日中の距離感の相違がある点は注意すべきである。

二、日本における鵲の橋

ア、懐風藻――中国の伝統の継承

日本で奈良時代中期（七五一年）に編纂された懐風藻では、中国の伝統的な七夕伝説がかなり忠実に再現されている。天の河を渡っていくのは仙女としての織女である。

五言 七夕 一首（五六番） 従五位下出雲介《いづものすけ》吉智首《きちのおびと》

仙車《せんしや》鵲《かささぎ》の橋《はし》を渡《わた》り　織女の乗った仙女の車は鵲の橋を渡り
神駕《しんが》清《きよ》き流《ながれ》を越《こ》ゆ。　織女星の乗った乗り物は清らかな天の河の流れを越えて牽牛星のもとへ行く

仙女（天女、織女）が車に乗って鵲の橋を渡ると描き、天上世界の女性が天の河を渡るという点で、中国の七夕伝説を忠実に継承している。懐風藻が漢詩集という性格から、中国の伝統を受け継ぐことを目的としている点で必然の成り行きであった。

イ、万葉集――神仙的「鵲の橋」の消滅と、七夕伝説の日常化

ところが、奈良時代末期に編纂された万葉集では、鵲の橋は一三二首の七夕歌の中に一例も出てこない。懐風藻では六首の七夕詩に二例も鵲の橋が出てくるのに、万葉集で鵲の橋を無視する態度は異常なほどだ。

中国伝来の、仙女、鵲の橋といった非現実的で神仙的な七夕伝説ではなく、日本固有の、彦星が舟で妻に逢いにいくという妻問婚《つまどいこん》的な日常的・現実的な世界に作り替えたのであり、万葉集の七夕歌は、中国の伝説を素材にはしても、日本独自の七夕の物語を新たに創造しようという意欲に満ちている。このことは、和歌の世界が、本質的に漢詩の世界とは異なる言語感覚から成り立っているということも意味しよう。

ウ、勅撰和歌集での、「鵲の橋」の復活と多様性

万葉時代には、「鵲の橋」は和歌の世界には合わない歌題として忌避され、その後も二〇〇年ほど、歌の世界では詠まれなかった。和歌に登場するのは、上述の大和物語（九五一年）百二十五段においてであった。この「かささぎの わたせる橋の 霜の上を 夜半にふみわけ ことさらにこそ」の歌は、貴人の邸宅の階段を天上に擬えて詠んだもので、天上世界の「鵲の橋」を踏まえながらも、地上の現実の橋（階段）を指すように変化した。和歌の世界では、「鵲の橋」は、天上の空想の産物ではなくて、地上の実在する存在であることを求められたのである。

しかしながら、天上世界の天の河を越える手段としての「鵲の橋」が全く姿を消してしまったわけではない。勅撰集で最初に現れる「鵲の橋」は、拾遺集（一〇〇五～一〇〇七年頃成立）巻十七・雑秋に見られる清原元輔《もとすけ》（清少納言の父）の歌である。

天禄《てんろく》四年《よねん》五月《ごぐわつ》廿一日《にじふいちにち》、円融院《ゑんいうゐん》の帝《みかど》、一品宮《いっぽんのみや》にわたらせ給《たまひ》て、乱碁《らんご》とらせ給《たまひ》ける負態《まけわざ》を、七月《しちがつ》七日《なのか》に、かの宮《みや》より内《うち》の大盤所《おほばんどころ》に奉《たてまつ》られける扇《あふぎ》に張《は》られて侍《はべり》ける薄物《うすもの》に、織《を》り付《つ》けて侍《はべり》ける。

中務

天《あま》の河《がは》　川辺《かはべ》涼《すず》しき　たなばたに　扇《あふぎ》の風《かぜ》を　猶《なほ》やかさまし（天の河の川辺には既に涼しい風が吹いている。それでも織女に、扇を、やはり貸して〔供えて〕あげようか。一〇八八番）

元輔

天《あま》の河《がは》　扇《あふぎ》の風《かぜ》に　霧晴《きりは》れて　空澄《そらす》みわたる　鵲《かささぎ》の橋《はし》（天の河では扇の風で霧が晴れて空一面が澄み渡り鵲の橋もはっきり見えることだ。一〇八九番）

右は、円融院の帝が、姉の一品宮資子内親王のもとに赴き、乱碁という碁石の遊びをして、内親王が負けたので、負態（敗者が勝者を饗応すること）として奉った扇に書き付けた一〇八八番の歌に応え、元輔が詠んだものである。扇の風で秋霧が晴れて鵲の橋が見えたという元輔らしい機智の歌である。この場合の「鵲の橋」は、天上の天の河に架かった橋であるから、七夕伝説の伝統を踏まえたものである。

次に、彦星が天の河を「鵲の橋」を越えて渡り、織女（七夕つ女）に逢いに行く例を見てみよう。

続後撰集（一二五一年）

あまのがは　あさせふむまに　ふくる夜《よ》を　うらみぞ渡《わた》る　かささぎのはし　（天の河の浅瀬を探して渡っているうちに夜が更けてしまったので、織女星と少しの時間しか逢えないことを恨みながら、彦星は鵲の橋を渡ることだ。従三位行能。二五六番）

この歌だと鵲の橋は天の河の端から端まで横切っているわけではないことになる。浅瀬を踏んで河の中程へ進んで、淵になってきたところで、初めて「鵲の橋」を使って天の河を渡るという趣向は古今集にも見られた。七夕二星の逢瀬の時間の少なさへの同情という点では、歌の趣旨は明白である。

新拾遺集（一三六四年）

天河《あまのがは》　おもふが中《なか》に　舟《ふね》はあれど　かちより行《ゆ》くか　かささぎのはし　（天の河を挟んでお互いに思い逢う七夕二星に渡航手段の舟があるのに、鵲の橋が天の河に懸かっているということは徒歩でいくのですか。宗尊親王。三四〇番）

天の河を渡る手段として、舟も鵲の橋もあることへの疑問である。万葉集で創造された「彦星が漕ぐ船」との矛盾が問題となっている。日本では、「車」ではなく、「徒歩」で渡る点も、明示されている。

また、彦星と織女の両者が渡り、橋の上で出逢うとする例もある。

新後撰集（一三〇三年）

けふといへば 暮《く》るるもおそく 彦星《ひこぼし》の ゆきあひの橋《はし》を 待《ま》ちわたりつつ （七夕の今日は日が暮れるのも待ち遠しく遅く感じられ、彦星が逢瀬のために渡る鵲の橋を織女星である私も待ちきれずに渡りつつあることです。雅成親王。二六〇番）

織女星の、彦星の訪れを待ちわびる気持ちになって詠んだ歌である。鵲の橋は「行き逢いの橋」とされ、天の河の両側から渡って、その途中で、二星が逢うことができるという発想である。ただ、「待ち渡りつつ」であるから、彦星の「訪れを待つ」のは織女であるという基本は守られている。

このように、鎌倉時代になると、中国の伝統を受け継いだ、天上世界の「鵲の橋」を、七夕の日に渡るという趣向の歌も勅撰集で詠まれるようになる。その場合でも、多くは彦星が「鵲の橋」を徒歩で渡って織女に逢いに行くという日本化した七夕伝説で、中国の伝統を踏まえた織女が車に乗って「鵲の橋」を渡る形式は、事実上存在しない。

エ、天上の「鵲の橋」の地上化

後拾遺集（一〇八六年）

逢《あ》ふことは たなばたつめに 貸《か》しつれど 渡《わた》らまほしき かささぎの橋《はし》 （恋人に逢うことは織女

星に貸してしまったが、私も七夕の今宵、鵲の橋を渡ってあなたのところへ行きたいものだ。七一四番）

これは、栄華物語巻三十四「暮《くれ》まつほし」の中で、春宮（後の後冷泉帝）から春宮妃章子に贈られた歌でもある。巻名「暮まつほし」（夕暮れを待つ星の意）も、この歌から来ていると言われている。この場合も、「かささぎの橋」は天上世界の橋ではなく、宮中の橋を譬《たと》えていると判断される。宮中は雲居の名の通り、天上世界と同一視されるからである。

新古今集（一二〇五年）

かささぎの わたせる橋《はし》に おく霜《しも》の 白《しろ》きを見《み》れば 夜《よ》ぞふけにける（六二〇番）

百人一首にもあるこの有名な歌について、古くから、天上世界の「鵲の橋」そのものと見る見方と、地上の宮中における橋を譬えたものだとする二つの見方がある。例えば、新日本古典文学大系『新古今和歌集』校注者である田中裕氏は、次のように解説する。

「鵲が架けたという大空の橋に霜が置いて白々とさえているのを見ると、夜もすっかりふけたことだ。家持集・冬歌。○かささぎのわたせる橋「かささぎの橋」に同じ。奥義抄・中は「天の河に鵲といふ鳥の羽をちがへて並び連りて橋となることのあるなり」と注し、八雲御抄五は「天河なり」とする。多くは七夕の場合であるが、夏冬にも天の川の意で詠む。源流はこの歌か。▽天の川の白々と見えるのを霜が置くと譬えたもの。この一首、配列疑問。

しかしながら、本来、鵲の橋は、天の河に架かった橋であって、天の河そのものではないから、田中氏の解説は疑問である。大和物語の「かささぎの」歌と当該歌を比べた場合、本歌取りと言って良いくらい表現も設定もよく似ている。「かささぎの　わたせる橋」が一致し、橋に降りた「霜」の存在、「夜半」「夜ぞふけにける」という深夜の時間設定など、完全に共通しており、どちらも寝殿造りの階を詠じた歌と理解した方が納得できよう。大和物語の記事が基になり、それが霜の降りた橋であったために、以後の歌では、「鵲の橋」が「霜」と一緒に詠まれることが増えていく。「霜」は当然、冬の季語であるから、秋の七夕とはズレが生じてしまう。七夕伝説を背後に揺曳していても、歌自体は宮中の冬の橋を詠んだ歌へと変質しているのである。

それでも、なぜ「かささぎの橋」という七夕用語をわざわざ使ったのかと言えば、殿上人が住む邸宅や宮中の御殿は雲の上の存在であって、天上世界に比定されたので、そこに架かって貴人が往来する橋も、天上世界の「かささぎの橋」に譬えることが、極めて相応しいとされたからであろう。実際、続古今和歌集（一二六五年）には、

くれをまつ　くもゐのほども　おぼつかな　ふみみまほしき　かささぎのはし（日が暮れるのも待つ天上世界（皇居）も待ち遠しいので、まだ夕べではありませんが、鵲の橋を踏んでみたいことです。上東門院彰子。三一一二番）

とある。これは、一条天皇の中宮で、道長の娘である上東門院彰子の歌である。中国では、織女が天の河を渡る時に鵲の橋を通って牽牛のもとへ赴くように、彰子が「かささぎの橋を踏」むことは、天上世界に比定された地上の皇居において、宮殿の階を通って一条天皇の許へ通うことであった。「雲居の程も覚束な」というのは、織女が牽牛の様子が分からずに不安だということと、自らが、一条天皇のご様子が分からずに気懸かりだと言うことを掛けている。つまり、「雲居」には天上の七夕二星の世界と地上の皇居が重ねられているのであった。

「鵲の橋」は、天上世界になぞらえた宮中（雲居）の渡り廊下や橋、あるいは階を指す地上の橋となり、そこを通って、天皇や皇后、中宮などの身分の高い存在が相手のもとへ通うために渡る橋へと変化した。それは、七夕伝説の地上化と言っても良い。

第七章　紅葉の橋とは何か

一、古今集での「紅葉の橋」の誕生

古今集（九一三〜九一七年）の「秋上・読み人知らず」には、次の歌が見出される。

天河《あまのがは》もみぢを橋《はし》に　わたせばや　たなばたつ女《め》の　秋《あき》をしもまつ（天の河には紅葉を橋にして渡すので、七夕つ女は秋を特に待つのだろうか。一七五番）

この「紅葉《もみじ》の橋」について考察したい。小町谷照彦氏は、古今集の伝本や注釈書を詳しく検討され、「紅葉の橋」という歌語の問題点を整理された(1)。

①「もみぢを橋《はし》に」は、天の川に紅葉を橋に掛けるイメージが湧きにくいことから「もみぢを舟《ふね》に」とする伝本や注釈書も存在したが、うつほ物語の例等から、現在は「橋」とされていること。

②「もみぢを橋に」は、実際の橋ではなく、秋を代表する景物として紅葉を出して、七夕という

秋の季節における逢瀬を比喩的に言ったものだとする注釈書の説がいくつかあること。

③京大本『古今集註』には、七夕伝説の一つの形としての乾陸《けんりく》魏《ぎ》長者譚《ちょうじゃたん》があり、雌雄二羽の鵲が、羽を並べ紅葉を食いちぎって橋として天の川に渡したことから、紅葉の橋という言葉が生まれたとすること。

④『毘沙門堂註《びしゃもんどうちゅう》』などの注釈書では、七夕二星が別れを惜しんで流した血の涙が、鵲の羽に落ちて紅葉のように赤く羽を染めたので、紅葉の橋と呼んだのであり、実際は鵲の橋のことであるとすること。

小町谷氏の論からは、注釈の世界でも、実態が分かりにくい「紅葉の橋」を何とか理解しようと悪戦苦闘した跡が窺われよう。

新日本古典文学大系『古今集』では、「天の川に散り敷いた紅葉を橋として架けるからだろうか、織女星は年ごとにその秋を特に待ちこがれるのだ。」と解釈する。小町谷氏の③では、「紅葉を食いちぎって橋として」だったので、紅葉の木の枝を食いちぎり、その枝を天の川に橋として架けたという解釈も可能だが、いずれにしても、紅葉の葉や枝が、天の川に散り敷いて橋のように繋がって見える状態を指していることになろう。どう考えても実際にその上を、織女や彦星が歩けるようなしろものではなく、詩的幻想と理解した方が分かりやすい。また、既に指摘されているように、漢籍には「紅葉の橋」は見出せないので、日本独自の観念である。

なお、うつほ物語の「藤原の宮」の巻にも、右の古今集の歌を基にした一節がある。

中務《なかつかさ》の宮《みや》の御方《おんかた》
秋浅《あきあさ》み　紅葉《もみぢ》も散《ち》らぬ　天《あま》の川《がは》　何《なに》を橋《はし》にて　あひ渡《わた》るらむ（中務の宮の御方の歌「秋がまだ浅いので、紅葉も散っていない天の川を何を橋にして彦星は渡っていくことか。」）

うつほ物語の時点で、既に、七夕と紅葉の季節の時間的ズレが疑問視されていたことが分かる。

二、古今集以降の勅撰集等

新古今集（一二〇五年）
星《ほし》あひの　ゆふべすずしき　天《あま》の河《がは》　もみぢの橋《はし》を　わたる秋風《あきかぜ》（三二一三番）

新日本古典文学大系では、次のように訳注する。

両星が相逢うこの夕暮、涼しくなった天の川では、今を盛りと紅葉するあの「もみぢの橋」を秋風も吹き渡っていることであろう。……○もみぢの橋　彦星の渡るという橋。八雲御抄三「まことにあるにはあらず、譬なり」。錦繍のような美しいイメージが眼目。

口語訳に「今を盛りと紅葉する」とあり、「両星が相逢うこの夕暮」が紅葉の最盛期としているが、「七月七日の夕べ」は初秋であって紅葉の季節には早すぎて相応しくないという問題がある。

新勅撰集（一二三五年）

あまの河《がは》 わたらぬさきの 秋風《あきかぜ》に もみぢのはしの なかやたえなん（彦星がまだ天の河を渡らないうちから、秋風によって天の河に架かった紅葉の橋は中ほどで切れてしまうであろうか。法因猷円。二一〇番）

紅葉は七夕の季節にはまだ早いが、鵲の橋の代わりによく登場する。ここでも、秋風に吹き切られるほど頼りない橋とされている。即ち、紅葉の枝でできた橋と見做すよりは、天の河に浮いた紅葉の葉が橋のように連なっていたが、風に吹かれて、その連なった中途が途切れて空白が生じた状態と考えた方が分かりやすい。

続古今集（一二六五年）

あまのがは もみぢのはしや あきをへて わたれどたえぬ にしきなるらむ（天の川の紅葉の橋は、秋の間ずっと、その上を渡っても、切れたりしない錦なのでしょうか。天台座主澄覚。三二一番）

これは、古今集の「竜田河紅葉乱《みだれ》て流《ながる》めり渡らば錦《にしき》中やたえなむ」（巻五・二八三、よみ人しらず）を本歌とすると推測される。「地上の竜田河では、河に浮いた紅葉の葉でできた錦（の橋）を、もし人が渡ったら、紅葉でできた錦は中途で絶えてしまうだろうが、天上の天の川では、同じく紅葉の葉が散り敷いてできた橋でも、さすがに天上だけあって、渡っても、中途で絶えたりしないのでしょうか」という意味に理解できるのである。天台座主澄覚は、「紅葉の橋」を、紅葉の葉が天の川の上に実際に散り敷いて橋の状態を成しているものと理解していたと推測される。

嘉元《かげん》仙洞御百首（一三〇三年）
たなばたの　あかぬ涙《なみだ》の　しぐれにや　もみぢのはしの　色《いろ》まさるらん（七夕二星が一日だけの逢瀬では満足できずに、またすぐ別れてしまう悲しみの血の涙の時雨《しぐれ》が降ったせいであろうか、まだ十分色づいていなかった紅葉の橋の赤い色が濃くなったことだ。一三二七番）

初秋で色づくことが期待できない紅葉の橋が、二星の血の涙で染まって赤くなったという合理的解釈である。

玉葉集（一三一三年）
またれつる　あまのかはらに　秋立《あきた》ちて　紅葉《もみぢ》をわたす　波《なみ》の浮橋《うきはし》（七夕の訪れを待った、天の川の川原に　秋が訪れたので、紅葉の浮き橋もできるでしょうが、波に揺られて不安定でしょうね。安嘉門院四条。四六六番）

十六夜《いざよい》日記の作者阿仏尼の若き日の作品である。彼女も、紅葉の橋は、その葉が波間に散り敷いて橋状を為すものと理解していたことが推測される。

新千載集（一三五九年）
天《あま》の川《がは》　秋《あき》を契《ちぎ》りし　ことの葉《は》や　わたす紅葉《もみぢ》の　橋《はし》と成《な》るらむ（天の川の秋の逢瀬を契った言葉の葉が、天の川に渡す紅葉の橋と成ったのでしょうか。津守国道。三二九番）

言葉の葉と紅葉の葉を掛けた洒落である。これも、橋の実態が、紅葉の葉の散り敷いたものであることを踏まえている。

新拾遺集（一三六四年）

いつのまに 紅葉《もみぢ》のはしを 渡《わた》すらん 時雨《しぐれ》ぬさきの 星合《ほしあひ》の空《そら》（彦星は一体いつの間に紅葉の橋を渡しているのであろうか。紅葉は時雨で色がつくはずなのに、まだ時雨も降らない以前にやってくる七月七日の星合の空で、時雨が染める紅葉の橋を天の川に架けるとはどういうことか。源兼氏。三三九番）

季節的ズレを疑問視し、訝《いぶか》っているのである。

結局、「紅葉の橋」は、紅葉の季節に、川面に紅葉の葉が散って敷き詰められ、小さな川であれば、川の両岸が紅葉の葉で埋め尽くされて繋がってしまう情景を見て、それを橋に譬えたものと言える。従って、勿論、その上を歩いて渡ることなどは実際は不可能である。不可能と言えば、「鵲の橋」も、実際にその上を渡ることは困難なはずだから五十歩百歩である。もっとも、渡れるか否かは別として、紅葉が橋のように見えることは実際に存在するのだから、まだ現実的だという見方も不可能ではない。いずれにせよ、七夕が秋の行事であることから生まれたものである。しかしながら、七夕は秋とは言っても初秋の始まったばかりの時期で、実際に紅葉が散る晩秋とは時期的なズレがある。それが右の新拾遺集の歌にも詠まれているのであって、当初から設定に無理があったことは否めない。それでも、中国には存在しなかった新たな橋の創造が、まさに日本的で興味深く思われるのである。

注

(1) 小町谷照彦「天の川紅葉を橋に渡せば〈〉古今和歌集評釈120」(『國文學』三八巻一号、學燈社、一九九三年一月号)

第八章　枕草子・源氏物語・梁塵秘抄・建礼門院右京大夫集の七夕

一、枕草子

平安・鎌倉時代の女性達にとっても、七夕伝説は、心惹かれる存在であったことは言うまでもない。清少納言をはじめとする女性達の想いを辿ってみたい。

枕草子（一〇〇一年頃成立）は、星が出てくる随筆として古来有名で、三巻本では、次のような描写がある。(1)

星《ほし》はすばる。ひこぼし。ゆふづつ。よばひ星《ぼし》、すこしをかし。尾《を》だになからましかば、まいて。（二百五十四段）

この星々は、牡牛座の散開星団で、星の群がりが肉眼で見えることでも知られた昴星《すばるぼし》、七夕伝説で有名な彦星《ひこぼし》、宵の明星である金星、そして流れ星である。清少納言がこれらの星に関心を持った理由として通常指摘されているのは、平安時代を代表する辞典の倭名類聚抄を参考にしたのではないかという説である。これは、平安初期の大学者 源 順《みなもとのしたごう》が著した百科事典的漢和辞書で、「景宿類第一」には次のようにある（枕草子の星に傍線を付す）(2)。

日　陽烏《やたからす》　或八咫烏　月　弦月《ゆみはりつき》　望月《もちつき》　暈《つきのかさ》　或月陰　蝕　星　明星《あかほし》　長庚《ゆうつつ》
牽牛《ひこぼし》《いぬかひほし》　織女《たなはた》　流星《よはひほし》　或奔星　彗星《ははきほし》　昴星《すばるぼし》　天河《あまのかは》　或漢河又銀河

確かに、清少納言が挙げた星々はすべて本辞典に含まれているが、枕草子と倭名類聚抄は星々の順序が異なるし、「すばる・ひこぼし・ゆふづつ・よばひ星」は、当時の人なら貴賤を問わず知っているような星ばかりである。注目されるのは、「よばひ星、すこしをかし。尾だになからましかば、まいて。」という一文の存在である。「よばひ星」の尾の記述は倭名類聚抄には全く見られない。実際に、流れ星が尾を引く様子を見て描いたのであろう。

さらに決定的なのは、枕草子の星は百五十三段にも見え、倭名類聚抄にはない星名がみられる点である。

名《な》おそろしきもの……。はやち。ふそう雲《くも》。ほこぼし。ひぢかさ雨《あめ》。あらのら。……

疾風・不祥雲・肘笠雨（俄雨）・荒野等と並んで、「ほこぼし（桙星・戈星）」が挙げられている。「ほこぼし」は、彗星の俗語であって、倭名類聚抄では彗星を「ははきぼし」としていたのと明らかに異なる。これは、清少納言の星の知識が、倭名類聚抄だけから来たのではないことを明瞭に物語っている。これを敷衍すれば、清女が挙げた「すばる・ひこぼし・ゆふつつ」も実際に目にした景である可能性が高い。一番星として宵の西空に輝く「ゆふつつ（宵の明星）」や、冬の夜空で星が纏まって見える昴星《すばるぼし》などは、当時の暗くて澄んだ夜空ではよく目立ったはずで、清少納言を含む多くの人が実物を知っていたと推測される。

七夕に関わる星は彦星である。七夕は彦星と織女の出逢いであるから、本来、七夕に関する星を描くのは、「彦星」でも「織女」でもどちらでも良く、両者を書くことも可能であったはずである。しかし、清少納言が書いたのは「彦星」の方だけである。なぜ彦星だけなのか。これは、女性としての清少納言の関心が、「織女」よりも「彦星」の方により強くあったためではなかろうか。まして、清少納言の時代は、妻問婚の時代で、女性は男性の訪れをじっと待っていなければならなかった。それは、彦星の訪れを待つ織女の気持ちと重なるところとなる。

そして、二五四段では、「彦星」に続いて、「ゆふつつ（長庚《ゆうつつ》）」が登場した。[3] 長庚《ゆうつつ》は、宵の明星である。山上憶良の「男子《おのこ》、名古日《なふるひ》を恋《こ》ひし歌《うた》」では「夕星《ゆふつづ》の　夕《ゆふへ》になれば　いざ寝よと　手を携《たづさ》はり」（万葉集・巻五）とあって、宵の明星が出る夕べになると、愛児古日を寝かしつける子煩悩の憶良の姿が描かれている。「長庚」の輝く夕べは、妻問婚の当時、男性の訪れる時刻を知らせる役割を果たしていた。「七夕」が七月七日の夕べを省略した表記であるように、「彦星」に続いて「長庚」が登場するのは、極めて自然で納得できるのである。それ故、清少納言の男性への関心が、「彦星」の描写のみを描くという形で枕草子に残ったのではないか。

うつほ物語には

彦星《ひこぼし》天《あま》の川《がは》渡《わた》るを見給《みたま》ひて、民部卿《みんぶけう》の宮《みや》の御方《おんかた》

白露《しらつゆ》の置《お》くと見《み》しまに彦星《ひこぼし》の雲《くも》の舟《ふね》にも乗《の》りにけるかな

の歌があった（第四章参照）。

万葉集では天の川に霧が立つのを彦星の船出の印とした。この場合も恐らく天の川に霧が見えたのであろう。うつほ物語は、清少納言の愛読書でもあり、当然この場面は、よく知っていたはずである。恐らく清女自身も、実際の天の川を眺めたことはほとんど疑いない。それは、枕草子十段に次のようにあるからである。

七月七日《しちがつなのか》は、くもりくらして、夕《ゆふ》がたは晴《は》れたる空《そら》に、月《つき》いとあかく、星《ほし》の数《かず》もみえたる。

（三巻本以外は、「星の数」は「星の姿」とある。）

これは、七夕の日は、朝から曇りがちで、星が見えるかやきもきしていたところ、夕方になって晴れて、七日の月も、七夕の二星もはっきりと見えて素晴らしいという一節である。この点は、既に田中重太郎氏や萩谷朴氏も指摘されているところであるが、夕方晴れるかどうかじれったく思う方が、待ち遠しく、また、夕方晴れた時の喜びが大きくて良いという意味に解すべきであろう。つまり、それほど七夕二星は待ち望まれていたのであり、当然、実際の彦星と織女、天の川を眺めたと考えるのが自然である。

二、源氏物語

源氏物語（一〇一四年以前成立）[4]と七夕伝説との関係については、多くの論がある。[5]主に宇治十帖について論じており、論点は、薫や匂宮は彦星に準《なぞら》えられるが、大君・中の君・浮舟は、母親や侍女などの周囲が織女に準えようとしても、本人達が織女になりきれない存在として描かれているという点にある。川邊靖氏は、「蛍」の巻の物語論に則り、彦星と共に織女まで明示すると、七夕伝説を下敷きにしていることが露骨になりすぎるので、遠回しな表現でそれとなく暗示したのだという。

吉井美弥子氏は、通常の七夕伝説は牽牛織女の相思相愛を条件としているが、宇治の姫君達も、彦星にあたる薫・匂宮もそれぞれ複数の存在で、一対一の純粋さが損なわれているという。例えば浮舟を京へ迎えるために薫が宇治に下った時も、薫は浮舟を前にしながら、思い出すのは故大君の事ばかりである。一方、薫と向かい合った浮舟も、既に匂宮と関係を持ってしまった後で、心は千々に乱れている。とても一年に一度の再会を歓喜する七夕二星の純愛に準えられる関係ではないというのである。川邊氏が指摘するように、宇治川は、男性側（薫・匂宮）の屋敷と、八の宮邸（大君・中の君・浮舟）が川を挟んで対峙する位置関係から天の川に比定される。しかし、二星が逢瀬を待つはずの天の川たる宇治川は、三角関係に悩む浮舟にとっては、文字通り、「世を憂ぢ川（男女の仲の辛さを悲しむ川）」になってしまい、入水の場所として選ばれるのである。入水しても死には至らなかったが、最終的に浮舟は出家の道を選ぶ。その意味で、吉井氏は、「天の川」は「尼の川」へ転化するという。言葉遊びのようだが、平中物語三十八段や大和物語百三段に、尼になることと天の川を掛詞にした歌があり、首肯できよう。

ただ、源氏物語の七夕伝説の利用はそれだけではない。「幻」の巻にも、七夕の記述がある。

七月七日《しちがつなのか》も、例《れい》に変《か》はりたること多《おほ》く、御遊《おんあそ》びなどもし給《たま》はで、つれづれにながめ暮《く》らしたまひて、星逢見《ほしあひみ》る人《ひと》もなし。まだ夜深《よふか》う一所《ひとところ》起《お》き給《たまひ》て、妻戸《つまど》押《お》しあけたまへるに、前栽《せんざい》の露《つゆ》いとしげく、渡殿《わたどの》の戸《と》よりとほりて見《み》わたさるれば、出《い》で給《たまひ》て、

七夕《たなばた》の逢《あ》ふ瀬《せ》は雲《くも》のよそに見《み》てわかれの庭《には》に露《つゆ》ぞおきそふ

（七月七日も、例年と変わったことが多く、楽器の演奏などもなさらないで、所在なくもの思いに沈みなさって日暮れまでお過ごしになり、夜になっても昨年までの紫の上のように一緒に星合を見る人も

いない。まだ夜深いのに源氏はただ一人お起きになって、妻戸を押しあけなさると、庭の植え込みには、露が大層沢山降りているのが、渡殿の戸口を通して見渡されるので、庭にお出になって、紫の上亡き今、七夕の逢瀬は雲の上の別世界のことと思われ、彦星と織姫が別れる悲しみで涙を流すこの別れの庭に、私は改めて故紫の上との別れの悲しみを実感し、涙をさらに降り注ぐことだ。）

天上界のロマンである七夕も、地上で伴侶が揃って見てこそ眺め甲斐があるもの。紫の上の亡き今は、その星逢を一緒に眺める相手もなくこの上なく悲しいというわけである。七夕二星の逢瀬の楽しみと別れのつらさを、紫の上を失った源氏の孤独感と対比させている。この辺りは、相思相愛の七夕伝説が素直に利用されている。

三、梁塵秘抄

平安時代最晩期（一一七九～一一八五年）成立の梁塵秘抄《りょうじんひしょう》に描かれた七夕の星について考察してみたい。(6) 梁塵秘抄は後白河院の撰であるが、平安末期の女性の想いが窺える。

常《つね》に恋《こひ》するは、空《そら》には織女流星《たなばたよばひぼし》、野辺《のべ》には山鳥秋《やまどりあき》は鹿《しか》、流《なが》れの君達冬《きうたちふゆ》は鴛鴦《をし》（常に恋い焦がれて苦しんでいるのは、空では織女星や流星、野辺では山鳥、秋は鹿、〔人では〕遊女、冬は鴛鴦《おしどり》である。三二四番）

この歌について上田設夫氏は「詩歌にうたわれることの多いものを列挙している」として、万葉集等の例を挙げる。[7] 実際詩歌によく詠まれた山鳥、雄鹿、鴛鴦等が描かれる。山鳥は谷を隔てて相手を想い、秋の雄鹿は牝鹿を求める。鴛鴦の鴛は雄で上田氏も言及するように冬に綺麗な羽毛に変わる。これは雌の鴦へのアピールで、冬は鴛鴦の恋の季節である。夫婦仲の良い喩えで有名な鴛鴦であるが、近年は冬に相手を変えることが分かってきた。鴦を獲得するための鴛の戦いが繰り広げられるのであり、鴛が目指す鴦と結ばれるために苦しむことを「恋」としているのであろう。さらに、遠く離れた相手を想う織女《たなばた》、相手を求め彷徨《さまよ》う流星《よばひぼし》が登場する。当時の「恋」は、恋人にしろ、夫婦にしろ、それ以前の単なる思い人にしろ、何らかの障害があって、恋しく思う相手と一緒に居られず、耐えがたい思いに苦しむことを言うから、ここに羅列されたものは、すべて恋の思いで苦しんでいる存在である。「織女」は言うまでもなく、七夕伝説におけるヒロイン織女星で、愛する男性彦星に一年に一日しか逢えないという定めの障害により、七月七日の訪れを一年中待ち焦がれていることになる。上田氏も指摘するように、本歌の主眼は「流れの君達」にあり、この歌自体、頼りにならない男を待って辛い思いをする遊女が詠んだと思われる。遊女達は、一年に一度しか逢えない七夕つ女と彦星の出逢いに引きつけて、自らを七夕つ女に重ねて、約束した男がなかなか訪れない淋しさ・辛さを嘆いているのであろう。

四、建礼門院右京大夫集

最後に建礼門院右京大夫集《うきょうのだいぶ》（一一八八年頃成立、一二三二年頃までに増補）の歌を見てみよう。(8)

月《つき》をこそ ながめ馴《な》れしか 星《ほし》の夜《よ》の ふかきあはれを 今宵《こよひ》しりぬる（月を物思いに耽りながら眺めることに馴れて来ましたが、満天の星の夜の深い趣を今夜初めて知りました。二五一番）

建礼門院右京大夫のこの歌は、新村出氏によって、星の美を発見した歌として紹介され、有名になった。(9)

彼女の歌集全三百五十九首のうち、星以外に、月の歌が三十首あり、日の歌の四首（月と重複二首）と合わせて、実に、星・月・日の三光で、総計八十五首（二三・七％）もある。雲や空を眺めた歌も多く、天空に対して、特別な関心を抱いていたことは否定できない。七夕への関心も非常に強く、連続して五十一首。離れた一首と合わせて五十二首あり、全体の一四・五％を占める。これほど多くの七夕歌を収めた歌集は非常に珍しい。勅撰集の場合、通常、千首に十首ばかり（一％程度）しかないから、建礼門院右京大夫は七夕伝説に明らかに特異な関心があったとすべきであろう。

世々《よよ》ふとも 絶《た》えん物《もの》かは 七夕《たなばた》に あさひく糸《いと》の ながき契《ちぎ》りは（いくら時代が経っても絶えること

はないでしょう。七夕に麻糸を引くその糸が長いように、彦星と織女星の永遠の契りは。二七八番）

この歌も、平資盛と自らの愛の長からんことを祈る歌であろう。

ひこ星《ぼし》の 行合《ゆきあひ》の空《そら》を ながめても 待つこともなき われぞ悲《かな》しき（彦星は毎年変わらずに織女星に逢いに行くが、その空を眺めても、〔資盛様なき今、〕待つ相手のいない私は悲しいことです。二八一番）

資盛の死後、七夕に対する建礼門院右京大夫の心の持ち様は明らかに変質している。

秋《あき》ごとに 別《わか》れしころと 思《おも》ひいづる 心《こころ》のうちを 星《ほし》はみるらん（秋が来るたびに資盛様とお別れした頃だと思い出す私の心を可愛そうだと七夕二星はみているでしょう。三〇七番）

寿永二年（一一八三）七月、平家の都落ちと共に、資盛と生き別れた作者は、一年半後、そのまま死別してしまう。建礼門院右京大夫は、七夕の頃になると、毎年、その悲しみを新たにするのである。

えぞしらぬ 偲《しの》ぶゆゑなき 彦星《ひこぼし》の まれに契《ちぎり》て なげくこころを（すこしも分かりません。わたしのような忍ぶ理由もないのに、年に一度というまれに逢う約束をしてそのことを嘆いている彦星の心が。三一五番）

彦星は一年に一度の逢瀬の約束を稀の契りと嘆いているが、私のように、資盛様と永遠に逢えない者にとって、それくらいのことで嘆くなどということは理解できないというのである。

なげきても 逢瀬《あふせ》をたのむ 天《あま》の河《がは》 このわたりこそ かなしかりけれ（嘆いても七夕二星は一年に一度は天の河を渡って逢瀬を期待することができるのです。一方、私と資盛様は、あの世とこの世に隔てられ、お逢いできないのが悲しいことです。三一六番）

かきつけば なほもつつまし 思《おも》ひなげく 心《こころ》のうちを 星《ほし》よしらなん（梶の葉に書こうとするとやはり恥ずかしく思います。悲嘆に暮れているこの心の中を七夕の二星に知って欲しいのです。三一七番）

実際、梶の葉に書けば、他の人にも心の中を知られることになる。梶の葉に実際に書いた経験があれば、気持ちをよく理解できる歌である。

いつまでか 七《なな》のうたを かきつけん 知《し》らばや告《つ》げよ 天《あま》の彦星《ひこぼし》（一体いつまで七枚の梶の葉に歌を書き付け続けるのであろうか。知っているなら教えてください。天上の彦星様よ。三二一番）

作者は、長年、七夕の歌を七夕の日に書き続けて来たが、一体いつまでその行為が続くのか、あるいは続けられるのか、人間の身としては知りようもないが、天の彦星なら知っているかも知れないという思いである。

建礼門院右京大夫の七夕歌の抜きん出た多さは、彼女が天空に特別の関心を持っただけでなく、一年に一度しか逢えない七夕二星の悲しみが、愛する資盛となかなか逢えず、最後には死別によって全く逢えない状態になった悲恋と二重写しになったためであろう。

まとめ

以上、清少納言や紫式部は、「彦星」に理想の男性の面影を見出す一方で、想う男性を「ひたすら待たざるを得ない女性」の立場の弱さを描いた。それは、梁塵秘抄での遊君たちの悲哀へと通じた。さらに、平資盛との悲恋を七夕伝説を通し巧みに描いた建礼門院右京大夫の特異性も窺えた。

彼女以外の歌人で、同時期の人にも、やはり天文に関する歌がないわけではないが、ずっと少ない。例えば、式子内親王集《しきしないしんのうしゅう》には、三百首のうち、星の歌は七夕と思われる歌が一首あるのみである。俊成卿女《しゅんぜいきょうむすめ》歌集《かしゅう》は、二百四十七首のうち、月の歌は七十三首もあって、約三割（二九・六％）を占め、まさに「月の歌集」といった趣があるが、七夕を含めて星に関する歌は一首も存在しない。一方、同時代の男性の歌集では、例えば、藤原俊成の長秋詠藻《ちょうしゅうえいそう》と右大臣家百首は合わせて五百八十首で、月の歌は五十九首（一〇・二％）あるが、星は七夕と合わせても五首（〇・九％）しかない。

七夕は、実生活において愛する男性と離ればなれになった女性に特に好まれた側面を有しよう。

注

（1）引用は日本古典文学大系『枕草子・紫式部日記』（池田亀鑑・岸上愼二校注、岩波書店、一九五八年）に拠る。以下同じ。

（2）引用は名古屋市博物館蔵『和名類聚抄』に拠る。

（3）なお、「ゆふづつ」の清濁は「ゆふつつ」「ゆふつづ」とする見解もある。その是非については、拙著『星座で読み解く日本神話』（大修館書店、二〇〇〇年）の第七章を参照されたい。

（4）引用は新日本古典文学大系『源氏物語』（柳井滋・室伏信助・大朝雄二・鈴木日出男・藤井貞和・今西祐一郎校注、岩波書店、一九九六年）に拠る。以下同じ。

（5）川邊靖「『源氏物語』第三部に見られる七夕伝説の影響をめぐって」（『駒澤大学大学院論輯』十二巻、一九八四年二月）、吉井美弥子「浮舟物語における七夕伝説」（『源氏物語と平安文学』一巻、一九八八年十二月）・奥真紀子「宇治十帖における七夕伝説―大君・中の君から浮舟へ―」（『立教大学院日本文学論叢』一九九六年六月）、舘入靖枝「夕月夜の隠し絵―七夕伝説と末摘花―」（『物語研究』二〇〇五年三月）・徳岡涼「宇治十帖と七夕の歌について」（『国語国文学研究』五〇号、二〇一五年三月）等。

（6）引用は日本古典文学大系『和漢朗詠集・梁塵秘抄』（川口久雄・志田延義校注、岩波書店、一九六五年）に拠る。

（7）上田設夫『梁塵秘抄全注釈』（新典社、二〇〇一年）に拠る。

（8）引用は日本古典文学大系『平安鎌倉私家集』（久松潜一・松田武夫・関根慶子・青木生子校注、岩波書店、一九六四年）に拠る。

（9）新村出「昴星讃仰」『南蛮更紗』（改造社、一九二四年）所収。

第九章　御伽草子の七夕

一、大蛇婚姻譚の御伽草子『七夕』

室町期を中心に作られた御伽草子《おとぎぞうし》（中世小説・室町物語とも言う）は、現存だけでも四百五十を越える短編物語の世界が百花繚乱と咲き乱れ、物語文学の一大宝庫となっている。その中には、実に様々の内容を持った作品が溢れているか、天上世界を舞台とした作品も見られる。題名自体が『七夕』とある作品が二作品、天上界の彷徨の中で、「犬飼星（彦星）」と「七夕（織姫）」に出逢う作品が二作品ある。順に説明したい。

『七夕』は、第一部第九章でも少し触れたが、『あめわかみこ』とも題され、男主人公が天稚御子《あめわかみこ》（天稚彦《あめわかひこ》）である。『七夕』（大蛇婚姻譚）と『七夕』（公家物語系）の二系統があり、中世における日本の七夕伝説の一つの頂点を示す作品である。その中で、七夕の由来譚である『七夕』（大蛇婚姻譚）は、さらに、絵巻系と冊子系に分かれる。絵巻系は絵には古形が残るが、本文は大幅に杜撰な簡略化がなされた作品である。冊子系は、絵には新旧の要素を持つが、本文では古形の要素を伝え、さらに、増補された本文を伝えるものである。ここでは、絵巻系本文の内容で概略を示し、冊子系本文の内容と対比して論じたい。

長者の家の下女が洗濯中、大蛇が現われ、手紙を長者に見せるように迫る。手紙には、娘三人の中から結婚相手を差し出せとあった。姉二人は拒否し、三女が承諾したので、泣く泣く結婚の準備をし、大蛇を待つ。現われた大蛇に言われて、三女が大蛇の頭を切ると、中から美青年が出現する。二人は相思相愛となり、御殿で優雅に暮らす。やがて美青年は天稚彦と名乗り、唐櫃《からびつ》を開けないように言って昇天する。御殿を訪れた姉二人は妹の幸福に嫉妬し、物色して唐櫃を見つけ開けてしまう。中から黒煙が立ち登り、天稚彦は地上に戻れなくなる。姫君は恋しさの余り、夕顔と雲に乗り、天上の天稚彦に逢いに出掛ける。天上世界では、夕つつ・帚星《ほうきぼし》・昴星《すばるぼし》・明けの明星等の星に行く手を教わり、艱難の末、天稚彦の御殿に辿り着く。再会の喜びも束の間、天稚彦の父である鬼に見つかり、姫は様々な難題を課される。しかし、天稚彦の袖のおかげで、米の運搬は蟻が代行し、千匹の牛の世話、蛇や蜈蚣《むかで》の試練も無事にやり遂げる。困った鬼は遂に二人の結婚を許す。しかし、月に一度の逢瀬を年に一度と聞き違え、鬼が投げた瓜《うり》から水が溢れ天の川となり、天稚彦は彦星、姫君は織女として天の川の両端に引き離され、年に一度七月七日のみ逢えることになった。

冊子系では、絵巻系の挿絵と一致した詳しい本文（長者に手紙を渡す仲介の女房、天上世界からもたらされた結納としての長櫃、姉君たちが妹の様子を確かめるために乗り付けた牛車、天稚彦の宮殿で鬼に見つからないように御殿を替える姫君など）が描写されており、古い本文を継承していることが窺える。もっとも、絵巻系の末尾の本文

苽《うり》をもちて、なげうちにうちたりけるが、天《あま》の川《がは》となりて、七夕《たなばた》・ひこ星《ぼし》とて、年《とし》に一度《ひとたび》、七《しち》月七日《がつなぬか》に逢《あふ》なり。

は、絵巻系の挿絵と一致している。冊子系では、姫君が泣く涙が天の川になり、二人が天の川の両端に引き離される話になっている。

結局、御伽草子『七夕』では、次のような点が、中国の典型的な七夕伝説とは異なっている。

①中国の七夕伝説では、織女という仙女（天女）と牽牛という男性が結ばれる話であるが、御伽草子では天人の男性と人間の女性が結ばれる話で、男女が入れ替わっている。また、織姫や牛飼いという側面も見当たらない。

②姫君が千匹の牛を野辺に連れ出し餌を与える難題を与えられるのは、本作品では、本来、牽牛の仕事であった内容が女性の仕事に入れ替わってしまったものと判断される。

③姫君が、蛇の城（蔵）や蜈蚣の蔵に閉じ込められるが、天稚御子の袖を三度振って、蛇や蜈蚣の害から逃れる話は、古事記の大穴《おおあな》牟《む》遅神《ちのかみ》（大国主命）の話に由来するもので、天若日子神話と関わる。

④蛇婿入りとしての天稚彦の出現、姫君の天界彷徨、瓜から水が溢れて天の川になる要素などは、本作品で新たに加わった要素で、中国の七夕伝説には存在しないものである。

⑤七月七日のみしか二人が逢えなくなった理由を、聞き違えに求めているが、これも日本の昔話に見出される要素で、中国の七夕伝説には見出せないものである。

なお、姫君が天上世界に昇るに当たり、絵巻系では「一夜ひさご」、冊子系では、「夕顔と雲」に乗る。どちらも蔓性植物で生育が早く、かつ天上に向かって伸びる印象から選ばれている。「一夜ひさご」とは、一夜で蔓が伸びて天まで達する瓢箪《ひょうたん》のことである。瓢箪は、半分に割って柄杓《ひしゃく》として利用した。中国では、現在でも農村部で使っているところもある。瓢箪を「ひさご（ひしゃく）」と呼ぶのは、まさにそのためである。その瓢箪から作った柄杓は中が空洞で舟形をしているので、天上へ昇るための船として相応しいとみなされたのであろう。一方、冊子系で「夕顔と雲」に乗るのはなぜか。朝顔の別名に「牽牛子（けごし）」がある。これは、「ジャックと豆の木」のように、牽牛が朝顔の蔓をよじ登って天上世界へ出掛けて織女と出逢うという説話が背景に存在した可能性が高い。一方、本話では、主人公は優雅な姫君である。よじ登るなどというはしたないことをするはずはなく、男性が朝顔であれば、女性は夕顔という可憐な白い花に乗って天上世界へ赴く趣向に変えたのだろう。ただ夕顔だけではあまりにも頼りないので、「夕顔と雲」とのセットで、昇天するという内容にしたと推測される。実際、天上世界に着いてからは、雲だけに乗って天上世界を彷徨するのである。

　本作品は、中国の七夕伝説を骨格として、古事記の大穴牟遅命の地下の根の国訪問譚を始め、乾陸魏長者譚など様々な伝説を巧みに利用して、地上の姫君と天上の天人の恋愛を描いた作品である。中国から伝来した七夕伝説の一つの到達点として意義深い作品であると考える。

二、公家物語系の御伽草子『七夕』

御伽草子の公家物としての『七夕』（公家物語系）という作品も存在する。これは、次のような話である。

大臣の子に姉妹が居た。妹君は絶世の美女で、八月十五夜の琴の演奏後、美青年が夢の如く現れ、妹君と契りを結び、妹君は妊娠する。帝が妹君に求婚の手紙を贈るが、青年は返歌をせぬよう言って帰る。父母の強い勧めで、妹君は渋々返歌する。青年が来て、天上の神天稚御子《あめわかみこ》と名乗り、帝に返歌したことを恨んで姿を消す。妹君の妊娠を知った父親の大臣は怒って妹君を追放する。帝からの入内の催促に、姉君を身代わりに入内させる。帝は身代わりを見破り、容貌等の劣る姉君をお召しにならない。それを苦にした姉君は病気になり、宮中を退出し、やがて儚《はかな》くなる。一方、妹君は若君を出産し、乳母《めのと》の報告で両親が迎え取る。三年後の七夕に、天稚御子が降臨し、若君を連れ去り、人々は悲しむ。帝は妹君の入内を求めるが、姉君への処置を怒り、大臣は拒否する。帝は悲観して譲位し、崩御する。弟の新帝の宣旨で妹君は入内し、若君・姫君を生んで栄える。

これは鎌倉時代の物語歌集『風葉和歌集』所載の散逸物語『夢ゆゑ物思ふ』の改作とされ、天稚御子は「妙音に天下る音楽神」のイメージを有している。「たなばた」自体が出てくるのは、若君が七夕の日に梶の葉に父親への手紙を書く場面だけであるが（これについては、第三部第一章で説明する）、主人公の天稚御子という名は、上述の『七夕』（大蛇婚姻譚）と一致しており、七夕の日に離れていた男女が再会し別れるという構想に、伝統的な七夕伝説との共通性を見出すことができる。

三、御伽草子『おもかげ物語』

御伽草子『おもかげ物語』とは、越後国の弁財天の本地譚であり、「まのの五郎むねただ」という美男が、「おもかげ」という名の天女に恋い焦がれ、諸国の神仏に祈願を掛け、艱難辛苦の末、天上の仏達に願いが納受され、天界を彷徨《さまよ》った挙げ句、天女に再会でき、最後にはその天女が越後国の弁財天となるという話である。「むねただ」が天界を彷徨う場面で多くの星々と出会い、天女の居場所を教わっていくが、その中に七夕二星も存在する。ちょうど『七夕』（大蛇婚姻譚）の男女を入れ替えた感じの物語である。その部分を引用する。

又《また》はるはるの道《みち》を、なみだながらにゆき、いぬかいぼしに、あひまいらせて、たつね申《まう》せば、「……これより十三月《じふさんつき》ゆきて、いつくしき上《じやう》らうに、あふべし。その人《ひと》、しらせたまふらん。」とありしかば、……日《ひ》かずやうやうふりければ、……十七八《じふしちはち》と見《み》えし上《じやう》らうの、たまのこしにのり給《たま》ひ、五十《ごじふ》よ人《にん》に、ゐねうせられ、とをり給《たま》ふ。……ひめみや、……「返々《かへすがへす》も一夜《ひとよ》のちぎりをたのみ、又《また》くる秋《あき》のはじめの七日《なのか》をまち候《さふら》へども、あはでむなしきとしもあり。あふてわかるるとしもあり。……」とて、すぎにけり。

「いぬかいぼし（犬飼星）」とは彦星のことで、既に平安初期の倭名類聚抄に、彦星の和名として登場していることを第一部第七章で述べた。次に、「いつくしき上らうの、たまのこしにのり給ひ、五十よ人に、ゐねうせられ、とをり給ふ。」とあるのは、いわゆる「たなばたつ女《め》（織女）」のことと推測される。彼女は、「又くる秋のはじめの七日をまち候へども、あはでむなしきとしもあり。あふてわかるるとしもあり。」と言って通り過ぎるが、これこそまさに、七月七日に彦星（犬飼星）と順調に逢える時も逢えない時もあることを述べた織姫ならではの発言である。その口から語られる男女の逢いがたさと辛抱すれば願いが叶うという事実は、そのまま主人公まのの五郎むねただと天女おもかげの逢いがたさと辛抱の末の再会と重なるのである。

四、御伽草子『毘沙門の本地』

『毘沙門《びしやもん》の本地《ほんじ》』は、維縵《ゆいまん》国の金色《こんじき》太子が瞿婁《くる》国の天大玉姫《てんだいたまひめ》の魂に逢うために、天上世界を彷徨し、大梵王宮の黄金《こがね》筒井《つつい》まで苦難の旅に出掛ける話である。

太子《たいし》、……そらにのほり、見給《みたま》へは、……そうのたまふやう、……「にしをさして、九月《くぐわつ》お

図29　織姫（ヴェガ）と二人の子供
（撮影：藤井旭）

はしまして、侍《はべ》らは、いぬ二三《にさん》ひき、こしにつけたる人《ひと》に、あひ給《たま》ふへし」……九ケ月行《きうかげつゆき》て、御《ご》らんするに、いぬ二三《にさん》ひき、こしにつけたる、そうの、きよけなるか、見《み》え給《たま》ふ。……「これより、西《にし》におはして、大河《たいが》あり。……その川《かは》のほとりに、うこんのたちはな、さこんのさくらとて、木《き》あり。その所《ところ》に、おさなき、なんし一人《ひとり》、女子一人《にょしひとり》ひたり、みきりにをきて、あひしたる、女人有《にょにんある》へし。……」ひこほしの、をしへそと。……のたまへは、……をしへのことく、二人《ふたり》の、おさなき人《ひと》を、あひしたる女人《にょにん》あり、……「これより、にしに、むかひ給《たま》ひて、三年《さんねん》みちをおはして、めでたき僧《そう》に、あはせ給《たま》はんに、とひ給《たま》へ、……七夕《たなばた》のをしへなり。」

右に見るように、中心となるのは彦星と七夕（織姫・織女）の二星であって、さらに、二星を挟んだ天の川も描写されている。また、彦星が犬を連れ、七夕（つ女）が幼い男女の子供を両側において可愛がっているというのも、織女星（ヴェガ）に従う小さな二星の山形の形状をよく示していて、作者が実際の星の様子について、詳しい知識を持っていたことが窺える（図29）。

これについて、出雲路修氏は、悉達《しった》太子の出家踰城《ゆじょう》で鬼子母神が二子を伴う姿の反映とされ、こんじき太子に進むべき道を指し示すのは、牽牛・織女二星に道祖神のイメージが重ね合わされているからだという。『曽我物語』巻二の「兼隆婿《かねたかむこ》にとる事」に、伯陽《はくよう》・遊子《ゆうし》の夫婦が偕老同穴の契り故に、天上の牽牛織女に生まれ変わった話があり、二人は、「さいの神」「道祖神」として「夫婦の中をまぼりたまふ」とされているのも、中世において、七夕伝説と道祖神を関係づける信仰が存在していたことを示しており、一つの見方として納得できよう(1)。

まとめ

以上、御伽草子では、天上世界が舞台になった作品が幾つか存在する。その中でも、七夕伝説を踏まえた描写が中心となり、彦星・織女が主人公の作品が存在し、それが日本化した話になっている点が注目される。古事記以来の神話伝承や民間伝承がその形成に関わり、多くが絵巻等の絵画作品として残っているのも大きな特徴である。日本における七夕伝説の到達点としての価値を有するものと考える。

(1) 注

出雲路修「《毘沙門の本地》をめぐって」(『国語国文』九二巻七号、臨川書店、二〇二三年七月)

第十章　江戸時代の七夕伝説

一、近松門左衛門『曽根崎心中』

江戸時代の七夕伝説も、多くの資料に見出されるが、紙幅の関係もあり、ごく一部のみ掲載したい（西鶴の七夕については第三部第三章で少し扱った）。

近松の名作『曽根崎心中』では、「この世のなごり、夜もなごり」で有名な「徳兵衛・おはつの道行」の中に、七夕伝説を踏まえた表現が見出される。(1)

空《そら》もなごりと見上《みあ》ぐれば、雲心《くもこころ》なき、水《みづ》の音《をと》、北斗《ほくと》は冴《さ》えて影映《かげうつ》る、星《ほし》の妹背《いもせ》の天《あま》の川《がは》、梅《うめ》田《だ》の橋《はし》を鵲《かささぎ》の橋《はし》と契《ちぎ》りて、いつまでも、我《われ》とそなたは女夫星《めをとぼし》、かならずさうと縋《すが》り寄《よ》り、二人《ふたり》がなかに降《ふ》る涙《なみだ》、川《かは》の水嵩《みかさ》も増《ま》さるべし。（空も見納めと思って見上げると、雲は無心に浮かび、水も無心に音をたてて流れている。北斗星は冴えて水面に影を映している。まさに、牽牛織女が妹背を契る天の川と見なし、梅田の橋を鵲の橋と見立てて夫婦の契りをこめ、いつまでも、私とあなたは女夫星ですよ、かならずそうなろうとすがり寄り、二人の中にあふれる涙に、川の水かさも増すであろう。）

水の都・八百八橋と言われる大坂の川と橋を上手に使い、牽牛織女の強い夫婦愛に重ねて、死にゆく二人が来世では天上で仲良く女夫星として生まれ変わることを予感させる書き方で、実に巧みである。二人の涙で天の川の水嵩が増さるという表現も、実際に御伽草子『七夕』（大蛇婚姻譚）に見出され、さすが近松だ思わせる描写である。七夕伝説の牽牛織女の愛は、一年に一度の頼りない愛ではなく、ここでは永遠の愛の象徴に昇華している。

二、往来物の七夕

江戸時代には、七夕伝説が巷間に広まり、七夕行事も庶民の間でも盛んに行われた。寺子屋で使われた教科書である往来物には、本文の上に添えられた「頭書（とうしょ・かしらがき）」と呼ばれる頭注的な部分に七夕伝説が取り上げられている。往来物は名の通り往還の消息文の模範文例集に由来し、古往来と呼ばれる物は南北朝時代からある。版本として大量印刷が可能になった江戸時代に普及し、本文に七月の行事が紹介されたりすると、その説明として、七夕に由来する漢詩を和漢朗詠集から引用したり、七夕を詠んだ有名な和歌を紹介し、さらに七夕伝説や七夕行事の由来について絵入りで説明したのである。萩原義雄氏は、往来物の頭書に据えられた「七夕」資料を広く収集・分析され、「女子用主体の往来物に女性たちが成人してからも役に立つ生活全般に渉っての智恵が蔵物のように収まっている。その一端として『七夕』に関する内容が、七月七日の年間行事の度毎に想起され発揚される仕組みでもあった。」とし、さらに「京都・大坂・江戸の書肆を中心に出版され、江戸時代の武家そして庶民に八割方流布している。」と論じる。(2) また、郡千寿子氏も『往来物』資料には、「七夕」についての記載が多くみられ、……全国各地へ静かに広く七夕文化が流布していった」と指摘し、七夕に特化した『絵本天の川』『七夕星歌抄』などの往来物さえ存在することを論じている。(3) 柳田國男は『年中行事覚書』の中で「盆の七月七日といふ日に、二つの星が銀河を渡って相会するなどといふ話は、書物を読んだ人が知って居るだけで、数からいふと十分の一にも足らぬ人が言っていたのである。」と述べたが、既に江戸時代には、一般庶民のほとんどは子供も大人も往来物を通して七夕伝説を熟知していたとみるべきである。

三、菅茶山の七夕詩

江戸後期の漢詩人菅茶山《かんちゃざん》（一七四八〜一八二七）が養子にしていた姪の子二人が夭逝した悲しみを詠んだ漢詩「七夕」（『黄葉夕陽村舎詩《こうようせきようそんじゃし》』所収）を見てみよう。(4)

細莎《さいさ》に晴露《せいろ》湿《うる》ほひ　　細い浜菅《はますげ》は星空の下、しっとり露を帯び

遠電《ゑんでん》夜郊《やかう》涼《すず》し　遠くに稲妻が光る中、夜の郊外は涼しい
酔歩《すいほ》聊《いささ》か適《かな》ふを為《な》すも　酔って歩けば、少しは心を満たせるが
憂心《いうしん》竟《つひ》に忘《わす》れず　姪の子二人を失った悲しみは、どうしても忘れることは出来ない
単孤白傅《たんこはくふ》を悲《かな》しみ　ただ一人生き残った自分は、白居易と悲しみを同じくし
付托韓湘《ふたくかんしやう》に泣《な》く　託された姪の子を失い、韓湘のように仙術で甦生させることも出来ない
戸戸牛女《ここぎうぢよ》を迎《むか》へ　家々では、子供達が牽牛と織女を迎える飾り付けを為し
村橋画燭《そんけうがしよく》の光《ひかり》　村の橋には、七夕の絵を描いた提灯を飾っている

養子にしていた姪の子二人（六歳と二歳）を失った悲しみの中で、同年代の村々の子供達が、七夕飾りを楽しそうに飾っている様子を描き、その対比で、喪失の悲しみを新たにしている場面である。七夕が子供にとっての楽しい行事になっていることがよく分かる漢詩であろう。農村の子供達にも、七夕伝説は知れ渡っていたとみるべきである。

四、古今要覧稿

最後に古今要覧稿《ここんようらんこう》（屋代弘賢《やしろひろかた》編、一八四二年までの成立）に見られる現在の福岡県宗像市の「星の宮」の例を紹介する。

年中行事略式云、星の宮の神事は、筑前国大島の星の宮と云あり、北は彦星の宮、南は織女の宮、両社の間の川を天の川と称す、土人婚礼の望ありて、女を得んと欲する人は、川北の彦星の宮に祈る、七月朔日より七日の夜半に至り、近郷の男女群集して、昼夜の神事厳重なり、川の中に二つの棚をかまへ、名香を燻、灯明をかかげ、瓜、果物、神酒等をそなへ、竿のはしに五色の糸をかけ、梶の葉に歌をかきてたむけ、琴笛等を列らね、たらひに水を湛へ、星の影をうつし、若男女の望ある者は、其名前を短冊にしるし、彦星の棚には男の短冊を置、織女の棚には女の短冊をつらね、七日の夜に必ず風ありて、彼短冊を川水に吹流す、若婚縁の神慮にかなふものは、男女の短冊、たらひの水にならび浮む、是を縁定の神事と号する也、（年中行事略式という書物で云うことには、星の宮の神事は次のようなものである。筑前国大島に星の宮と云うところがある。北は彦星の宮、南は織女の宮で、両社の間の川を天の川と呼んでいる。土地の人は結婚の望みがあって、妻を欲しいと思う男性は、天の川の北側の彦星の宮でお祈りをする。七月一日から七日の夜半に至る間、近くの村の男女が大勢集まり、昼夜の神事が厳かに行われる。川の中に二つの棚を用意して、良い香りの香を炊き、灯明を掲げて、瓜・果物・御神酒等をお供えし、竹の竿の先端に五色の糸を掛け、梶の葉に歌を書いて手向けて、琴や笛を並べて、盥に水を湛えて、七夕二星の姿を映し、もし、男女婚姻の望みのある者は、自分の名前を短冊に記して、彦星の棚には男の短冊を置き、織女の棚には女の短冊を並べると、七夕の夜には必ず風があって、例の短冊を川の水まで吹いて流す。もし、婚姻が神様のお考えに叶う者については、男女の短冊が川ではなく盥に風で運ばれ、盥の水に並んで浮かぶ。これを婚姻の縁を定める神事と呼ぶのである。）

これは、文学の記事ではないが、七夕伝説の地上化としても意味があろう。また、江戸時代の全国の庶民に七夕伝説がすっかり定着していた事実をよく表わす記事である。

注

(1) 引用は新編日本古典文学全集『近松門左衛門集②』（鳥越文蔵・山根為雄・長友千代治・大橋正淑・阪口弘之校注、小学館、一九九八年五月）に拠る。

(2) 萩原義雄「往来物に見る『七夕』について」（『関西文化研究』十三号、二〇〇八年七月）

(3) 郡千寿子「往来物にみる『七夕』」（掲載誌は注(2)に同じ）

(4) 引用は新日本古典文学大系『菅茶山・頼山陽　詩集』（水田紀久・頼惟勤《らいつとむ》・直井文子校注、岩波書店、一九九六年七月）に拠る。現代語訳は筆者に拠る。引用文のルビは他と合わせ歴史的仮名遣いに直した。

第三部

七夕と行事

第一章　なぜ梶の葉に歌や願い事を書くのか

一、梶の葉について

七夕には、笹に飾りを付け、短冊に願い事を書いて立てかけることが、一般家庭や学校、商店街等において現在でも行われている。こうした風習はいつから始まり、昔はどういう形で、どういう意味を込めて行われてきたのかを、この第三部で探ってみたい。

梶葉《カチノハ》　◯　七夕乃哥　樒《シキミ》つみて祈《イノル》　と渡ル舟

右は寛文九年（一六九九）跋の『便船集《びんせんしゅう》』（佗心子［高瀬］梅盛撰。付合集《つけあい》）の一節である。「梶葉」の付合語（連歌・俳諧で前句と付句を意味・心情で密接に連結する言葉）として「七夕乃哥」が筆頭にあげられているのは、近世初期の俳諧連歌の世界において、「梶の葉」と「七夕の歌」さ

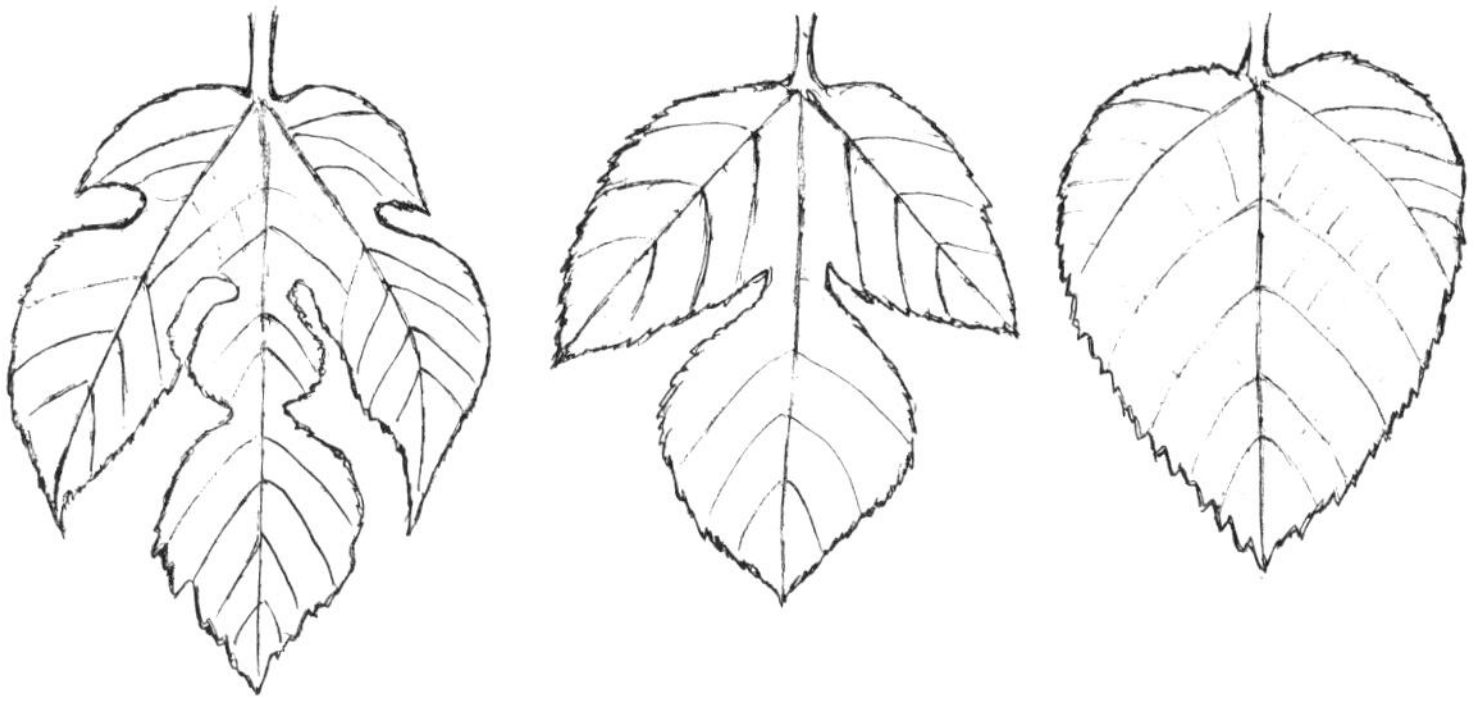

図30　梶の木の葉形の時間的変化（筆者作）

らには「七夕」そのものが、深い連想関係を持ち、分かちがたく結び付いていたことを示すものと言えよう。

『改訂増補　牧野新日本植物図鑑』では、カジノキについて、「葉は有柄、互生、時には対生あるいは3輪生し、広卵形で先端は鋭尖形、基部は円形、切形、あるいはやや心臓形、老樹の葉は基部がたて形であるが、若木ではそうならずしばしば3裂あるいは5裂する。」と述べる。[1]これを筆者による模式図で示せば、図30のようになる。

家紋の「梶の葉」は、5裂、7裂のものもある。江戸時代の『拾遺都名所図会』に見える「七夕梶葉流」の図では、笹竹に大きな5裂の梶の葉の絵が付けられている。従って、江戸時代には一般的に、梶の葉は5裂したものを標準的な形とみなしていたようである。

二、万葉集の七夕歌から王朝文学の歌語「梶の葉」へ

日本版の七夕伝説の代表は、彦星が舟に乗って織女《たなばたつめ》（七夕つ女）に逢いに行く形式である。その代表的なものが万葉集・巻十の次の歌である。

天《あま》の川《がは》 楫《かぢ》の音聞《おとき》こゆ［梶音聞《かぢのおときこゆ》］彦星《ひこぼし》と 織女《たなばたつめ》と今夜逢《こよひあ》ふらしも（二〇二九番）

我《わ》が背子《せこ》に うら恋《こ》ひ居《を》れば 天《あま》の川《がは》 夜船《よふね》漕《こ》ぐなる 楫《かぢ》の音聞《おとき》こゆ［梶音所聞《かぢのおときこゆ》］（二〇一五番）

カッコ内に示したように、これらの歌の原文では、彦星が漕ぐ船の「楫」が「梶」の漢字表記で記されている。「かぢ」の音の共通性から、植物の「梶の木」が連想され、「かぢ（楫・梶）」の音通を通して、歌語として成立したものと推測される。

文献上、舟の「楫《かぢ》」と「梶《かぢ》の葉《は》」が掛詞で詠まれた最古の用例は、為信《ためのぶ》集（九八七年前後）の

けさはとて ふなでをすらん ひこぼしの かぢのはをこそ われはかしつれ（今朝はいよいよ彦星が船出をするようだ。その彦星の舟の「楫」と同音の「梶の葉」を、私は七夕に奉納したことだ）

である。次いで、後拾遺集（一〇八六年）の

七月七日、梶の葉に書き付け侍りける　上総乳母

天《あま》の川《がは》とわたる舟《ふね》の　かぢの葉《は》に　思《おも》ふことをも　書《か》き付《つ》くるかな（天の川の瀬戸を渡る舟の楫、それと同音の〔乞巧奠に供える〕梶の葉に、自分の思うことを書き付けることです。二四二番）

が見られる。この「天の川とわたる舟のかぢの葉」の序詞的な纏《まと》まりは有名な句となり、後世も大きな影響力を持ち、角盥《つのだらい》に梶の葉を浮かべる趣向や、冒頭に掲げた『便船集』の「梶葉《カチノハ》」の付合語に「と渡ル舟」が残された現象へと繋がる。

彦星の舟の「楫」から独立し、純粋に植物としての「梶の葉」に限定されるのは、出観集《しゅっかん》（一一六九〜七五年）の

かぢのはに　あまつひこぼし　思《おも》ふこと　かかばかかまし　あすのなげきを

あたりであって、平安末期になってからと推定されよう。(2)出観集は覚性《かくしょう》入道親王（一一二九〜六九年）の家集である。覚性入道親王の父は鳥羽天皇、母は待賢門院で、その待賢門院に仕えた女房の堀河も歌人として有名である。

このように、中国には全くなく王朝文学の新たな表現として誕生した歌語「梶の葉」は、その後、七夕と不可欠な乞巧奠の儀式に取り入れられ、七夕に奉納する歌を表記する手段として重宝さ

れた。

梶の葉に歌を書くのは男性だとしているものもあるが、第二部第八章で述べた建礼門院右京大夫集のように、女性も書いているから、男性の独占物ではない。男性しか書かないという説があるのは、梶の葉の梶が、船の楫から来ており、まさに彦星という男性の所有物であることに由来しよう。

三、年中行事等に見られる「梶の葉」

梶の葉と七夕の関係については、年中行事で多くの例を見出せる。

後水尾院《ごみずのおいん》当時《とうじ》年中行事《ねんちゅうぎょうじ》（院としての在位は寛永六年（一六二九）〜延宝八年（一六八〇））「上七月」

七日、梶の葉に歌をかかしめ給ひて、二星に手向らる、……内侍ひとへ衣をきて、御すずりをもて参る、其やう重硯の中のすずり七ツをとり出し、ひろぶたにすう、二とほりに並ぶ、上に三ツ、下に四ツ也、いもの葉に水をつつみゆひて、ひろぶたの上の方の御右の方角によせて、あたらしき筆を二管、墨一挺、硯の傍におく、梶の葉七枚を重ね、おなじ枝の皮七すぢ、そうめん七すぢ、索べい二ツを三方にすゑて御前におく、七ツの硯にいもの葉の中なる水をそそがせたまひて墨すり、梶の葉一枚ヅツとりて、歌をかかせ給ふ、或は当座御製、或は古歌定やうなし、硯七面をかへて一首づつかき終せ給ふ、〈古歌ならば七首也、当座の御製ならば、同じ一首を七枚に書なり、〉はいぜんの人梶葉七枚を重ねて、索べい二つを中に入ておし巻、上下を折てかぢの木の皮七すぢ、索餅〈○索餅恐索麺誤〉七すぢをもて、十文字におし結びて出すなり、女官便宜の所やねに打あぐ、中なるものに心をかけて、からすなどのかけてゆくこと、毎度の事也、

（七月七日、梶の葉に歌をお書きなさって、二星に手向《たむけ》なさる、……内侍が一重の衣を着て、御すずりを持っていらっしゃる。その様子は、重箱の中から硯を七つ取り出し、広蓋に据え、二重に並べる。上に三つ、下に四つである。里芋の葉に水を包んで縛り、広蓋の上の方の硯の一番右の方角に纏めて、新しい筆を二管、墨を一挺、硯のすぐそばに置く。梶の葉を七枚重ねて、おなじく梶の木の枝の皮を七筋、そうめんを七本、索餅《さくべい》を二つ、三方に載せて御前に置く。七つの硯に里芋の葉の中にある水を注ぎなさって、墨を摺り、梶の葉を一枚ずつ取って、歌を書きなさる。ある歌はその場での御製、ある歌は古歌であって、どちらでも良い決まりである。硯七面を一首お書きになる毎に交換し、一首ずつお書きになる。〈古歌であれば七首とも別の歌を書き、その場の御製であるなら、同じ一首を七枚の梶の葉に書くのである〉配膳の人は、梶の葉七枚を重ねて、索餅二つを中に入れて押し巻き、上下を折って梶の木の皮七筋、索餅〈○索餅は恐らく索麺の誤りでないか〉を七本使い、十文字に押し結んで出すのである。女官は放るのに便宜がある所から屋根に放り揚げる。包みの中の物を目指して鳥などが飛びかけてゆくことは、毎度のことである。）

ここには、宮中における梶の葉の扱いが詳しく描かれている。七夕にちなんで七枚の梶の葉に歌を詠む。中でも、〈古歌ならば七首也、当座の御製ならば、同じ一首を七枚に書なり、〉とあるのは、面白い。さすがに、当座に七首も自作の歌を詠むのは困難であったと思われる。芋の葉に降りた露を集めて硯の水とするのも、建礼門院右京大夫集などにも見える古い習慣である。また、歌を書いた梶の葉をそのまま吊すのではなく、索餅を入れて巻いて、梶の木の皮やそうめんで結び、最終的には、屋根に上げるとあるのが興味深いところである。梶の葉七枚、梶の木の皮七筋、素麺七筋、索餅二つを用意するのは、第三部第八章で説明するが、順に彦星の舟、天の河、七夕二星を象徴していると推測される。『東都名所図会』や歌川広重の「名所江戸百景・市中繁栄七夕祭」及び葛飾北斎の「富嶽百景・七夕の不二」等の七夕図では、七夕の竹竿を屋上に高く立ててある様子が描かれているが、これも軒ではなく、屋根の上に上げることに意味があったと考えるべきであろう。一つは、天上世界の七夕二星によくみてもらおうという趣向であり、さらに、索餅を入れるので、烏などがそれを食べ、包み紙でもある梶の葉に書いた歌も一緒に、天上世界へ運んでくれるという趣向ではなかろうか。

日次紀事《ひなみきじ》〈七月〉（一六七六年成立）
六日　穀葉《かぢのは》〈今日市中賣二穀葉一、明夜書二詩歌一、以所レ供二二星一也、〉（七月六日。穀葉今日、市中で穀葉を売る。明日の夜、詩歌を書いて、七夕の二星に供えるためである。）

ここには、梶の葉売りの存在が描かれている。七夕の前日に梶の葉を売る商売が成り立つほど、七夕の時に梶の葉に歌や願い事を書く習慣が江戸の庶民階層にも広まっていたことを示す意味で貴重である。

藻鹽嚢《もしおぶくろ》（一七四三年成立）

星祭

信濃路《しなのぢ》やすくなき竹《たけ》の星祭《ほしまつり》　長霍《ちょうかく》

関東にて幼童の諺に、色の紙をたちて歌を書、笹につけて、七夕にささぐる事あり、都辺は、楮《かぢ》の葉・桐の葉などに歌を書て、川へ流して星の手向とす

これによれば、関東では色紙の短冊に歌を書いたものを笹に付ける現在同様の七夕飾りが行われたが、京の都では、梶の葉などに歌を書いて、かつ川に流すことが行われていたことが知られる。実際、『拾遺都名所図会』巻之一、平安城「七夕梶葉流」の図では、大きく描かれた梶の葉の絵が鴨川に流される場面が描かれている。これは、鴨川を天の川に見立て、梶の葉を流すことで、鴨川（天の川）に梶（楫）を浮かべ、彦星の七夕つ女との出逢いがうまくいくことを願うという趣向であろう。

四、散文作品における「梶の葉」

「梶の葉」の散文の用例としては、次のものがある。

平家物語（鎌倉時代）・巻第一・祇王

秋の初風吹きぬれば、星合の空をながめつつ、天のとわたる梶の葉に、思ふ事書く比《ころ》なれや。

これは、隠棲した祇王一行のところに仏御前もやってくる場面であるが、伝統的な歌語である「天のとわたる梶の葉」を踏まえたもので、この場合は梶の葉に「楫」の意識がまだ残っている。

御伽草子「あめわかみこ」（室町時代。東北大学附属図書館蔵(3)）

七月七日になりぬれば、七夕のあふ日にもなりぬ。女はうたち、かちの葉とりてもちて、うたなんとかきて、とりとりにあそひ給へは、若君、「我にもかちのはをまいらせよ。けふこそは便宜とおほゆる。ちちの御かたへ文まいらせん。」との給へは、……、みなみな、ふしきに覚えて、かちのはたてまつりけれは、「御すすりきよめてまいらせよ。いものはの露とりて、すすりの水に」との給ひて、御すすりひきよせて、うちかたふき給ひて、一しゆの哥をそあそはしける。

天川いかにちきれるなかなれはとしに一度《ひとたび》あふせなる覧《らん》

とあそはして、七夕のけたひくい（ママ）とにひきひかせて、ひきむすひてまいらせ給ふ。

ここでは、芋の葉に降りた露を水として、墨で梶の葉に歌を書き、糸に結んで吊すことが明確に描かれている。本作品は室町時代から存するので、当時の七夕の行事をかなり忠実に反映しているものと思われる。

井原西鶴『好色五人女』（一六八六年成立。巻二・一「恋に泣輪《なきわ》の井戸替《ゐどかへ》」）(4)

折ふしは秋のはじめの七日、……かぢの葉《は》にありふれたる歌をあそばし、祭り給へば、下々《したじた》もそれぞれに、唐瓜《からうり》・枝柿《えだがき》かざる事のをかし。（ちょうど時は秋の初めの七月七日。……梶の葉におきまりのありふれた古歌を書かれ、おまつりになると、召使いの者どももそれぞれに、唐瓜や柿枝をお供えするのもおもしろい。）

梶の葉は、西鶴の頃も、七夕の歌と分かちがたく結合していた。

ここまで見たように、梶の葉を吊す場合と水に浮かべる場合があり、水に梶の葉を浮かべる行事では、「楫」の機能が活かされている。梶の葉を吊す場合は、葉の上下が問題となる。吊す場合は葉柄を上にして書かないと字が逆様になってしまう。水に浮かべる場合であれば、どちらに書いても問題はない。絵によって、どちらで書いているか分かる。また、絵師が誤って書いている場合もあろう。
ともあれ、この梶の葉で歌を詠んだり索餅を包んだりする役割は、最初宮中で興り、貴族にも伝えられ、それが江戸幕府に取り入れられ、幕府に奉公していた女房達が江戸市中に伝えて、広く庶民の行事として江戸時代に広範囲に広がり、さらに全国規模で拡大していく。一方、都の京都では、宮中に始まった七夕行事が貴族を通し、さらにその使用人等を通じ京都市中に広まり、雅な七夕行事が広まった。

注

(1) 牧野富太郎『改訂増補　牧野新日本植物図鑑』(北隆館、一九八九年七月)

(2) 新編国歌大観の注において、黒川昌享氏は、「出観集(覚性法親王)。家集成立の時期は、内部徴証より法親王逝去の嘉応元年(一一六九)一二月一一日以後まもなくの頃——嘉応二年正月以降、安元元年(一一七五)一一月以前の六年間——と推定される。」としている。

(3) 拙稿「東北大学附属図書館蔵『あめわかみこ』の翻刻及び解題」(『長崎大学教育学部人文科学研究報告』第三八号。一九八九年三月)

(4) 引用は新編日本古典文学全集『井原西鶴集①』(東明雅校注、小学館、一九九六年四月)に拠る。以下同じ。

第二章　なぜ角盥に梶の葉を浮かべ、二星を映すのか

一、日本の古典文学に見られる角盥

角盥《つのだらい》は左右に角のように柄が突き出た小ぶりの盥で、多くは漆塗りで、比較的身分が高い人が手洗いや嗽《うがい》など日常生活で使った。角が突き出ているのは、両手で抱えやすい便宜があるからである。この盥が七夕の日に二星を映すために使われたのは、角が突き出た形が、牽牛星の牛の角を連想させた可能性がある。また、盥が天の川で、梶の葉が彦星の舟であれば、盥の両端の角は、中央で向き合っているので牽牛・織女を表わしているとも推測される。ただ、江戸時代の版本に残された挿絵（241頁の図32）を見ると、角盥ではなく、普通の円《まる》く大きな盥に水を汲んで梶の葉を浮かべているので、庶民はもっと安くて手頃な盥を利用していたものと推測される。

粟田口別当入道集《あわたぐちべっとうにゅうどうしゅう》（一二〇一年頃）七夕

かぢの葉《は》に　かくことのはや　あまのがは　わたせのふねに　うきてそふらん（梶の葉に書く言葉は、天の川を渡る舟に沿って浮いていることですよ。六八番）

これは、藤原惟方《ふじわらのこれかた》（一一二五年〜没年未詳）の家集であるが、内容からすると、いわゆる角盥に梶の葉を浮かべている様子を詠んだものではないかと推測する。梶の葉が盥に浮いている様子を、盥に映った天上の天の川に浮いた彦星の舟と並んでいるという見立てである。和歌で多用された「天の川とわたる舟のかぢの葉」の序詞的な纏まりが、ここでも力を発揮していると考える。

新古今集（一二〇五年成立）

袖《そで》ひちて　わが手《て》にむすぶ　水《みづ》の面《おも》に　あまつ星《ほし》あひの　空《そら》をみるかな（袖を水に浸して自分の手で掬《すく》った水の表面に七夕二星の逢瀬の空が浮かんで見えたことだよ。藤原長能《ふじわらのながとう》・三一六番）

七夕には盥の水に七夕二星の星影を映して見ることが行われたが、ここでは、盥の代りに掌《てのひら》を合わせて水を溜めて星影を映すといった趣向である。

建礼門院右京大夫集（一二三二年成立）

きかばやな　ふたつの星《ほし》の　物《もの》がたり　たらひの水《みづ》に　うつらましかば（ききたいものです。七夕の二星の天上世界での語らいを。もし今夜の盥の水に七夕二星の影が映るものであるならば。二七七番）

実際の天の川は天上遙かにあり、牽牛と織女の語らいなど聞くべくもないが、盥の水に二星の姿が映るのであれば、ひょっとして二人の語らいも聞こえるのではないか、いや聞こえて欲しいという幻想であり、願望である。

図31　京都・冷泉家の乞巧奠で角盥に浮かべた梶の葉（提供：公益財団法人冷泉家時雨亭文庫）

ひこ星《ぼし》の　あひみるけふは　なにゆゑに　鳥《とり》の
わたらぬ　水《みづ》むすぶらむ（二八六番。以下は『日本古典文学大系』の頭注。鳥のわたらぬ—鵲（かささぎ）が来て、織女を渡すため天の河に橋を作らぬうちの意か。○水むすぶ—二七七の歌例などから、盥に水を汲む意か。▽彦星が織女と相逢う今日は、どういうわけで、朝早く天の河の鵲が来ないうちに、盥の水を汲むことになっているのでしょうか。）

右の「頭注」のようにも理解できるが、「今日は一年に一度天上世界で七夕二星が出逢える日です。それなのに、なんでわざわざ地上で水を汲んで、鵲が渡りもしない水たまりを作るのでしょうか。」の意ではなかろうか。

公事根源《くじこんげん》（一条兼良、一四二三年）

先づ七日になれば、……夜に入て乞巧奠あり。……盥に水を入れ、大空の星を映す。

乞巧奠の儀式につきものであったことが分かる。実際、京都冷泉家では、現在も乞巧奠祭壇「星の座」で角盥に星を映すことが行われている（図31）。

俳諧『唐人躍』三・秋（一六七七年）

牛をひく星をうつすや角盥　友直

角盥だから、映すのは、織女でなく、角を持つ牛を牽《ひ》く牽牛星（彦星）だろうという洒落である。

古今要覧稿《ここんようらんこう》（一八四二年までに完成）

七月朔日より七日の夜半に至り、近郷の男女群集して、昼夜の神事厳重なり、川の中に二つの棚をかまへ、……竿のはしに五色の糸をかけ、梶の葉に歌をかきてたむけ、……たらひに水を湛へ、星の影をうつし、若男女の望ある者は、其名前を短冊にしるし、彦星の棚には男の短冊を置、織女の棚には女の短冊をつらね、七日の夜に必ず風ありて、彼短冊を川水に吹流す、若婚縁の神慮にかなふものは、男女の短冊、たらひの水にならび浮む、是を縁定の神事と号する也、（訳は194頁を参照）

多くの男女が想う相手の名を短冊に書いて供えると、七日の夜、風が吹いて婚縁の神慮に叶う者は、その男女の短冊が揃って盥に浮かんで、縁結びがなされるというロマンティックな伝承である。盥の中の水は、天上の天の川と二星が映った天上世界そのものであり、その彦星と織女の七夕の夜の出逢いと、短冊に祈願した男女の名が揃って盥に浮かぶことが同一視されている。

二、中国では七夕の星を何に映したか

なお、中国では、天上の天の河や織女を長江に映す雄大な詩がある。六世紀の詩人庾肩吾《ゆけんご》の「使いを江州に奉ずる舟中の七夕詩」である。

九江《きゅうこう》 七夕《たなばた》に逢《あ》ひ、初弦《しょげん》 早秋《そうしゅう》に値《あた》る。天河《てんが》 来《きた》りて水《みづ》に映《えい》じ、織女《しょくぢょ》 舟《ふね》に攀《よ》じんと欲《ほっ》す。漢使《かんし》 倶《とも》に客《かく》と為《な》り、星槎《せいさ》 共《とも》に流《なが》れを逐《お》ふ。言《い》ふ莫《なか》れ。浦《うら》に相《あ》ひ送《おく》りて、穿針《せんしん》の楼《ろう》に及《およ》ばずと。

（九江で七夕の日に出会ったことは、上弦の月〔七日の月〕が、早秋〔七月〕の季節に当たることで分かる。天の河が天上からやってきて長江の水に影を落とし、まるで織女も天から降ちてきて私の舟によじ登ろうとしているかのようだ。気分は前漢の張騫《ちょうけん》と一緒の旅人となり、槎《いかだ》に乗って天の河を遡《さかのぼ》るかのようだ。見送りの人よ、入り江でお互いに別れる時に、どうか言わないでくれ。いくら何でも私が、織女の縫い物をする天上の楼閣に行くことなんか出来ないだろうと。）

これは、官命を受けて江州に使者として出掛けた庾肩吾が、九江の地で七夕の節を迎え、船中で

作った詩である。昔、張騫が使いして黄河を槎で遡って天上世界に到達し、織女から支機石《しきせき》をもらって帰って来る話を踏まえ、自分が張騫になったつもりで詠んでいる。庾肩吾は舟に乗っており、船上から見れば、天の河が長江に映り、織女も当然、天から降ちてきたかのように長江に姿を映す。その長江の水面に落ちた織女が、助けてくれと言わんばかりに庾肩吾の舟に攀《よ》じ上って来るかのように感じた詩的虚構を描いた作品である。その幻想はさらに、自らが張騫になって黄河ならぬ長江を遡り、天上世界に到達し、織女を無事に住まいの楼閣に届けることが可能ではないかという妄想へと繋がっていくのである。七夕の日の天地が渾然一体としたロマン溢れる美しい詩であって、七夕詩の白眉と言える。

以上見てきたように、日本では、盥の中に水を入れて映すことで、七夕二星が織りなす天上世界を縮小して盥という小空間に再現しており、身近に七夕二星の出逢いを実感したのだと思われる。天上の二星は見上げてもあまりにも遠いので、眼前で目撃することで、自らも二星に感情移入できたのであろう。七夕伝説の一種の地上化と言いうる行事なのである。中国の場合は、地上の大河に天上世界を映す点で雄大である。気宇は異なっても、眼前の手の届く範囲にもう一つの宇宙を創ったという点で、日中の文芸は共通している。

第三章　七夕と水を巡る行事

一、七夕の日に女性がなぜ川で洗髪したのか

七夕には水に関わる行事が多い。洗髪、井戸さらい、里芋の葉の露で七夕歌を書くことなどである。順に考えたい。

うつほ物語（九七〇～九九九年頃成立）「藤原の君」の巻の七夕の記述は賀茂川での洗髪の記事で始まる。

かくて、七月七日になりぬ。賀茂川《かもがは》に、御髪《みぐし》洗《す》ましに、大宮《おほみや》より始《はじ》め奉《たてまつ》りて、小君《こぎみ》たちまで出《い》で給《たま》へり。賀茂《かも》の河辺《かはべ》に桟敷《さじき》打《う》ちて、男君《をとこぎみ》たちおはしまさうず。その日、節供《せく》、河原《かはら》に参《まゐ》れり。君《きみ》たち御髪《みぐし》洗《す》まし果てて、御琴《おんこと》調《しら》べて、七夕《たなばた》に奉《たてまつ》り給ふほどに、……（こうして、七月七日になった。賀茂川に、御洗髪のために、大宮を初めとして、小君たちまでもお出かけになった。

賀茂川の川岸に桟敷を用意されて、男君たちが見物のためにいらっしゃろうとしている。その日の節句は、賀茂川の河原で挙行された。女君達は御洗髪を終えられて、御琴を演奏して、七夕二星に奉納なさるうちに、……）

以上は、七月七日の七夕の日に、宮中の女性たちが揃って賀茂川（下鴨神社の下流は「鴨川」も使うが、原文を尊重する）に出かけ、洗髪をし、それを見ようと男性の貴族たちが、賀茂川の河川敷に桟敷を設けて見物するという場面であり、その光景が目に浮かぶようである。なぜ、七月七日に女性が洗髪するのか。第一部第四章で述べた如く、七月七日が上弦の月の半月であって、月の明るい部分、つまり生の部分がこの日を境に大きくなる日であることから生命の復活の日とされたことと関わりがあろう。

ネフスキーの『月と不死』では、宮古島のアカリヤザガマの伝承として、月世界で桶《おけ》を背負うアカリヤザガマが、人間に不老不死を与えようとして二つの桶を担いで地上に降りてきたが、用を足している隙に、蛇が片方の桶の不老不死になるシリミズ（変若水《おちみず》）を浴びてしまい、仕方なくもう一つの桶に残されたシニミズ（死水）を人間に掛けたので、人間は死すべき存在になってしまったという話を紹介している。別伝では、桶に残っていたわずかのシリミズで人間が手足だけ洗ったので、人間は爪だけは伸びるようになった。(1) 宮古島の伝説では、人体で伸びるのがよく目立つのは爪だけであるが、実際には、髪の毛も伸びるのがよく目立つ存在である。古来、日本では、女性の美しさは髪の毛の長さで代表された。七夕の日に賀茂川で女性が洗髪すれば、七夕の当日だけ、賀茂川を流れる生命の水（宮古島のシリミズに相当）を浴びることになり、女性の髪の毛がより長く豊かに美しくなるという伝承があったのではないか。

この七月七日という日は、天上世界と地上世界が結ばれる日でもあって、天上の天の川の水が、地上の川、この場合は賀茂川に流れ込んでいるという発想があるのだと思われる。天の河はエジプトではナイル川、イラクではユーフラテス川、中国では漢水（長江支流）と繫がるという考えは広く見出される。(2) 日本では吉野川が代表的であるが、賀茂川も、都を流れる川として、天上の天の川と繫がるとみなされてもおかしくはない。日本の平安京などの都城は、道教思想に基づいて天帝の住む天宮を地上に再現しようとしたもので、都城の中心を流れる川は天上の天の川に相当するという、滝川政次郎氏の指摘が注目される。(3) 即ち、平安京では、賀茂川が天の川に相当するのである。

天の川は、天上の川で、天上世界は清浄な世界と想定されていた。また天上世界には、その代表として月の世界があり、月は不老不死の世界であって、万葉集にも描かれた「おちみず（変若水。若返りの水）」がある世界であった。この水は、宮古島のシリミズに相当し、七夕の日にはそれが天上から賀茂川に流れて来て女性の髪の成長を促すとされたのではないか。

そもそも七夕伝説は中元との関わりから考えても、道教と深い関係にある。道教では、神仙と出逢うためには、清い水と高殿が必要条件とされたという。(4) 高橋徹氏によれば、持統天皇が吉野の宮滝に高殿を造り、三十一回も行幸したのも、山水の清らかな宮滝の地が、天上の神仙（主に死後、神仙と成った天武天皇）と交流できる場であったからだという。万葉集の人麻呂による吉野讃歌（三六～三九番）で、「山川《やまかは》の　清《きよ》き河内《かふち》と」「水《みな》そそく　滝《たき》の都《みやこ》は」「吉野川《よしのがは》　たぎつ河内《かふち》に　高殿《たかどの》を　高《たか》知《し》りまして」とある点からも、納得できよう。高殿は天上世界と近づくためであり、清らかな水は神仙の好むものである。

このように、清らかな水は天上世界と繋がりを持つのであり、賀茂川での洗髪は、七月七日というあの世とこの世、天上世界と地上世界が繋がる日に、天の川の清浄で生命力に溢れた水が地上の賀茂川にも流れてくると見なされ、女性は洗髪によって髪がより長く美しくなることを願ったのであろう。『日本民俗地図』（昭和三七年から三九年に、全国一三四二地点で文化財保護委員会が実施した「民俗資料緊急調査」の結果を纏めたもの）でも、全国二十一カ所に「七夕の日に女性が川などで髪を洗うと髪が黒く長くなる」といった伝承が残っているのは、その名残と言える。

二、七夕と井戸さらいはどう関係するか

七夕と井戸さらいの関係は、井原西鶴の『好色五人女』巻二・一「恋に泣輪《なきわ》の井戸替《ゐどかへ》」に見られる。

折ふしは秋のはじめの七日、……横町・うら借家《かしや》まで、竈役《かまどやく》にかかつて、お家主殿《いへぬしどの》の井戸替、けふことに珍し。濁り水大かたかすりて、真砂《まさご》のあがるにまじり、……さまざまの物こそあが

れ、蓋《ふた》なしの外井戸《そとゐど》、こころもとなき事なり。次第に涌水《わきみづ》ちかく、根輪《ねかは》の時、むかしの合釘《あひくぎ》はなれてつぶれければ、かの樽屋《たるや》をよび寄せて、輪竹《わたけ》の新しくなしぬ。
(ちょうど時は秋の初めの七月七日、……横町や裏通りの貸家まで、一世帯一人の割り当てで、お家主殿の井戸替えをするのだが、これは特に珍しい今日の行事である。濁り水をほとんど底までかすり出して、砂が上がって来るのに混じって、……様々のものが上がってくるもので、蓋のない外井戸というものは、何が入っているか気がかりなものである。次第に水の湧いてくる底近く、根輪の所まで汲み干した時、昔の合釘が離れてばらばらになったので、例の樽屋を呼び寄せて、輪竹を新しく取り替えた。)

これは、七夕の行事の一つとしての井戸替えを通して、樽屋と美女のおせんが結ばれる話であって、男女が結ばれるきっかけが七夕である点に、西鶴の工夫が見られよう。長く恋い焦がれた樽屋の恋が、七夕の行事を通して実現するというのは、毎年一年間恋い焦がれる七夕の伝説の趣向がうまく使われている。

この記述から、少なくとも元禄時代には七夕の日に井戸さらいが行われていたことは明らかである。七夕の日の井戸さらいは、最近まで農村などの民間に行われてきた民俗学的な行事であることは、民俗学の面から報告されている。(5)

一般には、七月七日は七夕盆とも言われ、七月十五日のお盆の一週間前に、禊《みそ》ぎをして、清浄な身体でお盆を迎えるためだという考えで、水を使って、墓掃除をし、井戸さらい等をするのだという。しかし、禊ぎであれば、なぜ一週間も前にしなくてはならないのか今一つ不審である。禊ぎだけなら、七日の日に限らず、七月十五日の前のいつでも出来るし、七日も間隔を置くのも不自然である。やはり、七月七日という日に井戸さらいをしなくてはならない必然的な理由があったと見るべきでないか。第一部で述べたように、七月七日はあの世とこの世が繋がる特異日であり、祖先の霊魂があの世からこの世へ帰還する日であった。その場合、祖霊が帰還する通路は、七夕伝説に見られるように天の川を渡る場合が多いが、それだけではなかった。井戸は、古来、幽霊の出る通路として名高い。小野篁《たかむら》が冥界との間を往来したとされるのは、六道珍皇寺にある古井戸を通してであった。七月七日に井戸さらいするのは、井戸に溜まったゴミ等を取り除き、祖先の霊魂が、そこを通じてこの世につつがなく帰還できるよう準備するためではなかったか。七日の水を使った墓掃除も、祖霊を迎えるという意味合いを感得できる。

さらに、七月七日が天と地が繋がる日で、清浄な天上世界の水が地上にも流れてくるのであれば、井戸さらいをして、井戸にも天上の清浄な水を満たそうとするのは自然の成り行きだろう。まして月世界の変若水《おちみず》のように、天上世界の水が不老不死の霊水（生命の水）であるならば、なおさらである。七月七日に井戸さらいをするのは、そうした意味合いを認めるべきではなかろうか。なお、柳田國男の「眠流し考」には、「鹿沼のネムッタ流しは七日の夜明方であった。味《くら》いうちから起きて子供らが水を浴びる。こうすると病気にかからぬといっている。」とか、「会津の耶馬郡でも、七月七日の七夕竹を流す日は、川に華が流れるといって必ず水浴する」といった民俗が紹介されている。(6)これこそ七月七日には、天上世界の霊水が地上の川や井戸にもたらされるという信仰の一端を示していよう。

三、七夕の日になぜ里芋の葉の露で墨を擦り、歌や願い事を書くのか

芋の葉に降りた露を集めて硯《すずり》の水とするのも、鎌倉初期の建礼門院右京大夫集などにも見える古い習慣である。

おしなべて　草村《くさむら》ごとに　おく露《つゆ》の　いもの葉《は》しもの　けふにあふらん（あらゆる草ごとに露は置くのに、芋の葉に降りた露だけが、どうして今日の七夕の歌を書くための水に巡り合わせたものだろうか。二七九番）

建礼門院右京大夫も、なぜ芋の葉が梶の葉に歌を書くための用水として選ばれたのか訝《いぶか》っている。彼女が歌で不審に思ったように、あらゆる草が露を葉の上に置くのに、なぜ芋の葉の露が選ばれたのであろうか。勿論、幾つかの理由が考えられる。一つには、七夕の時期に芋の葉も大きく葉を広げるという季節の一致という問題がある。次には、芋の葉は、大きくて漏斗《ろうと》状を成していて、中央部に水滴が溜まりやすいという性質がある。さらには、里芋の葉は表面が油性成分で覆われて

おり、水が弾かれて、玉となって纏まりやすいという特長がある。

しかし、一番大きな理由は、その透明の美しい水の塊である朝露は天上世界から降り注いだ清浄な水と考えられ、その清浄な水で書くことによって願いを聞き届けてもらえるという発想が存在したからではないか。聖なる仙女である織女（七夕つ女）に願い事を聞いてもらうためには清浄な聖なる水で文字を書くことが必要だったのであろう。なお、蓮の葉などに溜まる朝露も、芋の葉の上の朝露と同様な様態を示すが、なぜ蓮の葉ではなく、芋の葉であるのか。古代日本において、芋（里芋）は、月の象徴とされ、聖なる存在だったからである。仲秋の名月が「芋名月」と呼ばれるように、満月に芋をお供えするのは、芋を地上の月に見立てているからだ。なぜ里芋が月の象徴になったかと云えば、里芋の形は丸や円錐型が多く、満月や半月などの形に似ているということが一つ挙げられる。別の理由は、里芋の皮は焦げ茶で見た目は良くないが、皮を剝くと白い中身が見えることが挙げられよう。つまり、焦げ茶は月の黒い陰影部分、白い部分は月の明るい部分に相当し、半分剝けば半月、全部剝けば満月、皮の付いたままなら新月に相当する。里芋の特徴が月の盈《えい》虚《きょ》（満ち欠け）を連想させたのである。

月の世界は、竹取物語でよく示されているように、天上世界の中心として、さらには天上世界そのものと同一視された。芋の葉に溜まった朝露は、天上の月の世界からもたらされたという観念が存在したのである。月からの露が月の象徴とされた芋の葉に降りるという発想は極めて自然な結びつきであった。

民俗学では、里芋は茶色のごつごつした皮を剝くと中から見違えるほど綺麗な白い肌の中身が出てくるので、脱皮の象徴とされた。脱皮とは、蛇が皮を脱いで生まれ変わると信じられていたように、再生や復活を意味した。民間伝承では、七夕の日に芋の葉に降りた露を身に付けると、疣《いぼ》が取れたり、傷や吹き出物が治り、目の悪い人は目が良くなるという。さらに、里芋の葉で包んだ水で顔を洗ったり髪を洗ったりすると綺麗になるという。(7) 蛇が脱皮で傷ついた皮を脱ぎ捨てるように、人間も、疣や傷や皺《しわ》などで傷んだ皮膚から傷んだ皮が取れて、つやがあって綺麗な肌や髪の毛に生まれ変わるというわけである。翻って、里芋の葉に降りた露に人を生まれ変わらせる能力があれば、七夕の日に歌や願い事を、その里芋の露を使って書けば、文字通り一皮むけて字が上達したり、願い事が叶うというのはよく理解できる。従って、七夕には、里芋の葉に降りた露を使って墨を擦って歌を詠み、願い事を書くのは当然だったのである。

なお吉成直樹氏は、七夕と盆行事の基礎に水神祭祀の存在を認め、正月の若水儀礼のように、水による再生で、人々の生気を蘇らせ、活力を与えることで季節の転換を促す儀礼としての性格をもつことを指摘されている。さらに、水による再生は、『水の女』の成女式にも繋がるとされ、「月は、一方では、月夜に多量の露がおりるという事実などを背景にして水に関係しており（月が水をもたらす信仰）、他方では、その盈虚によって死と再生のモチーフに関係している。七夕と盆の伝承を構成するふたつの重要な要素（水と再生モチーフ）は、月を媒介として結びつくことになるのである。」とされた。(8) 結局、第一部第四章で論じたように、七夕もお盆も、七月七日というあの世とこの世が繋がる日に、月から「生命の水」がもたらされて成り立つ点で共通している。七夕に於ける水を利用した種々の行事は、天上世界（月世界）の聖なる水との関係が背景に存在すると推測されるのである。

注

(1) ニコライ・ネフスキー『月と不死』（平凡社東洋文庫、一九七一年四月）に拠る。
(2) 出石誠彦『支那神話伝説の研究』（中央公論社、一九七四年、増補訂正版）
(3) 滝川政次郎『京制並びに都城制の研究』（角川書店、一九六七年）
(4) 高橋徹『道教と日本の宮都』（人文書院、一九九一年）。また伊藤博氏は、『萬葉集釋注　二』（集英社、一九九五年）において、「持統天皇の吉野行幸には、中国帝王の山川望祀（対象は泰山）を気取る面があったにちがいなく、それだけ人麻呂吉野讃歌の山川対比は重い意味をもっていた。」とする。泰山は山東省にある道教の聖山で、そこでは帝王は、天命を受けて天下の主となったことを天の神に報告し、「国家の永続を祈り（封）」、麓《ふもと》の梁父山で「大地の平安を祈り（禅）」、あわせて「封禅」の儀式を行った。
(5) 『日本伝奇伝説大事典』（角川書店、一九八六年）「七夕」の項。
(6) 「年中行事覚書」（『柳田國男全集』一六、筑摩書房、一九九〇年二月）
(7) 注(6)に同じ。
(8) 吉成直樹「七夕、盆行事にみる水神祭祀としての性格」（『日本民俗学』第一八七号、一九九一年八月）

第四章　七夕の天気

一、中国での用例

七月七日の当日に雨が降るのを良いとする伝承と悪いとする伝承がある。常識的には、晴れていた方が、織女と彦星が確実に逢えて良いような気がするが、雨が降った方が良いとする地域も多い。まずは中国での例を見てみよう。

唐の杜牧《とぼく》（八〇三～八五二年）の「七夕」詩（引用は転句と結句）

最も恨む明朝の洗車雨《せんしゃう》　最も恨めしいのは、明朝の車を洗うような大雨だ

脚を回して天河を渡るを教えず　（誰も）迂回して天の河を渡ることを教えてくれない（のだから）。

「洗車雨」には、「七月六日の雨」、「七月七日の雨」の両説あるが、結句が、天の河が増水で渡れなくなることを言っており、「明朝」に降るのだから、「七月七日の雨」である。「洗車」と言っても、現代のお出掛け前の「洗車」ではない。織女の乗る仙車全体が水浸しになるような大雨を言っているのであろう。天の河を渡らなければ牽牛に逢えないのだから、良い雨のわけがない。七夕において天の河の渡河は夕刻だから、その前に降ってしまうのは困るのである。七月六日の雨という解釈があるのも、七夕前の雨であることを強調したかったのであろう。

陳元靚《ちんげんせい》の『歳時広記』（一三世紀、宋末元初）

七月六日に雨有り、之を洗車雨と謂《い》ひ、七日の雨は則ち灑涙雨《さいるいう》と云ふ。（七月六日に雨であるならば、これを洗車雨と謂い、七日の雨ならば灑涙雨と云う。）

ここでは、六日の雨は洗車雨、七日の雨は灑涙雨と使い分けている。しかし、杜牧の詩に見られるように、洗車雨も七月七日の雨で構わない。両者がどう異なるかと云えば、洗車雨は大雨で天の河を渡れない悲しみの悪い雨、灑涙雨は天の河を渡れて再会を喜ぶ涙が雨となって降るのであるから、歓喜の良い雨の違いであろう。

結局、中国での七夕の雨は、織女が天の河を渡る前の「洗車雨」は疎まれる雨で、渡ってから降る「灑涙雨」は、歓迎された雨ということになろう。

二、日本での用例

万葉集で七夕に降る雨・天の川に立つ霧

この夕《ゆふへ》　降《ふ》り来《く》る雨《あめ》は　彦星《ひこほし》の　はや漕《こ》ぐ船《ふね》の　櫂《かい》の散《ち》りかも（七夕のこの夕方に降ってくる雨は、彦星が急いで漕ぐ舟の櫂のしずくであろうか。巻十・二〇五二番）

これは、七月七日の夕べに七夕二星を眺めようと地上で待っていると、あいにく雨が降ってきて曇ってしまい、天の川も七夕二星も見えなくなった状態で詠まれた歌と推測される。ただ、それを残念がるのではなく、一種の負け惜しみかも知れないが、この雨は彦星が一生懸命舟を漕いで織女に逢いに行こうとしている証拠だから、むしろ喜ぶべきでないかと自分を慰めている歌とも採れる。あるいは七夕の宴で、雨を恨む人々に披露した歌かも知れない。いずれにせよ、この歌は、七夕当日に雨が降って七夕二星の出逢いが見えないことを良いことだとする最古の用例であろう。同様に、

天《あま》の川《がは》　八十瀬《やそせ》霧《き》らへり　彦星《ひこぼし》の　時待《ときま》つ船《ふね》は　今《いま》し漕《こ》ぐらし（天の川の多くの瀬に霧が立っている。彦星が年に一度の時を待っていた舟は今まさに漕いでいるらしい。巻十・二〇五三番）

天の川に霧が立つのは、彦星が舟を漕ぎ出したからだとする歌は、他にも一五二七・一七六五・

二〇四五番の歌などに見られ、一般的であったらしい。これも、地上で七夕の夕べを待っていたところ、天の川に霧が出て来て見えなくなってしまったことを惜しむ気持ちから詠まれたものであろう。しかし、それを良い方向に理解して、彦星が夢中で舟を漕いでいって、そのしぶきで空が曇って天の川が見えなくなったのだから、二星は逢えた証拠で、めでたしめでたしだという感じに持っていったのであろう。天上世界は曇ってしまい、雨さえ降っているが、二星の立場に立てば、歓びの雨だというのである。雨が降るのを「良し」とするのは、万葉時代から既にあったのである。

七夕に晴れを望む場合

第二部第八章で説明したように、清少納言は、七夕の空が晴れることを望んだ（171〜172頁参照）。同様に、二十一代集の末尾を飾る新続古今集（一四三九年成立）に、次の歌がある。

七夕《たなばた》の 心《こころ》やこよひ はれぬらん 雲《くも》こそなけれ ほし合《あひ》の空《そら》（七夕二星の心も今宵は晴れるであろう。雲一つないこの星合の空によって。前大僧正慈鎮・三八〇番）

空が晴れることと、心が晴れることを同一視した歌である。七夕の日の天候で、晴れることを良しとした典型的な歌である。万葉集では、天の川に霧が懸かるのを彦星の船出と見做したが、ここではそうした見方は既に忘れ去られ、天の川を渡る彦星の船出が霧などに邪魔されずにはっきり見えることを期待していることは明らかである。現在でも、七夕当日は快晴であることを望む人は多いが、それは既に、平安時代からの伝統なのである。

涙の雨

日本では、万葉集の山上憶良の七夕の歌には、「牽牛《ひこほし》は 織女《たなばたつめ》と 天地《あめつち》の 分《わか》れし時《とき》ゆ いなむしろ 川《かは》に向《む》き立《た》ち 思《おも》ふそら 安《やす》けなくに 嘆《なげ》くそら 安《やす》けなくに 青波《あをなみ》に 望《のぞ》みは絶《た》えぬ 白雲《しらくも》に 涙《なみだ》は尽《つ》きぬ……」（巻八・一五二〇番。訳は60頁参照）と、七月七日以外は逢えない悲しみの涙が描かれ、古今集には「今はとて わかるる時は あまの河 わたらぬさきに 袖ぞ漬《ひ》ちぬる」（巻四・一八二番。訳は121頁参照）と、彦星が織女と別れる悲しみの涙が歌われている。これらは、涙が雨になったとは言っていないが、源氏物語「幻」の巻に、「七夕《たなばた》の 逢《あ》ふ瀬《せ》は雲《くも》の よそに見《み》て わかれの庭《には》に 露《つゆ》ぞおきそふ」（訳は174頁参照）とある。彦星と織姫の別れの悲しみの涙が庭に露となって降りた上に、亡き紫の上に二度と会えない光源氏の悲しみの涙が注ぐという意味であって、露が二星の涙であれば、逢えない悲しみ、別れる悲しみが雨となってもおかしくない。

それで雨が降って天の川が増水した結果、二星が逢えなくなって気の毒だという趣旨なら、七夕に雨が降るのは良くないし、逆に、別れの悲しみで泣いた涙が雨となるのであれば、二人が逢えたことは確かなわけだから、七夕に雨が降るのは良いことになろう。

近現代の民間伝承での「七夕」に望む天気(1)

○七夕に晴れを望む場合

・七夕に雨が降れば、天の川が増水して七夕様が逢えなくなるから、晴れた方が良い（全国）

・七夕に雨が降ると伝染病が流行《はや》る（奈良県）

○七夕に雨を望む場合

・七夕に雨がないと風害になる（栃木県）

・七夕の晩雨が降れば、彦星と織女が逢えず、その年は虫が出なくて良い（山梨県）

・七夕に雨が降らないと疱瘡神《ほうそうがみ》が祟《たた》る（山梨県）

・旧七月七日の七夕には雨が降るとよいという。三粒降っても天の河は一杯であって七夕夫婦は会えない。もし降雨がなければその年は日照りや悪疫がはやるという。これは各地でいわれる。（内田武志『星の方言と民俗』）

この中で、「七夕に雨が降れば、天の川が増水して七夕様が逢えなくなる」から気の毒だとか、「雨が降らなければ日照りになる」というのは農耕民の意識を反映していてよく理解できる。一方、「七夕に雨が降らないと悪疫が流行る」というのはなぜだろうか。「七夕に雨が降ると伝染病が流行る」というのは、経験的事実を言っているようで分かる気がするが、逆に「七夕に雨が降らないと疱瘡などの悪い病気が流行る」という伝承には、古くからの信仰が関わるように思われる。

前章で、七夕の日には天地が繋がって天上世界から清浄な水が地上に流れてくるということを論じた。天上世界の水は不老不死の霊水（生命の水）である。柳田國男の「眠流し考」には、「七日の……昧いうちから起きて子供らが水を浴びる。こうすると病気にかからぬ」とか、「七月七日の七夕竹を流す日は、川に薬が流れるといって必ず水浴する」といった民俗が紹介されているのは、七月七日の七夕の日には天から地上に天上の清浄な水がもたらされ、それを浴びれば病気にならないという信仰が存在したことを示している。天上からもたらされる清浄な水には様々な場合があろうが、一番分かりやすい例が七夕の日に天から降る雨である。つまり、「七夕に雨が降らないと疫病が流行る」というのは、「七夕の雨には病気を防ぐ薬効があるから、七夕に雨が降れば良いが、降らないと悪疫が流行ってしまうから困る」という意味と解せよう。

結局、七夕に雨が降るのをどう捉えるのかは、人々が七夕二星の気持ちにどれだけ寄り添うかという問題、また、天地が繋がる七月七日という聖なる日に天上から聖なる水がもたらされるからその恩恵に浴したいという問題が絡み合っている。さらには、近代においては、都市生活者と地方の農業従事者の意識の違いも反映していると言えるだろう。

注

(1) 具体例は文化財保護委員会「民俗資料緊急調査」（一九六二年〜一九六四年）、野尻抱影『日本星名事典』（東京堂出版、一九七三年）、北尾浩一『日本の星名事典』（原書房、二〇一八年）等による。

第五章　「七夕にかす」とはどういう意味か

一、中国の曝衣等

七夕を詠んだ日本の歌には、「（衣などを）七夕にかす」という表現が頻出する。単に捧げものをするという意味だけではなく「かす」には実際に「貸す」意味が含まれているようである。何故そうした表現をするのか考えてみたい。まずはその原形とも考えられる中国の行事について見てみよう(1)。

唐の沈佺期《しんせんき》（七〜八世紀）の「曝衣《ばくい》篇　并《ならびに》序」

太液《たいえき》の池の辺、武帝の曝衣閣《ばくいかく》有り。常に七月七日の夜に至らば、宮女后衣《きゅうじょこうい》を出し、楼に登り之《これ》を曝《さら》す。（西安の建章宮の北に在った太液の池の辺には武帝が造った曝衣閣がある。毎年、七月七日の夜になると、宮女は皇后の衣を出して、この曝衣楼に登り、それを曝《さら》した。）

ここでは、前漢の時代から、七月七日に「曝衣」（着物をさらして、虫ぼしすること）が行われたことが示されている。昼間でなく夜にさらすことが肝要である。夜にさらすのは、后《きさき》の上等な衣を日の光で変色させないためとも思われるが、むしろ、日本の「貸す」同様、夜に訪れる織女に着てもらう意味が既にあった可能性がある。

南朝・宋の劉義慶《りゅうぎけい》（四〇三～四四四年）の『世説新語《せせつしんご》』

七月七日、北阮《ほくげん》は盛んに衣を曬《さら》し、皆な紗《さ》羅《ら》・錦《にしき》・綺《あや》。仲容は竿《さを》を以て大布の犢鼻褌《たふさぎ》を中庭に挂《か》く。人或いは之《これ》を怪しむに、答へて曰はく、「未だ俗を免かるること能はず、聊《いささ》か復《ま》た爾《しか》るのみ」と。（七月七日、道北に住む豊かな阮一族は盛んに衣を曬《さら》したが、皆な紗羅・錦・綺の上等な衣類である。一方、南に住む貧しい阮仲容（阮咸《げんかん》）は竿を使って大布の犢鼻褌《とうさぎ》（褌《ふんどし》）を中庭に挂《か》げた。或人はこのことを怪しんだところ、答えて曰《い》うことには、「まだ俗人の境遇を免がれることが出来ません。ですから、少しでものがれようと思って、してみたのです。」）

郝隆《かくりゅう》、七月七日、日中に出て仰臥す。人其の故を問ふ。答へて曰はく、「我は書を曬《さら》す」と。（郝隆は、七月七日に、日の当たっている場所に出て仰向けに臥《ふ》した。人がその理由を尋ねた。答えて曰うことには、「私はお腹の中の書物を曬していたのです」と。）

中国では、七月七日の七夕の日に衣類や書籍を日光に当てて虫干しすることが行われた。勿論、秋とは云っても、まだ太陽光線の強いこの時期に曝衣や曝書を行うことは実用的な意味があることは間違いない。しかしながら、なぜそれを七夕の日にわざわざ行わなければならないのかを考えた時、七夕伝説は、天上の織女と地上の牽牛が結ばれるという側面を持っていることを考慮する必要があろう。織女が、地上で一晩過ごすためには、地上用の衣服が必要で、そのために、「后衣」のような天女にも相応しい衣服、あるいは「紗羅・錦・綺」などで出来た上等な衣服がさらされるという形で用意されたのでないか。それが、七月七日の「曝衣」の本来の意味と推測しても不自然ではないと考える。それを『世説新語』では、竹林の七賢が、世の常識に逆らって、自らの粗末な「犢鼻（褌）」をさらしているのが滑稽なのである。

二、日本の用例

懐風藻（七五一年）

五言　七夕　一首（七四番）　従三位中納言兼催造宮長官安部朝臣広庭

犢鼻《たふさぎ》を竿《さを》に標《かか》ぐる日　　晋の阮咸《げんかん》が人々が衣類を曝《さら》している中で犢鼻〔褌の類〕を竿に掲げて曝《さら》した故事のあるこの七夕

隆《りゆう》が腹《はら》に書《ふみ》を曬《さら》す秋《あき》　　晋の郝隆《かくりゆう》が人々が書物を虫干しにしている時、自分はお腹の中の書物を虫干しにするのだと豪語して腹を日に曝した故事のあるこの七夕この漢詩から、中国における七夕の日に行われた行事が、奈良時代の日本の知識人には知れ渡っていたことが伺い知れる。これが、こののちに「衣を貸す」という七夕特有の用語が生まれ、七夕の日に紙衣《かみごろも》を吊るす習俗が行われていく原形であろう。

大和物語（九五一年頃成立、一〇〇〇年頃増補）

桂《かつら》のみこ、七夕のころ、しのびて人にあひたまへりけり。さて、やりたまへりける。

　袖《そで》をしも　かさざりしかど　七夕《たなばた》の　あかぬわかれに　ひちにけるかな

とありけり。

（桂の皇女が、七夕の頃に、ひそかに男性とお逢いになった。そして、男に歌をお贈りなさった。「着物の袖を七夕に貸したわけでもありませんが、七夕の名残惜しい別れのように、私の袖は涙で濡れてしまったことです」とあったそうだ。）

右は、「たなばた」を題とする百十四段である。これは、「七夕に貸す」例の古いものであるが、自分の衣を織女に貸すことが端的に描かれている。

うつほ物語「祭の使」の巻（九七〇～九九九年頃成立）

七月七日に、……廂《ひさし》に、御簾《みす》懸《か》け並べ立てて、よき削《けづ》り棹渡《さをわた》して、色々《いろいろ》の御衣《おんぞ》ども、色を尽くし、解《と》きほどき、御衣架《おほいか》を並べ、（七月七日に……廂の間に、御簾を立てかけて並べ、十分に削った棹を渡して、様々な色の御衣を、有る限りの色を尽くし並べ、また衣の糸を解いてほどいて、御衣《い》桁《こう》を並べてその上に反物として懸けて、）

七夕の日に寝殿造りの廂の間に、五色の衣がそのまま棹に通して飾られたり、糸をほどいて反物にして衣桁に飾られたりしている様子が描かれている。「衣をかす」という文言はないが、状況から明らかだろう。

建礼門院右京大夫集（一二三二年成立）
人《ひと》かずに　今日《けふ》はかさまし　からごろも　涙《なみだ》にくちぬ　袂《たもと》なりせば（人並みに今日は私も織女に唐衣を貸そう〔手向けよう〕ものを。もし資盛様を偲ぶ涙で私の唐衣がこれほど朽ちないないのであれば。二八〇番）

他の人同様に、織女に自分の衣を貸したいが、涙で濡れてしまって、貸すに貸せないというのである。その一方で、それでも、敢えて涙に濡れた衣を貸したこともあったようだ。そして、その理由を

あはれとも　かつは見《み》よとて　七夕《たなばた》に　涙《なみだ》さながら　ぬぎてかしつる（一方では、可哀想だと思って見て欲しくて織女に私の涙で濡れた衣を脱いで貸したことです〔手向けたことです〕。二九五番）

と述べて、資盛を慕う心と織女に気に入られて裁縫等の技芸を向上させたい気持ちの葛藤が描かれている。

井原西鶴『好色五人女』（一六八六年成立）巻二・一「恋に泣輪《なきわ》の井《ゐ》戸《ど》替《かへ》」

折ふしは秋のはじめの七日、織女《たなばた》に借小袖《かしこそで》とて、いまだ仕立ててより一度もめしもせぬを、色々七つ、めんどりばにかさね、……、祭り給へば……（ちょうど時は秋の初めの七月七日。七夕に貸し小袖という行事があり、奥様は仕立ててから、まだ一度も着られたことのない小袖を、様々な色で七枚、雌鳥羽《めんどりば》に重ね、……おまつりになると、……）

とあって、未だ一度も着ていない様々な色の小袖を七着、織女に貸すために、雌鳥羽、つまり、右袖が上になるように重ねて飾る様子が描かれている。経済の発展した元禄時代らしく、豪商の贅沢な生活が窺われるが、七着は、勿論、七夕の七にあやかり、倍返しのように、小袖がさらに増えることを期待しているのである。

このように、七夕の日に竿に衣類を掛けて曝すのは、中国で七月七日に行われた「曝衣」から来ており、単に「日に衣を晒して虫干しする」という意味に留まらず、その干した衣を、天上世界から訪れる織女に着てもらおうと考えた可能性が高い。それは、第一部第七章で論じたように、七夕伝説は羽衣伝説と融合しており、白鳥の姿で飛来した天女が地上で水浴びするとき羽衣を脱いで裸体になるが、地上に降りてくる織女も同様に羽衣を脱げば裸体になってしまうので、一夜を地上で過ごすために小袖を貸してあげようという趣旨が「貸し小袖」の意味するところと推察されるからである。

拾遺集にも次の歌がある。

仁和御屏風に、七月七日、女の河浴みたる所　平定文
水《みづ》のあやを おりたちて着《き》む 脱《ぬ》ぎちらし たなばたつめに 衣《ころも》かす夜《よ》は
(光孝天皇内裏屏風歌に、七月七日、女が河で水浴びしている所　平定文　水浴の波紋を河に降り立つように、織り裁って、衣服にして着よう。脱ぎ散らした自らの衣服を織女星に貸す、七夕の夜には。巻十七・一〇九一番)

七夕に河で水浴する女が、今まで着ていた衣を織女星に貸し、自分の衣が無くなったので、代わりに水の綾(水紋)を綾織物に仕立てて着ようという趣向である。自分は裸になったとしても、是

非、自分の着物を貸すから着てくださいというわけである。

そして、ただ善意で貸すだけではなく、織女に願いを叶えてもらう見返りを期待しての「衣を貸す」なのである。多くの場合、この日に天上世界から訪れる織物の女神織女に衣を着てもらい、そのお礼として、裁縫等の技能が向上したり、衣が何倍にもなって増えることを願っているようである。「衣を貸す」というのは、あくまで、「貸している」だけで、返してもらうことを前提にしているからである。織女が竿に掲げた衣を、天上世界に持って帰ってしまっては何もならないわけで、あくまで「貸しているだけだ」ということを明確にするために、「貸す」ということを強調していると推測される。自らが着ている衣や所有する衣を、竿に掛けて空に向けて掲げ、織女に、自分の衣を使ってくださいと祈願したのである。

折口信夫は、七夕つ女《め》が夫の彦星のために衣服を縫って訪れを待つが、完全に織り上げる前に彦星が訪れてしまうので、織り上げの布帛の足らない事を悲しんで、それを補足しようと「たなばたにわが貸すきぬ」という表現が生まれたのだとする。(2) しかし、これは明らかに間違いである。もし、折口信夫の説の通りなら、織女は彦星のために男性用の衣服を織っているのであるから、織女に貸すのは彦星用の男性の衣類のはずである。しかし、右に引いた建礼門院右京大夫の歌に見られるように、建礼門院が自ら身に付けている女性用の唐衣を貸そうと詠んでいるのだから、彦星用の服を貸そうといっているわけではないことは明らかである。それは西鶴の『好色五人女』の例でも同様である。

なお、後に、実際の衣では大変だということで、紙で作った衣やそれを着せた人形を代わりに掲げ、もっと手軽にだれもが参加できるようにしたのが、紙衣と七夕人形であった。(3)

江戸時代の随筆『塩尻』には、「木にて人形をいとおろそかに作り、紙衣をきせ、いくつとなく、彼縄《かのなは》につけおく事」とあり、『嬉遊笑覧』にも、「越後塩沢わたりにても……家々の軒に縄をひきはへ、人形はすげにて作り、五色の紙衣きせ」とし、菅江真澄『来目路《くめじ》の橋』には、「女の童、竹のえだに糸引きはへて、ささやかなる男女のかたしろをつくり、いくらともなうかけならへたるに」と作る。これらは、既に指摘されているように、貴族や大人の行事から庶民の女児が主に行う行事へと変質した結果と推測される。(4) 女児の遊びとなって、七夕は牽牛織女両性のお祭りだということで、男女の紙衣を供えるように変化したのであろう。いくつも紙衣を供えるのは、「七夕に貸す」伝統を踏まえ、生涯困らないだけの沢山の衣類に恵まれるように七夕様に祈ったからに相違なかろう。

現在でも、平塚や仙台等の七夕祭りでは飾りの主役の一つとして、衣類をかたどった飾りが祭られるのも、その名残である。

注

(1) 中国の用例は、中村裕一『中国古代の年中行事　第三冊　秋』(汲古書院、二〇一〇年)「七日、曝書と曝衣」に基づき、現代語訳を加えた。

(2) 折口信夫「たなばたと盆祭りと」(『折口信夫全集3』中央公論社、一九九五年四月)

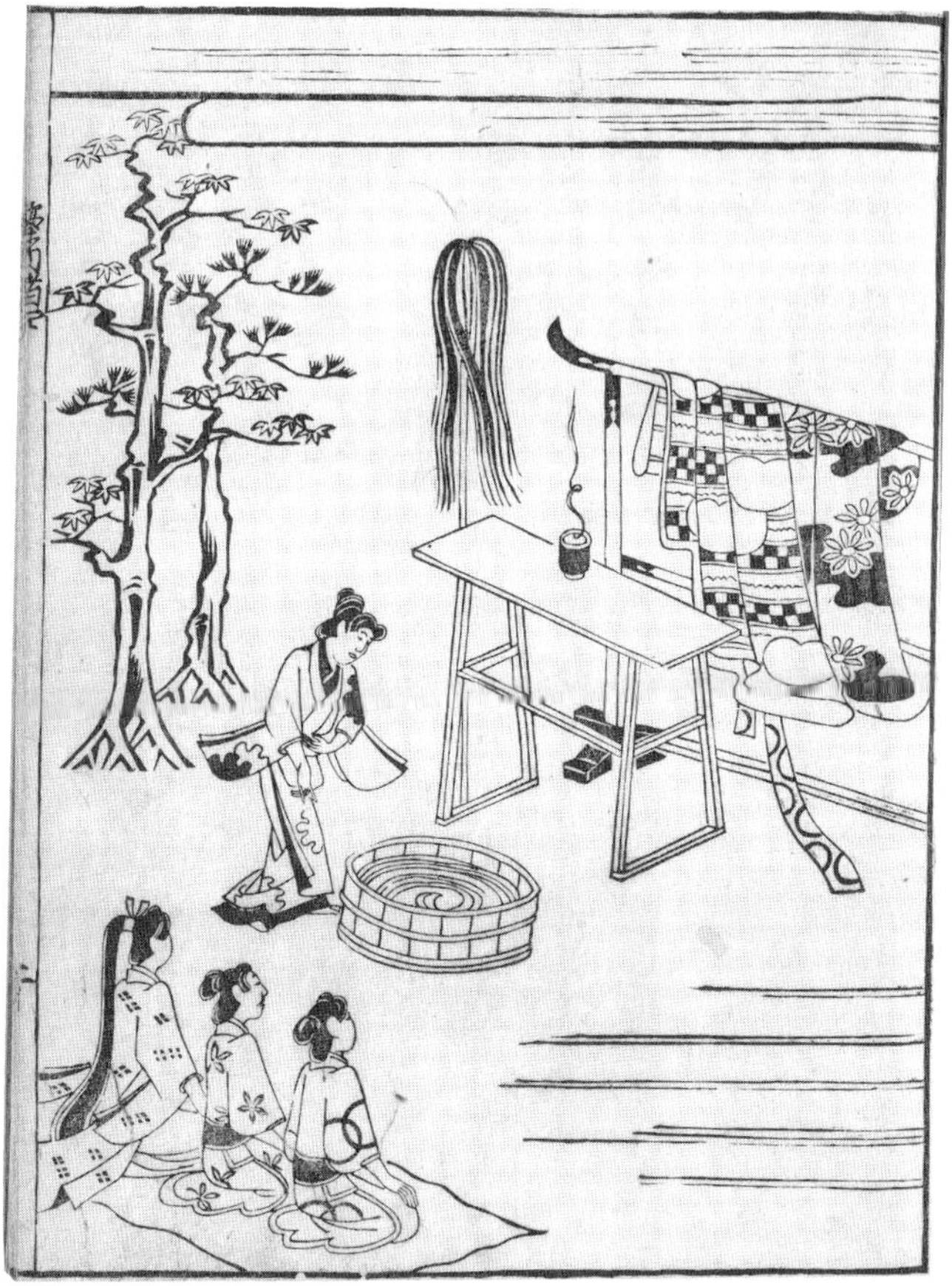

図 32　七夕に衣を貸す図（中川喜雲『案内者』四、1662 年、国立国会図書館デジタルコレクション）

(3) 松本市立博物館編『七夕と人形』(郷土出版社、二〇〇五年)
(4) 石沢誠司『七夕の紙衣と人形』(ナカニシヤ出版、二〇〇四年)

第六章　竹・笹の葉飾りの由来

一、中国での用例

七夕における竹・笹の葉飾りも、乞巧奠《きっこうでん》に由来する。中国の例から見てみよう。

唐の柳宗元《りゅうそうげん》（七七二〜八一九年）の「乞巧文《きっこうぶん》」

柳子《りうし》、夜《よる》、外庭《ぐわいてい》より帰れば　祠《ほこら》、設《まう》けて有《あ》り、饘《こいかゆ》や餌《もち》は馨《かんば》しく香《かを》り　蔬《あをもの》や果《くだもの》は交《まじ》り羅《つら》なり
竹《たけ》を挿《さ》して綏《かざりひも》を垂《た》れ　瓜《うり》を犬牙《けんが》に剖《わ》りて　且《か》つ拜《おが》み且《か》つ祈《いの》る。（私柳子厚《りゅうしこう》が、夜に宮廷から自宅に戻ると乞巧奠の祠が用意され、濃い粥《かゆ》や餅が香ばしい香りを立て、野菜や果物が並べられ、挿した竹には飾り紐が垂れ下がり、瓜を〔犬の牙のように〕ぎざぎざに割り、拝む人も居れば、祈る人も居る。）

ここでは、乞巧奠の祀《まつ》りの中で、地面に竹を挿して立て、綏《かざりひも》、いわゆる「綵縷《いろいと》」にあたる様々な色の紐を垂らしていると描かれている。

二、日本での用例

和漢朗詠集（藤原公任《ふじわらのきんとう》撰、一〇一八年頃成立）巻上・二一二　七夕《しつせき》

憶《おも》ひ得《え》たり少年《せうねん》にして長《なが》く乞巧《きつかう》せしことを　竹竿《ちくかん》の頭上《とうしやう》に願糸《ぐゑんし》多《おほ》し　白《はく》

（七夕の宵に、竹竿《たけざお》の上の方に五色の願いの糸をどっさりかけて、少年少女たちが学問ができるように、裁縫が上手になるようにと祈るのをみるにつけ、わがむかし少年時代に乞巧奠を営んだことを思い出すことだ。白楽天）

白楽天の詩の一節を引用しているが、中国には該当する白詩は存在しないという。しかし、先の柳宗元の「乞巧文」に「竹を挿して綏を垂れ」とあるのだから、中国の唐代には、七夕の日に竹の竿を立て、様々な色の糸を垂らして願い事をする七夕祭（乞巧奠）が行われていたことは間違いなかろう。第一部第八章で論じたように、乞巧奠は通常は婦女子が裁縫・織物・染色などの技芸の向上を願う「乞巧」の意味合いが強いが、「乞寿」「乞富」「乞子」「乞聡慧」も古くからあり、文章の上達も祈願の対象であった。校注者の川口久雄氏が、白楽天が自らの少年時代を懐古した句であるから、男性として学問上達を祈ったのだろうと解釈されているのは正当である。

図 33　歌川広重画「名所江戸百景　市中繁栄七夕祭」（1857 年、国立国会図書館デジタルコレクション）

なお、その竹竿は、全部枝を払ってしまうのではなく、歌川広重の絵（図33）に見られるように、竹竿の下の方の枝は皆刈り払い、頭の部分だけに枝を残してそこから色糸を垂らす形式の竹竿だったと推測される。それを「竹竿の頭上に願糸多し」と描写したのである。その証拠に、次の歌では、竹の葉が詠まれている。

続《しょく》古《こ》今《きん》集（一二六五年成立）

たけのはに　あさひくいとや　たなばたの　ひとよのふしの　みだれなるらん（竹の葉に供えた五色の麻の糸が朝乱れているのは、織女の、たった一晩の逢瀬で再び別れなければならない心の乱れのためでしょうか。前中納言忠良。三二二番）

この歌では、「竹の葉に　朝引く糸」と明示されているように、五色の糸は「竹の葉に」吊されているのだから、全部枝を払った竹竿ではなく、頭頂部には枝が付いたままの竹竿であることは疑い得ない。

太平記（一三三八～一三四九年頃成立）巻一「主上《しゆしやう》御《ご》告文《かうぶん》関東《かんとう》へ下《くだ》さるる事《こと》」[1]

七月七日の夜は、牽牛織女《けんぎうしよくぢよ》の二星《じせい》、烏鵲《かささぎ》の橋を渡りて、一年の懐抱《くわいばう》を解く夜なれば、宮人《きゆうじん》の風俗、竹竿《ちくかん》に願ひの糸をかけ、庭前に嘉菓《かくわ》を列《つら》ねて、乞巧奠《きつかうでん》を修《しゆ》する夜なれども、世上騒がしき時節《をりふし》なれば、詩歌を奏する騒人《さうじん》もなく、管絃《くわんげん》を調《しら》むる伶倫《れいりん》もなし。（七月七日の夜は、牽牛・

織女の二つの星が、かささぎの渡した橋を渡って、一年間の胸の思いを遂げる夜なので、宮廷人のならわしとして、竹の竿先に願いの糸をかけ、庭前に瓜などを並べ、七夕《たなばた》祭りの乞巧奠を行う夜であるが、世情騒然としたときなので、詩歌を奉る風雅の士もなく、管絃の音を調べる楽人もいない。）

ここでは、「竹竿に願ひの糸をかけ」ることが描かれるが、七夕祭りの一環としての乞巧奠に竹竿を立て、五色の願いの糸を垂らしたことは明らかであろう。さらに、それが「宮人《きゅうじん》の風俗」即ち、宮廷人、更に云えば、都人の風俗習慣となっていたことを明示している。

公事《くじ》根源《こんげん》（一条兼良《いちじょうかねら》、一四二二年）

乞巧といふことも、唐土より事起れり。七夕祭とも云ふなり。香華を供へ、供御を調へて、……棹の端に五色の糸を懸けて祈るに、三年のうちに、必ず叶ふといへり。

ここでも「棹の端」とあるから、竹竿の頭頂部に枝を残して五色の糸が懸けられていることは確かであろう。

中川喜雲（一六三六頃〜一七〇六年）「禁中近代年中行事」の「七月」

七日夜七夕祭　常の御殿御庭に、二間四方程に四角に、ゐだ付の竹長サ七八尺程、ふとさ五寸廻り程、上に小なわを四方に引、御前の方のなわに、五色のきぬ糸かけさげる、竹四方の内にはこもを敷、御ゐんがわに高つくへ有、其上に、はり、糸、あふぎ、笛をおき、あこだうりを

皮ともに輪切にして、かわらけ七ツに入、……かぢの葉、ひさごの葉をしき、……つのだらひに水いつはい入おく、

このころ宮中では、直接、竹の葉に五色の絹糸を掛けるのではなく、竹四本で四角く囲い、竹と竹の間には縄を張り、正面の縄に絹糸を掛けて垂らしたことが分かる。第一部第八章の冷泉家の乞巧奠星の座の写真（91頁の図27）を見ると、高机の奥に枝付きの竹が四本四角に配置され、竹と竹の間には小縄が張られ、手前の縄には五色の絹糸が掛けられているので、当時の様子が彷彿とされる。但し、右の「禁中近代年中行事」では、竹四本で囲われた中に高机が据えられ、針・糸・笛・瓜などが置かれるが、冷泉家では、竹囲いを高机から独立させ、高机の背後に移動させた点が異なる。また、高机の横には衣桁の五色の反物が掛けられ、そこにも五色の絹糸が垂らされ、その糸の先には梶の葉が括り付けられている。

守貞謾稿《もりさだまんこう》（一八五三年成立、一八六七年加筆）巻二七

七月七日、今夜ヲ七夕ト云、〈タナバタト訓ズ、五節ノ一也、◯中略〉

今世大坂ニテハ手跡ヲ習フ児童ノミ、五色ノ短冊色紙等ニ、詩歌ヲ書キ、青笹ニ数々附レ之、寺屋ト号ル筆道師家ニ持集リ、七夕二星ノ掛物ヲカケ、太鼓ナド打テ終日遊ブコト也、江戸ニテハ児アル家モ、ナキ屋モ、貧富大小ノ差別ナク、毎戸必ラズ青竹ニ短冊色紙ヲ付テ、高ク屋上ニ建ルコト、大坂ノ四月八日ノ花ノ如シ、然モ種々ノ造リ物ヲ付ルモアリ、尤色紙短尺ハト

モニ半紙ノ染紙也、如レ此江戸ニテ此コトノ盛ナル、及ビ雛祭ノ昌也ハ、市中ノ婦女多ク大名ニ奉公セシ者ドモニテ、兎角ニ大名奥ノ真似ヲナシ、女ニ係ル式ハ盛ナル也、故ニ男ノ式ハ行レズ、形バカリニテ女式ハ昌也、

これは、現在と全く同じく五色の短冊を大坂では青笹、江戸では青竹に吊している。五色の短冊は、現在でも冷泉家で行われる七夕の行事としての乞巧奠において、五色の反物を織女に捧げる（所謂、貸すこと）が、それが簡略化されたのであろう。反物が短冊に変形したのである。色と形が、五色の反物と全く一致することがそれを証明する。また、貧富の差別なく広範に七夕飾りがなされたことが分かる。

図34　笹の葉に五色の短冊（「宝永花洛細見図」首1、1704年、国立国会図書館デジタルコレクション）

まとめ

以上、竹竿に五色の願い糸を付けて、裁縫等の乞

巧を願うことは中国の唐代には既に存在していた。日本に伝来してからも、竹竿から垂らした五色の願い糸に針を通し裁縫の上達を願い、また、願い糸に願い事を書いた梶の葉を結んで、願い事の成就を祈願したことは、既に平安中期には行われていたことが判明した。七夕竹が用いられたのは江戸時代からという見解もあったが、実際はずっと昔から存在したのである。(2)

願い事を書く梶の葉については、誰でもすぐに手に入るわけではないので、代わりに紙の短冊に書くようになったと思われる。それが五色の短冊であるのは、その形と色が、乞巧奠において五色の反物を衣桁に掛けて織女に「貸した（供えた）」ことに由来しよう。五色で長方形の五式の反物を真似て、五色の長方形の短冊に願い事を書いたのである。そもそも、庶民が五色の反物を飾るのは経済的にも不可能なので、代わりに、五色の紙を反物の代わりに長方形に切り取って飾ったのが始まりであろう。江戸では大名に仕えた女房が里に下がり民間に広まった流れも確認できた。

注

(1) 引用と現代語訳は新編日本古典文学全集『太平記①』（長谷川端校注、小学館、一九九四年）に拠る。

(2) 鈴木棠三『年中行事事典』（東京堂、一九七六年）

第七章　七夕飾りを川や海に流すのはなぜか

一、川や海に流すことの意味

七夕で二星に供えた笹飾り等を、行事の終了後、川や海などに流す理由を検討したい。なぜ川や海に流すのであろうか。単に流して終わりなのか？　有害な物を排除するならまだ分かるが、七夕飾りなどは、願い事が書かれた大事な存在である。それをただ流して処分することはあるまい。それなら、何のために流すのか？　それは、川や海に流すことで、流す存在そのものや、それに附属するものが、本来の居場所に戻るという考えに基づく行為でないのか。

例えば、お盆棚に祀《まつ》られていた先祖の霊やお盆棚の下に祀られた無縁仏の霊などは、盆棚の飾りと一緒に、川や海に流されるのが通例であった。いわゆる精霊流《しょうりょうなが》しである。

現在は自治体によっては川や海が汚れるという理由で禁止して、ゴミとして焼却しているところも多い。しかし、本来は、川や海を通じて大海に流し、最後には、海の果ての西方極楽浄土へ戻すという意味があったことは疑い得ない。長崎のお盆での精霊流しで、精霊船に「西方丸」と書かれた船があることは、最終的な行く先をよく示している。島国である日本は四周を海に囲まれているので、海を通して海の果ての別世界へ送り届けるという発想が出てくるのはごく自然であった。捨身の行として古くから行われた補陀落《ふだらく》渡海も、熊野等から僧を小舟に入れて流したが、南方の海の果てにあるとされた観音浄土へ送り届けるためであった[1]。

飛鳥奈良時代に遡る「儺《な》の祭《まつり》の詞《ことば》」の祝詞《のりと》で、

穢悪《けがら》はしき疫《えやみ》の鬼《おに》の、処処《ところどころ》村村《むらむら》に蔵《こも》り隠《かく》らふるをば、……東《ひんがし》の方《かた》は陸奥《むつ》、西の方は遠《とほ》つ値《ち》嘉《か》、南の方は土佐《とさ》、北の方は佐渡《さど》より彼方《をち》の処《ところ》を、汝等疫《なむたちえやみ》の鬼の住処《すみか》と定めたまひ行《おもむ》けたまひて、……急《すみやか》に罷《しりぞ》き往《い》ねと追ひたまふ。（穢らわしい疫病の原因となる鬼が、あちこちの村々に隠れているのを……東は東北地方以東、西は五島列島以西、南は土佐〔高知〕国以南、北は佐渡ヶ島以北の場所を、お前達疫病の鬼の住処と定めて行かせるので、すぐに退去せよと追い払いなさる）

とあるのも、疫病の原因となる鬼を、日本の領土外の海のかなたの本来の住処へ追い払おうとする趣旨である。流し雛や藁人形を川や海に流して、自らの病気を持ち去ってもらおうとする発想も同様である。決して消滅させてしまおうというのではなく、疫病なら疫病にとっての相応しい場所で暮らすように追い払うのである。

一方、七夕二星には罪・汚《けが》れはない。本来住むべき空間へ戻すという観点から、七夕は天上世界の話で七夕二星は天上の星々だから、川や海に流せば最終的には海の果てから天上世界に戻れると考えたのであろう。

二、天地接合・天海接合の観念

海の果てから天上世界に戻れるとはどういう意味か。古代中国や日本で、大地の果てや大海の果てには、天の壁が屹立《きつりつ》し、大地と天、大海と天は接触し、地と天、海と天はその接合面を経由して両者の往来が可能であると考えていた。これを天地接合・天海接合の観念と呼ぶべきことは、既に拙論で論じた(2)。

万葉集巻三・四二〇の石田王《いわたのおおきみ》が卒《みまか》った時に丹生王《にうのおおきみ》が作った歌には、天地接合の観念が見出される。

……天地《あめつち》の 至《いた》れるまでに 杖《つゑ》つきも つかずも行きて……天《あめ》なる ささらの小野《おの》の 七節菅《ななふすげ》 手《て》に取《と》り持《も》ちて ひさかたの 天《あま》の川原《かはら》に 出《い》で立《た》ちて みそぎてましを（天と地の接する地の果てまで、杖をついてもつかなくても、何としてでも行って、……天にあるささらの小野の七節の長い菅を手に取り持って、〔ひさかたの〕天の川原に出て行って、禊《みそ》ぎをすればよかったのに）

丹生王が石田王を甦生《そせい》させるために地の果てまで行き、そこから天に昇り、月世界の野に生える七ふ菅を取り、さらに天の川に出て、甦生のための禊ぎをすれば復活できたかも知れないのに、それができず、石田王を葬ってしまったことが残念だというのである。佐佐羅《ささら》の小野《おの》が存在する月は三日月と思われ、西の果てで大地に接触するように見えるので、大地の果てまで行けば月世界へ行けると考えた。同様に天の川も、地の果てで大地と接しているように見えることから、大地の果てでは天の川での禊ぎが可能と思ったのであろう。(3) 一方、海の果てと天の接合は、晋の張華の『博物誌』に見出せる。

旧説《きうせつ》に云《い》はく、「天河海《てんがうみ》と通ず」と。……海渚《かいしよ》に居《を》る者《もの》、……槎《いかだ》に乗りて去《ゆ》く。……昼夜《ちうや》去《ゆ》くこと十余日《とほよか》、奄《つひ》に一所《いつしよ》に至る。……牛を牽く人乃《すなは》ち驚きて問ひて曰《いは》く、「何の由《ゆゑ》か、此《ここ》に至る」と。此《こ》の人具《つぶさ》に来意を説《と》く、並《ならび》に問ひて「此《ここ》は是何処《これいづく》か」と。答へて曰く、「君還《きみかへ》りて蜀《しよく》郡《ぐん》に至り厳君平《げんくんぺい》を訪《おとづ》れよ。」……後《のち》に蜀《しよく》に至り君平に問ふ。曰く、「某年月日《ぼうねんがつぴ》客星《かくせい》有りて、牽牛《けんぎう》宿《しゆく》を侵《をか》す、年月《ねんげつ》を計《はか》るに正に是《こ》れ此人《このひと》天河に至る時也《なり》。」と。(昔の話で云うことには、「天の河は海と繋がっている」と。海岸近くに住む者が、……槎に乗って出掛けた。昼も夜も進んで行くこと十日余りで、とうとう或る場所に着いた。……牛を牽く人が驚いて質問して云うことには、「どういう理由でここに来たのか」と。この人は、詳しく訪れた理由を述べ、合わせて尋ねて、「ここはいったいどこか」と。答えて云うことには、「君は還って蜀郡に行き、厳君平を訪れなさい」と。……(この人は)後に蜀に出掛け厳君平に質問した。(厳君平が)云うことには、「某年月日に客星(彗星)があって、牽牛宿の領域に入った。年月を計ると、当《まさ》にこれは、この人が天の河に至った時であった。」)

ここでは、「天河は海と通じ」ていて、「槎に乗って」海の果てから天の河に上った人は、牽牛星に出逢うことができた。海の果てでは、海が天の河と接しているので、槎で天の河を遡ることで、天の壁も昇ることができると理解していたことになる。この槎に乗って天上世界へ行く話はよほど有名だったらしく、懐風藻の中にもしばしば見られる。例えば、「星客査《せいかくいかだ》に乗りて逡《まか》る」（三二一番、藤原朝臣史《ふひと》）、「天《てん》高く槎路《さろ》遠《とほ》し」（九二番、藤原朝臣宇合《うまかい》）等があり、浦島伝説の作者と目される伊予部連馬養《いよべのむらじうまかい》自身の漢詩（三六番）にも、「仙槎《せんさ》（仙人の乗る槎《いかだ》）栄光《えいくわう》に泛《うか》ぶ」とあって、この博物誌、あるいは黄河を遡って天上世界に赴いた荊楚歳時記の張騫の故事を踏まえた表現が見られる。特に注目されるのは、海の果てから天の河を遡り天上世界へ出掛けた人が七夕伝説の主人公である牽牛星に出会っていることだ。これを敷衍《ふえん》すれば、川や海辺から流した七夕飾りは、海の果てから天の河を遡り天上世界へ昇っていき、牽牛織女のもとへ届くという展開になるだろう。七夕飾りを牽牛織女に送り届け、七夕飾りに書いた願い事を改めて七夕二星に確認して欲しいという願望がこうした発想を生み出したと推測されるのである。

注

(1) 補陀落渡海については、神野富一氏の『補陀落信仰の研究』（山喜房佛書林、二〇一〇年）が詳しい。

(2) 拙稿「浦島伝説の一要素―丹後国風土記逸文を中心に―」国語国文五四巻二号（一九八五年二月）

(3) 拙稿「「ささらの小野」考―万葉集巻三・四二〇番歌を中心に―」長崎大学教育学部紀要―人文科学―六三号（二〇〇一年六月）

第八章　七夕とそうめん

一、そうめんとは異なる麦餅

七夕にそうめんを食べる風習がある。現在、製麺業界は七月七日を「そうめんの日」としており、そこでは、中国の「索餅（さくへい）」が日本では「牟岐縄・麦縄（むぎなわ）」と呼ばれ、現在の姿が「素麺（そうめん）」にあたると説明している。そして七夕の日に「索餅」を食べれば病気にならないという習慣が伝わったものだとする。また、そうめんを白い糸や天の川にみたて、素麺を食べると機織りが上達するといった説も紹介している。(1) そこで以下、七夕と素麺の関係について考察したい。なお、「めん」を漢字で書く場合は「麺」の字体に統一して表記する。

七夕とそうめんの結び付きで、よく言われるのは、『年中行事秘抄』（鎌倉初期の成立）の「七月」の次の部分である。

七日《なのか》御節供《おんせっく》の事《こと》〈内膳司《ないぜんつかさ》〉　昔《むかし》高辛氏《かうしんし》の小子《せうし》、七月七日《しちがつなのか》を以《もっ》て死《し》す。其《そ》の霊《れい》、一足《ひとあし》無き鬼神《きしん》と為《な》りて、瘧病《おこり》を起こす。其の存《そん》する日、常に麦餅《むぎもち》を食《しょく》す。故《ゆゑ》に死日《しにち》に当たり、麦餅を以《も》て霊を祭る。後《のち》の人、此《こ》の日に麦餅を食せば、年中瘧病之悩《ねんじゅうおこりのなやみ》を除《のぞ》く。

これは、高辛氏《こうしんし》の子供が七月七日に亡くなり、祟《たた》りを成したので、子供が生前好んだ麦餅を七月七日に供えたところ、祟りが収まったという話にちなむものである。

麦餅とは何か。用例は乏しいが、古辞書の「和玉篇《わごくへん》」（一四八九年以前）には「麦餅　ムギモチ」とあり、仮名草子の『東海道名所記』（江戸初期）には「色は麦餅とかやいふらん、その上に白粉をまだらにぬりなし」とある。麦餅は、その上に白粉を塗れるのだから、麺であるわけはなく、白の色が目立つ茶褐色の餅の可能性が高い。

一条兼良《いちじょうかねら》は『公事根源《くじこんげん》』（一四二二年）の中で、この話を取り上げ、「麦餅」は「索餅《さくべい》」のことだとしている。そこで古辞書類を見ると、「索餅」は次のように出てくる。

A　索餅（さくべい）のみ

①延喜式（延長五年。九二七年）三三・大膳……「索餅料。小麦粉一石五斗、米粉六斗、塩五升、得六七五藁、……手束索餅亦同。」

②倭名類聚抄（承平年間。九三一～九三八年）……「索餅〈和名无岐奈波、大膳式云手束索餅多都加〉皆随形而名」

③類聚名義抄観智院本（鎌倉時代末）……「索餅　ムキナハ」

④色葉字類抄三巻本（治承年間。一一七七～八一年）……「索餅　ムキナハ」
⑤撮壌集《さつじょうしゅう》（享徳三年。一四五四年）……「点心類　索餅」

B　索餅（さくべい）と索麺（そうめん）の並記

⑥易林本《えきりんぼん》節用集（慶長二年。一五九七年）……「索麺　―餅《さくへい》」
⑦書言字考《しょげんじこう》節用集（享保二年。一七一七年）……「索麺　―餅《さくへい》」

古事書類から分かることは、「索餅《さくべい》」の和名は「ムキナハ」つまり「むぎなわ（麦縄）」だということ、及び「索麺」と並記されている辞書があることから、「索餅《さくべい》」と「索麺《さうめん》」即ち「素麺《そうめん》」は、別物だということである。なお、「索麺《さうめん》」は、「さくめん」が音便化して「さうめん」（現代仮名遣いでは「そうめん」）となったものである。

実際、『後水尾院当時《ごみずのおいんとうじ》年中行事』（一六二九～一六八〇年）「上七月」には、「梶の葉七枚を重ね、おなじ枝の皮七すぢ、そうめん七すぢ、索べい二ツを三方にすゑて御前におく、」（訳は203頁を参照）とあって、索餅と索麺は別の物とされている。特に、「そうめん」は「七すぢ（筋）」と細長い形状であるのに対し、「索べい」は「二ツ」と固形のものを数える表現がなされているから塊であって、麺でないことは明らかである。なお、索麺七筋というのは、茹でる前の乾麺の状態を指していよう。ところで、梶の葉七枚、梶の木の枝の皮が七筋（本）、索麺も七筋、索餅二つという数字がなぜ登場するのか。先に、第三部第一章で、梶《かじ》の葉は、彦星が漕ぐ舟の楫《かじ》から来ていると指摘した。それで、梶の葉が七枚というのは、勿論、七月七日の「七」であるが、彦星が漕ぐ舟を表わし、梶の木の枝の皮や索麺が七筋あるのは天の川を表わし、索餅二つは、織女と彦星を表わしているのではないかと推測される。それが後水尾院の面前に置かれた三方に載ることで、七夕の小宇宙が再現されたと言える。そうめんが天の川の象徴という説は以前からあるが、確かにそうした面も認められよう[2]。

その意味からも、索餅は、織女や彦星がイメージされるような形態を持った固形のお菓子であると推測されるのである。

次のように考えたい。

「索餅」の「索」は、中国の古辞書の『小爾雅《しょうじが》』に、「大者謂之索。小者謂之縄」とあり、太さの太い縄を意味する。「餅」は中国では、麦の粉をこねて蒸して作った菓子のことで、日本の餅米を搗《つ》いて作る餅とは異なる。結局、「索餅」とは、麦の粉をこねて蒸した後、棒状に伸ばした物を縄状にねじって成形した菓子のことで、通常、油で揚げたようである。中国の「麻花児（マーホアルー）」、長崎の中華街で売っている「よりより」といった菓子と同様の菓子を想像すれば良いであろう。それ故、「索餅」と「麦餅」は、材料・製法について小麦粉をこねて蒸した後に成形し油で揚げる点は同じで、最終的に必ずねじって成形するのが「索餅」で、ねじってある場合もない場合もあるのが「麦餅」ではなかったかと推測する。従って、『年中行事秘抄』の「高辛氏の小子が生きている時に、日常食べていた麦餅」とは、索餅と同じか、索餅のねじりを取ったような菓子のことで、素麺（そうめん）ではなかったと見なすべきである。

二、鬼を調伏するために食べるそうめん

それでは、七月七日と索麺・素麺（そうめん）の関係はどこから生まれたのか。これには、陰陽道に由来する五節句との関係が指摘できる。即ち、古い辞典や中世の御伽草子などに、五節句の一つとしての七月七日とそうめんとの関係を見出すことができるからである。『名語記《みょうごき》』（一二六八年）には、

的《マト》ハ□尤カ眼也。□尤鬼神トナリテ、人ノタメ國ノタメ凶害ヲナスニヨリテ、魂ヲハ正月ノ汲打ノ玉ニシテコレヲウチ、髪ヲハウトメトナツケ、歯ヲハキリマセトイヒ、骨ヲハハカタメトテクヒ、スチヲハ七月七日ニムキナハトテクフ　カヤウニスレハ、悪鬼オソレヲナシテ、災難ヲアタヘスト申セル歟（的《まと》は蚩尤《しゆう》の眼である。蚩尤は鬼神となって、人々にも、国家にも凶悪な害を為すので、その魂を 正月のぎっちょうの玉としてこれを打ち、髪をうとめと言って、歯をきりまぜと言って、骨を歯固めと言って喰い、筋は七月七日に麦縄と言って喰う。こうすれば、悪鬼は恐れをなして災難を与えないというのか。）

とあって、鎌倉時代には、悪鬼退治のために、七月七日に麦縄《むぎなわ》を食うとされている。この麦縄とは何か。一つは、上記の③や④にあるように、麦餅と同じで、お菓子の索餅。そしてもう一つは、麦

で作った麺である冷《ひ》や麦《むぎ》や素麺《そうめん》だと考えられる場合がある。『今昔物語』（院政期、十二世紀前半成立）巻第十九「寺別当許麦縄成蛇語第二十二《てらのべつたうのもとのむぎなはへみとなること》」では、堕落僧が折櫃に残した麦縄が蛇に変わってしまう話がある(3)。

夏比《なつのころ》麦縄《むぎなは》多《おほ》ク出来《いできたり》ケルヲ、客人《まらうと》共《とも》多《おほ》ク集《あつまり》テ食《くひ》ケルニ、食残《くひのこ》シタリケルヲ、「少シ此《こ》レ置《おき》タラム。「旧麦《ふるむぎ》ハ薬《くすり》」ナド云《いひ》タレバ」ト云《いひ》テ、大《おほき》ナル折櫃一合《おりひついちがふ》ニ入《いれ》テ、前《まへ》ナル間木《まぎ》ニ指上《さしあげ》テ置《おき》テケリ。……亦《また》ノ年《とし》ノ夏比《なつのころほひ》ニ成《なり》テ、……折櫃ノ蓋《ふた》ヲ開《あけ》テ見レバ、……麦《むぎ》ハ無クテ、小《ちひさ》キ蛇蟠《へみわだかまり》テ有《あ》リ。

ここは、季節が夏で、麦縄は保存でき、一年後に蛇に変化するという細長い形状の共通性等の点から、冷や麦などの麺類を指して「麦縄」と言っていると推測される。校注者の小峯和明氏は脚注で「冷や麦に類する麺類。……夏の食事として一般的だった。」としている。するると、「麦縄」の中で、細長い形状を為しているものとして出てくる「麦縄」は、麺類を指している可能性が高いと言えるのではなかろうか。実際、『多聞院日記』文明十年（一四七八）年五月二日条では、「麦縄　麦ナワト云ハ索麺如クナル物也」として、麦縄は素麺のような物だとしている。

右の『名語記』の例は、「スチヲハ七月七日ニムキナハトテクフ」と云うことだから、鬼の身体の筋と言えば、人間との類推で、白く細長いものと判断できるので、麺類、即ち、冷や麦などの可能性が高いであろう。

さらに、『三《さん》国《ごく》相《そう》伝《でん》陰《いん》陽《よう》輨《かん》轄《かつ》簠《ほ》簋《き》内《ない》伝《でん》金《きん》烏《う》玉《ぎょく》兎《と》集《しゅう》』（室町時代頃か、成立年代不明）では、牛頭《ごず》天王が、貧しい蘇民将来という者には歓待され、豊かな巨旦《こたん》大王に冷遇されたことを怒り、後に八人の王子と共に巨旦を殺した後を次の如く描く。

正月一日の赤白の鏡餅は、巨旦が骨肉なり。……又三月の草餅は、耳舌なり。又五月菖蒲粽は、巨旦が髪。……又七月七日の素麺は筋なり。又九月黄菊の酒水は、肝の血なり。（正月一日の紅白の鏡餅は、巨旦の骨と肉である。……又三月の草餅は、耳と舌である。又五月の菖蒲の節句の粽は、巨旦の髪。……又七月七日の素麺は筋である。又九月の黄菊を浮かべた酒水は、肝の血である。）

即ち、巨旦という鬼を退治して、五節句ごとにその各部位を食して、一年がかりで鬼を消滅させようとする発想が見られるが、七月七日は巨旦の筋を素麺として食べることを描く。ここでは、「麦縄」ではなく、「素麺」と明記しているから、筋と素麺の関係は、明らかに認められよう。

一方、鬼の腸を素麺（索麺）として食べる作品もある。

壒嚢鈔《あいのうしょう》（一四四五年）

七月七日索麺鬼腸トテ食也（七月七日には索麺《そうめん》を鬼の腸と言って食うのである。）

きまん国物語（一五二六年以前）

さらは七月七日と申けれは、その日は、おにのはらわたおとり《（ママ）》、むきとなつけて、くうなり（それならば七月七日と申す日には、鬼の腸を取って、むぎ〔冷や麦・そうめん〕と名づけて喰うのである。）

きぶねの本地（ライデン国立民族学博物館蔵、江戸前期、絵巻大二冊）

七月七日のむきは、おにのはらわたとてくうなり。（七月七日の麦〔冷や麦〕を、鬼の腸と言って喰うのである。）

これらの作品は、鬼の腸を素麺として食していると推測され、この場合の「麦」は素麺を指すと見られる。腸も形態は長いから、素麺を鬼の腸に譬《たと》えるのは納得できよう。

そして興味深いのが、『今昔物語』巻二十四「行典薬寮治病女語第七《てんやくのれうにゆきてやまひをぢするをむなのこと》」の記事である。七月七日、典薬寮の長官の一家の医師たちや下級の医師達、召使いまでが一人残らず集まって、七夕の宴会を行った。典薬寮の大きな部屋に長筵《ながむしろ》を敷き詰めて着座し各自一品ずつ食べ物や酒などを出して遊興していると、年齢が五十ほどの女で、体中がぶよぶよと膨《ふく》れた者が、「治療法を教えてください」とひれ伏したので、腕が立つ医師が、「きっと寄生虫だろう」と判断し、抜くにつれて、白い冷や麦のような物が（女の身体から）出て来た。それを引いて典薬寮の建物の柱に巻くと、この女の顔の腫《は》れが引いて、顔色も良くなり、柱に七尋八尋《ななひろやひろ》（十二・六〜十四・四メートル）ほど巻くと出なくなり、女の目も鼻もすっかり元通りになったという話である。原文では、「定《さだめ》テ寸白《すばく》ニ候《さふら》フメリ」、「白キ麦《むぎ》ノ様《やう》ナル物差出《さしいで》タリ。」と描写する。寸白（寄生虫）が「白き麦（白い冷や麦）」に譬えられているのである。冷や麦や素麺の細長さとサナダムシなどの細長さとが連想関係にあったのである。なお、校注者の小峯和明氏は脚注で、「七夕の節句がこの話を規定する。」とし、さらに「麦縄で素麺の類。……七夕に食べることと関係があろう。」とする。物語の設定が「七夕の逍遙（宴会）」での出来事であるから、この指摘は当を得ている。「麦」や「麦縄」は、平安時代後期から、「そうめん」や「冷や麦」を指す場合があることは間違いない。

以上のように、恐ろしい鬼の調伏のために、その体をばらばらにして、節句ごとに各部位を食す行事が存在した。『世諺問答』、『名語記』、『年中行事秘抄』では蚩尤《しゆう》という鬼の、『壒嚢鈔《あいのうしょう》』、『きまん国物語』では単なる鬼の、『簠簋内伝《ほきないでん》』、『祇園牛頭天王縁起《ぎおんごずてんおうえんぎ》』、『祇園御本地』では古端《こたん》（巨《こ》旦《たん》）という鬼の調伏を目的とする。一年を通じ、鬼の体の各部位を食すことで、鬼の体を無くして、その能力を破壊して調伏することができるとする発想である。そして、七月には、鬼の腸や筋をそうめんとして食べるのである。これは、そうめんの細長さが、腸や筋の長さを連想させたことから生まれた発想であろう。また、五節句の中で七月七日なのは、そうめんを食べるのに、最も相応しい節句が、七月七日だからと推測される。暦上の季節としては五月五日が夏ではあるが、気候的な暑さを考えれば、太陰暦でも、秋の初めの七月七日の方が暑くて、暑気払いとしても七月七日にそうめんを食べることが相応しい。

七月七日にそうめんを食する風習は、少なくとも平安時代末期から、宮中や貴族社会、さらには一般庶民でも行われ、それが武家社会にも広がった。黒川道祐『日次《ひなみ》紀事』（一六七六年）に「武家ならびに地下の良賤……家々さうめんを喫し、また互ひに相贈る」とあり、久須《くす》美蘭林《みらんりん》『浪花の風』（一八五六年）には、「七夕には西瓜を賞翫す。一統に冷さうめんを食ふこと江戸に同じ。」とあって、江戸時代には、津々浦々で七夕の日にそうめんを食することが一般的になっていたと思われる。

注

(1) そば・うどん業界COM.（7月7日け「そうめんの日」）及び「七夕と『そうめん』」（全国乾麺協同組合連合会専務理事　安藤綱久、社団法人　日本農林規格協会『JAS情報』二〇一〇年六月号）に拠る。

(2) 第一部第八章や第二部第四章で、乞巧奠における琴は天の川を表わすとする正道寺康子氏の論を紹介したが、特に七弦琴の場合は七本の弦が七夕の聖数「七」を表わし、並んだ七本の細長い存在自体が天の川のイメージを持つと理解することもできよう。もしそうであれば、七本のそうめんも当然天の川のイメージを持ち、七夕伝説と関わろう。その意味で、巻頭口絵の図3に掲載の牛馬さんに七本のそうめんが懸けられるのは、七夕伝説とお盆行事の融合の可能性を示す物として興味深い。

(3) 引用は新日本古典文学大系『今昔物語四』（小峯和明校注、岩波書店、一九九四年）に拠る。以下同じ。

第九章　現在の七夕祭り

一、枚方市・交野市の七夕

現在、七夕行事は地域を挙げて行うところが何カ所か全国的に知られている。例えば、宮城県仙台市・神奈川県平塚市・愛知県三河安城市の三カ所は「日本三大七夕」と称される。他にも、埼玉県狭山市・愛知家一宮市・静岡県静岡市清水区などが知られる。しかし、歴史的に最も古く伝統を有するのは、大阪府枚方《ひらかた》市・交野《かたの》市の七夕である。

枚方市・交野市を合わせた地域は、古代、「交野ヶ原《かたのがはら》」と呼ばれ、高橋徹氏の『道教と日本の宮都』では、天上世界と繋がる特別な聖地とされた。(1) 第二部第五章で述べたように、平安時代初期の伊勢物語などに見られる、この地を舞台にした地上の天の川の話も、そうした背景で理解すべきであろう。高橋徹氏は、交野ヶ原には百済や中国からの渡来人が古くから住み、道教思想に基づいて天上世界に通じる交野山《こうのさん》（交野市）の北側に長岡京を造り、天宮を再現したのだという。長岡京の南に広がる交野ヶ原は、天上世界を地上に再現した世界であって、それ故に星の世界との繋がりを示す地名が多いのだそうだ。即ち、天上の天の川を再現した地上の天野川《あまのがわ》、七夕との関係を暗示する糸吉《いとよし》大神、天棚機比売《あめのたなばたひめ》大神を祀る機物《はたもの》神社、牽牛石神として信仰される「牛石《うしいし》」、織女石・妙見石をご神体とし、北斗七星が降ったという星田妙見宮、同じく北斗七星が降ったという降星山《こうせいざん》光林寺と「星の森」、牛を引いて田を耕す彦星を田の神として祀る天田《あまた》神社、百済寺跡近くの「星ヶ丘」という地名などである。交野市のホームページや「天の川七夕星まつりの会」編集の『交野ヶ原と七夕伝説』では、他にも天野川の中央に架かる逢合橋《あいあいばし》、天野川が淀川に入る直前に架かるかささぎ橋、饒速日命《にぎはやひのみこと》が磐船《いわふね》で地上に降臨した伝説をもつ磐船神社など、星の世界との結びつきを示す地名が紹介されている。(2) 勿論、これらの地名がいつからあるかは判然としないが、古代から天上世界との関係が深い地域であるからこそ、こうした星にちなんだ地名が生まれたとも言えよう。

こうした天上世界が地上に再現された地域で行われる七夕祭りは、地域興しとして、戦後行われるようになったものもあり、それほど歴史があるわけではないが、商店街に豪華な七夕飾りが飾られ、天野川に天上世界の天の川を彷彿させる美しい灯籠が流され、幻想的な雰囲気のもと人々が七夕伝説のロマンに浸ることは、七夕伝説や星の世界への関心を高める意味で大きな意義があると考える。

二、仙台市の七夕

仙台では、七夕行事は「たなばたさん」と呼ばれ、仙台藩祖伊達政宗公自身が七夕の和歌を八首詠み、七夕に関心があったことが窺えるという。第七代伊達重村公（徹山公）の娘りゅう姫がわずか八歳で宝暦一二年（一七六二）七月七日に亡くなったことを憚《はばか》り、七夕行事を一日繰り上げ、旧暦七月六日の晩に飾り、七日の朝に流すようにした。また、線香を点《とも》したり、農家では田の神の乗馬として藁《わら》などで七夕馬をつくり屋根に上げ豊作を祖霊に祈った。仙台では、笹の小枝は七夕飾りのついたまま七日の朝、広瀬川に流して、七日浴《なぬかび》とも七日盆ともいい、水浴び、洗い物をした。また、冷害（死者、天明三年二五万人、天保七年三〇万人）の悲惨な歴史を乗り越えようと、豊作を田の神に祈願したことも背景にあるという。明治六年の新暦採用で七夕祭りは衰え、第一次世界大戦後の不景気で、さらに衰えた。昭和二年、商家の有志達が、華やかな七夕飾りを復活させた。昭和三年、元来旧暦行事だったのを新暦日付の月遅れ、すなわち民俗学上中暦と呼ばれる八月六日〜八日の三日間に変更し、東北産業博覧会の行事として、仙台商工会議所と仙台協賛会が「飾りつけコンクール」を催し、七夕が復活した。仕掛け物、電飾と様々な趣向を凝らした七夕飾りで街はお祭りムード一色になり、この年が仙台七夕の完全復活の記念すべき年とされている。日中戦争・太平洋戦争で再び衰えたが、終戦後、昭和二一年、七夕祭りが復活。翌年の昭和天皇巡幸を期に商店街の熱意で商店街振興から観光イベントへと変貌。現在では名実ともに日本一のスケールを誇るそうだ。(3)

右で、線香を上げるのは祖先の霊魂を迎える意味があり、七夕馬を屋根に上げるのは、文字通り、七夕二星を迎える乗り物の意味もあろう。なお、仙台市博物館には、美麗な奈良絵本『七夕』が所蔵されており、翻刻させていただいた(4)。

三、平塚市の七夕

平塚は海軍火薬廠《しょう》があったため、昭和二〇年七月の大空襲で壊滅的打撃を受け、当時の中心市街地の約七割が焼け野原となった。しかし、「戦災復興五ヶ年計画」で、大空襲から丸五年で復興が一段落したので、昭和二五年七月平塚復興祭が開催された。七月は近隣農家の野上がり（田植えの後の休日）の時期とも重なり非常に多くの人出を見たので、平塚商工会議所、平塚市商店街連合会が中心となり翌昭和二六年七月に仙台の七夕まつりを範とし、第一回七夕まつりを行ったのが始まりである。昭和三二年の第七回七夕まつりからは、平塚市の主催となり、諸産業発展を願い、また平塚を広く全国に紹介する場として重要な役割を果たし、日本を代表する七夕まつりに成長した。平成二三年の第六一回七夕まつりからは、実行委員会の主催となり、市民参加型のまつりになった。平塚の七夕まつりは、日本一といわれる七夕飾りの豪華さに特色がある。絢爛豪華な飾りが通りを埋め尽くし、十メートルを超える大型飾りもある。活躍中のスポーツ選手や人気の動物、キャラクターなどの流行を取り入れた飾りも大きな特徴で、七夕飾りのコンクールや、パレード等各種催し物がくりひろげられ、日本を代表する夏の風物詩となった。七夕まつりの期間中、湘南ひらつか織り姫がパレードや市中訪問など様々な行事でまつりを一層盛り上げる。開催日は、七日を含む七月初旬の五日間であったが、平成一八年から四日間に短縮され、二一年からは、第一木曜日から日曜日までの四日間になり、さらに平成二三年からは金・土・日の三日間に短縮され、人出も最盛期の三六〇万から半減した。令和に入ると、コロナ禍で中止やオンライン開催になったが、現在は通常開催に戻っている(5)。

平塚大空襲が七月であったため、戦後復興を象徴する行事として七夕が選ばれたのであり、大空襲での死者の霊魂を慰撫するのに、新暦のお盆も行われる七月は相応しかったのであろう。

四、三河安城市の七夕

安城は農業の町だったが、終戦後、農業だけでなく商工業の活性化を図ろうと昭和二五年に商工館が開館し、昭和二七年に市制に移行し、他市での七夕まつりを視察・参考にして、昭和二九年第一回「安城七夕まつり」が開催された。駅南の商店街が足並みを揃えて飾り付けや催し物に取り組んだ結果、たくさんの人が集まり、三日間の祭りが成功した。企画や開発などすべて現在のJR安城駅周辺商店街の人々によって行われた「市民発信のまつり」で、参加地区は増え続け、昭和三四年には安城七夕まつり協賛会が結成された。昭和五三年には、日本商工会議所一〇〇周年記念の「全国郷土祭」においてこだわりの竹飾りを披露したことから、仙台・平塚と並んで「日本三大七夕」として称されることになった。安城七夕まつりは、竹飾りのストリートが日本一長いと言われ、短冊の数、願いごとに関するイベントの数も日本一であるとされる。「願いごと三大イベント」の他、期間中だけの七夕神社、公式キャラクター・きーぼーや、風情たっぷりの竹飾りは、祭りに必須の風物詩として親しまれている。市民参加の多彩な催しも行われ、真夏の夜の夢世界を楽しむ。八月最初の金土日に開催され、最多参加数は一二七万人だという。(6) なお、安城歴史博物館には、奈良絵巻『たなばた』の長大で美麗な絵巻が所蔵されている。

以上の如く、七夕の行事は、子どもにとっても夢があって楽しいものだから、全国の学校教育の現場でもっと実践して欲しいと考える。教育委員会によっては、七夕を宗教行事として禁じているところもあると聞くが、これは間違っている。特定の宗教とは結びつかない行事として、むしろ学校行事に相応しい。

なお、国立天文台が日本天文学会と主催する「全国同時七夕講演会」というものが、世界天文年(二〇〇九年)以来、毎年開催されている。七夕は伝説の主役として星が登場するので、七夕を通して、天文学にもっと興味を持って欲しいという願いから行われるものである。筆者も、第一回から連続して講演を行ってきて、コロナ禍で一時中断したが、再開予定である。七夕と文学の関係についての講演で、本書の一部を為すものである。この講演会を通し、七夕伝説や天文学に興味を持つ方が増えることを心から願っている。

注

(1) 高橋徹『道教と日本の宮都　桓武天皇と遷都を廻る謎』(人文書院、一九九一年)
(2)『交野ヶ原と七夕伝説』(天の川七夕星まつりの会編、二〇〇三年)
(3) 仙台の七夕についての情報は、観光用ホームページ等に拠る。
(4) 拙稿「仙台市博物館蔵『七夕』の翻刻並びに解題」(平成十七年三月。長崎大学教育学部紀要―人文科学―七十号)
(5)「湘南ひらつか七夕まつり」のホームページ等に拠る。
(6)「安城七夕まつり公式サイト」のホームページに拠る。

第十章　七夕伝説の展開と変容、今後の展望

上代に中国から日本に伝来した七夕伝説は、時代を超えて人気を保ってきた。『うつほ物語』では俊蔭一族の秘琴伝授による繁栄の物語が「七夕」と関わり、『伊勢物語』八二段・九五段等も七夕の趣向で作られている。物語文学で特筆すべきは、その名も『七夕』という御伽草子が誕生したことである。これについては、第二部第九章で論じた。御伽草子には、地上以外の異郷訪問や、異郷から、天人・天女・鬼・天狗などがこの世を来訪する話が沢山あり魅力的な世界を形成している。『七夕』は、その典型的な作品であり、七夕伝説の変容において一つの到達点を示す作品として、その存在意義は大きいと考える。

七夕伝説は、物語だけでなく、韻文の世界、特に和歌の世界で繰り返し詠まれてきた。万葉集を初めとして、古今集以来の勅撰集（二十一代集）だけでなく、私家集でも盛んに詠じられた。今回は扱えなかったが、藤原為理《ためまさ》の『七夕七十首』や室町時代の後土御門《ごつちみかど》天皇の時代に編纂され、一条

兼良が判詞を記した『七夕歌合』（一四七七年）なども存在する。

さらに、七夕の「七」にちなんで、南北朝頃から、「七遊《ななあそび》」といって、和歌以外にも「連句」「蹴鞠《けまり》」「酒」などの遊びが行われた（七つの組み合わせは複数存在する）。ただ七夕は室町・桃山時代まで、主に貴族や武士、一部の文化人のものであった。

江戸時代には、『七夕朗詠集』などが刊行され、「七夕」と名の付いた歌集が数多く編纂された。往来物などの寺子屋の教科書でも、頭書《とうしょ》などで七夕伝説の歴史や歌が取り上げられ七夕専門の往来物も登場し、また、短冊に七夕の歌を書くなどして、一般庶民の子供達にも七夕伝説が広まったことは、特筆に値する。

七夕は現在でも様々な行事や風習が行われ、その変容した姿を見出すことができるのは、第三部第九章で示した通りである。本家本元の中国では、七夕は恋愛告白のような日に変質し、韓国でも同様な日となっており、さらにベトナムでは水祭りと結びついたお祭りに変容している。古くは朝鮮半島にも、七夕における女性の洗髪などがあったようで、国際的な視点からの考察もさらに必要だろう。山口博氏が該博な知識によりユーラシア大陸まで視野に入れた研究をなさっているが、本書ではそこまでは扱えなかったことをお断りしておく。

古代中国では、天の河は、織女が仙車に乗って鵲の橋を渡るように、川幅が長大で歩いて渡れるような距離の存在ではなかった。ところが日本では、彦星は、舟ならまだしも、徒歩で渡ろうとすることさえある。明らかに天の河の大きさに関する認識が日中では異なることに今回気づいた。現在でも国土が日本の二十五倍もある中国では、古代から、自然の捉え方も桁違いだったのである。一方、日本では、角盤《つのだらい》に七夕の世界を再現するというように、逆の極小の方向へ進化した。つまり、島国の日本では、日本の風土や大きさに合わせて変化させながらも、古代中国の七夕伝説をかなり忠実に残していることは、東アジアの文化の伝搬変遷を考察する上で、文化的にも意義深いことと考える。

七夕伝説は、文学としても、天文学としても、さらには、様々な複合的な学問の対象としても興味深い題材である。まだまだ触れ得なかった問題も多く残っている。今後とも、研究を続け、その真髄を解明していきたい。

あとがき

七夕との出遭いは小学生の頃、学校や家で七夕飾りを作った時からである。どこの家庭でもしていたように、笹の葉飾りを作り、七夕の歌を唄った。高校時代に、乞巧奠の説明を担任の常世田隆先生から受け、七夕との関係を知った。中学時代から天文に強く関心を抱くようになっていたが、大学で地学研究会というサークルに入り、七夕伝説と天文の関係に改めて関心を抱くようになった。本格的に七夕伝説を研究するようになったのは、大学院時代に、佐竹昭広先生から、中世小説（お伽草子）の『七夕』（天稚彦物語）を勧められた時からである。『七夕』という作品は、二種類あるが、特に蛇婿入り譚の方は、金星・帚星・昴などが出て来て天上世界で姫君の道案内をしてくれる、星好きな私には魅力的な話であった。私が天文に関心があるのを知ってご紹介くださったのであり、それが私の研究の大きなテーマになったことを、深く感謝している。

就職後も、日本や世界の『七夕』の伝本を調査し、許可を得た物を翻刻して解題を付けて発表していくうちに、ますます七夕伝説そのものについて深く知りたくなった。また、大学で古典文学ゼミナールのゼミ生と、様々な行事を行ったが、七夕の行事も恒例となり、長崎市内の諏訪神社（お諏訪様）から三年生が梶の葉をもらってきて願い事などを書くことも、在職中の二十九年間続けた。梶の葉は諏訪神社の社紋でもあり、境内の梶の葉を長年快くお分け下さったことを改めて感謝申し上げたい。また、同僚の植物学者の中西弘樹先生からも、山で採集された梶の葉を頂いたことも有り難かった。長崎大学での最初の七夕会は、七月七日に開いたが、当日テレビに出演していた黒柳徹子氏が梶の葉模様のお召し物を着ていることに学生が気づき、流石に一流の人は違うと、私も感心したことを覚えている。

さて毎年続いたその行事の中でも、なぜ七夕は七月七日なのか、なぜ梶の葉に願いを書くのか、なぜそうめんを食べるのかなど、色々話題になった。それで、ますます詳しく調べ、中国や日本の七夕伝説に関して考察を重ね、長崎大学で古事記学会が開催された時に、「七夕伝説の淵源」という題目で講演を行った。それは、七夕がなぜ七月七日なのかということを中心に考察したもので、太陰暦の社会での月の満ち欠けの重要性や、白の生と黒の死が半々になる七日の上弦の月が復活を表わすこと、復活の数字である七が重なった七月七日が死者もあの世から復活してこの世にやってくる日になったことを論じた。道教の中元や仏教のお盆が七月七日から始まるのは、まさにそうした意味があるとした。さらに、その日は、あの世とこの世が繋がる特別な日だから、天女（仙女）という人間ならざる存在がこの世にやってくることができる日であり、その結果、地上の男性と結ばれる話が七夕と恋愛とが結びついた原型だとした。

なお、中国の伝説で、織女は天の河を越えて牽牛に逢いに行くのだが、そのときに天の河の渡河のために渡るのが、鵲の橋である。なぜ鵲の橋を渡るのか、古事記学会の発表の時にはまだ不十分な説明であったが、私の講演を聴いていた妻眞紀が、七夕は黒と白が半々の上弦の月の時なのだから、鵲が橋を作るのは、その体色が黒と白が半々で、上弦の月を彷彿させるからではないかと指摘してくれた。目から鱗で腑に落ちたので、論文に発表したときは、妻の意見を取り入れた。妻のおかげで疑問が氷塊したので、改めて感謝したい。

七夕伝説について、古事記学会で講演することは、国立天文台の渡部潤一氏や東亜天文学会の長谷川一郎氏がご紹介くださった。お二人とも、以前から色々とお世話になっていたが、この時も快諾してくださって有り難かった。改めて御礼申し上げる。渡部氏には本書の序文執筆をお願いしたところ、快くお引き受けくださった。多忙の中でのご配慮に深甚の謝意を呈したい。一方、長谷川氏のおかげで東亜天文学会の機関紙『天界』で、七夕伝説に関する拙稿を五回に亘り発表できたことも有り難い次第であった。残念なことに、長谷川氏が鬼籍に入られたので、本書をお見せできないことを申し訳なく思っている。おかげ様で、講演には、天文学や文学に関心のある多くの方々もご参加くださった。長崎大学の当時の学長であった齋籐寛先生も、学会歓迎のご挨拶の後、そのまま講演を拝聴くださり、パワーポイントをもっと初めに使って欲しかったなどのご感想を頂いた。誠に有り難いことで、改めて厚く御礼申し上げる。その齋藤先生も既に泉下の人になられた。誠に残念である。探検家鳥居竜蔵の御子孫で、枚方での七夕祭りを実行され七夕研究をされている鳥居貞義氏とも、この講演で面識を持てた。

第三部第九章でも触れたように、国立天文台では、ガリレオが望遠鏡で月のクレーターやプレアデス星団などを観測した一六〇九年にちなんで制定された世界天文年（二〇〇九年）を記念して、全国同時七夕講演会を全国で開いている。私が勤務していた長崎大学でも、天文学担当の長島雅裕先生と一緒に講演会を開き、以来、毎年開催してきた。一緒に講演に参加した長島先生を初め、濱田剛先生、富塚明先生、工藤哲洋先生に厚く御礼申し上げる。長崎大学を定年退職してからも、近所の西念寺で講演を継続してきた。会場の提供をしてくださった北郁賢雄住職に御礼申し上げる。

本書は、大修館書店の玉木輝一氏から、十数年前に執筆を依頼されたが、勤務が余りにも忙しく、なかなか一書に纏めることができなかった。その間、玉木氏も定年退職され、本当に申し訳なく思っている。自らの定年退職で、やっと時間が持てた。しかし、その後、コロナ禍や、自らの突発性難聴での入院など思いがけないことが続き、再び延びてしまった。今回、やっと纏めることができた。辛抱強くお待ちくださった大修館書店に対し厚く御礼申し上げる。最終的には、大修館書店の正木千恵氏のお世話になった。厚く御礼申し上げる。本書で使用した天体写真は、従来同様、藤井旭氏のお世話になった。藤井氏の助けがなければ、本書は完成できなかった。厚く御礼申し上げたいところであるが、誠に残念なことに、藤井旭氏は昨年十二月末に急逝された。今までの御恩を思うと茫然自失の有様である。衷心よりご冥福をお祈りしたい。さらに、実際の藤井氏の写真使用は岡田好之氏のお手を煩わせた。ご芳志に深く感謝申し上げる。

なお、現代中国の論文読解では大学院で指導した唐更強氏の助力を得た。深謝申し上げる。鵲の写真は、二人とも私のゼミの教え子で、佐賀県に居住される阪口真悟・希美御夫妻によるものである。教職でお忙しい中を無理なお願いを引き受けてくださったことに心より謝意を呈したい。精霊棚に供える牛馬さんの写真は、同郷の小嶋章司氏のお世話になったことに厚く御礼申し上げる。いつもながら、糟糠の妻眞紀は、校正・索引作り等でも、大きな役割を果たしてくれた。心から労をねぎらい感謝したい。

二〇二三年（令和五年）十二月二十八日　藤井旭氏の一周忌に

勝俣　隆

【な】

【に】

【ね】

【の】

【は】

【ひ】

【ち】

【つ】

【て】

【と】

【す】

【せ】

【そ】

【た】

【し】

【こ】

【さ】

【き】

【く】

【け】

【え】

【お】

【か】

索引（人名・書名・事項）

＊「七夕（伝説）」等、用例が膨大なものは煩を避け除外した。

［著者略歴］

勝俣　隆（かつまた　たかし）

1952年神奈川県生まれ。静岡大学人文学部、京都大学大学院文学研究科修士課程・博士後期課程で国文学を専攻。国立新居浜高専助教授、長崎大学教育学部教授を経て、現在、長崎大学名誉教授。博士（文学）。上代文学（古事記・日本書紀の神話解釈）と中世文学（お伽草子における本文と挿絵の関係）を中心に、物語・伝説等、古典文学全般を研究している。著書に『星座で読み解く日本神話』（大修館書店）、『異郷訪問譚・来訪譚の研究　上代日本文学編』（和泉書院）、『上代日本の神話・伝説・万葉歌の解釈』（おうふう）等がある。

〈あじあブックス〉

七夕伝説《たなばたでんせつ》の謎《なぞ》を解《と》く

　NDC913/xii, 292p, 19cm

初版第１刷——2024年６月20日

著者——勝俣《かつまた》　隆《たかし》

発行者——鈴木一行

発行所——株式会社大修館書店

〒113-8541　東京都文京区湯島2-1-1

電話03-3868-2651（営業部）/03-3868-2293（編集部）

振替00190-7-40504

［出版情報］ https://www.taishukan.co.jp

装丁者——井之上聖子

印刷所——壮光舎印刷

製本所——ブロケード

ISBN978-4-469-23323-0　Printed in Japan

[あじあブックス]

001 漢詩を作る 石川忠久著 定価一七六〇円

002 朝鮮の物語 野崎充彦著 定価一九八〇円

003 三星堆・中国古代文明の謎 ―忠実としての「山海経」 徐朝龍著 定価二〇九〇円

006 封神演義の世界 ―中国の戦う神々 二階堂善弘著 定価一七六〇円

010 近代中国の思索者たち 佐藤慎一編 定価一九八〇円

013 道教をめぐる攻防 ―日本の君王、道士の法を崇めず 新川登亀男著 定価一九八〇円

019 徳川吉宗と康煕帝 ―鎖国下での日中交流 大庭脩著 定価二〇九〇円

020 一番大吉！おみくじのフォークロア 中村公一著 定価二〇九〇円

021 中国学の歩み ―二十世紀のシノロジー 山田利明著 定価一七六〇円

023 星座で読み解く日本神話 勝俣隆著 定価二三一〇円

024 中国幻想ものがたり 井波律子著 定価一八七〇円

025 大小暦を読み解く ―江戸の機知とユーモア 矢野憲一著 定価一八七〇円

027 山の民 水辺の神々 ―六朝小説にもとづく民族誌 大林太良著 定価一五四〇円

028 道教の経典を読む 増尾伸一郎・丸山宏編 定価一九八〇円

029 養生の楽しみ 瀧澤利行著 定価一七六〇円

030 漢詩の鑑賞と吟詠 志賀一朗著 定価二〇九〇円

032 中国の年画 ―祈りと吉祥の版画 樋田直人著 定価一九八〇円

033 文物鑑定家が語る 中国書画の世界 史樹青著 大野修作訳 定価一九八〇円

034 風水と身体 ―中国古代のエコロジー 加納喜光著 定価一七六〇円

051 弥勒信仰のアジア 菊地章太著 定価一九八〇円

054 中国のこっくりさん ―扶鸞信仰と華人社会 志賀市子著 定価一九八〇円

076 新版 漢方の歴史 ―中国・日本の伝統医学 小曽戸洋著 定価一八七〇円

077 針灸の歴史 ―悠久の東洋医術 小曽戸洋・天野陽介著 定価一九八〇円

079 甲骨文の話 松丸道雄著 定価一九八〇円

80 煉丹術の世界 ―不老不死への道 秋岡英行ほか著 定価一八七〇円

81 医学をめぐる漢字の不思議 西嶋佑太郎著 定価二四二〇円

82 中国伝統医学 名医・名著小百科 小曽戸洋著 定価二六四〇円

定価は税10%込み（2024年5月現在）